村上御集《むらかみぎょしゅう》の歌遊び

角田宏子

金壽堂出版

村上御集の歌遊び

目次

凡例

一　引用文については、書名・人名を含め出来る限り、旧字を通行の字体に改めた。
一　「代々御集」宮内庁書陵部蔵（五〇一・八四五）所収「村上御集」を底本とした。
一　底本の翻刻は、『私家集大成　第一巻　中古Ⅰ』所収「村上御集」に従うが、次の点は異なる。
・本文には適宜濁点を付し、句読点と空白を適宜加えた。
・各冒頭の歌本文には、底本の書入（集付や「ママ」等）は記載せず、必要に応じ本文中で触れた。
・文字の脱落や衍字が明らかな場合は、［ ］を付して文字を補い、あるいは削除した。ともに本文中でことわっている。反復記号は用いず、文字を補った。
・送り仮名は、『私家集大成』の方針同様に、できる限り底本のままにした。「給て」「申たる」「散」「侍」「吹」の送り仮名の不足は訂正せず、「同女御」は「同じ女御」としない等である。あるいはまた、出来る限り底本の仮名遣いを残した。「まいり」「おしみ」、「まどを」「なを」「おり」の、歴史的仮名遣いと異なる箇所は特徴的であるため、項目の冒頭で歌本文を掲げる際には、訂正を加えていない。
一　引用する歴史書の訓点は、句読点のみを残し、返り点・送り仮名は省略した。
一　「村上御集」は「村上天皇御集」とも記し、「斎宮女御集」は、「斎宮集」とも記している。特にことわりのない算用数字は、「村上御集」の歌番号である。
一　「斎宮集」の歌番号は、すべて（書陵部蔵本・西本願寺蔵本・正保版本・小島切）、『私家集大成　中古Ⅰ』の歌番号を用いた。とくに、西本願寺蔵本では、82歌の扱い方（詞書中の歌に番号を付すか否か）が異なると歌番号がずれる。「あきちかくなるもしられず」を『新編国歌大観』は81とするが、『私家集大成』（西本願寺蔵本）は82としている。
一　『私家集大成』所収「斎宮女御集」を引用する際に、濁点を施し仮名を漢字に改めたところがある。
一　翻刻のない影印本は、私に歌番号を付した。
一　「村上御集」ならびに「斎宮集」以外の引用歌について、本文と歌番号は、『新編国歌大観』を用いた。歌合や物語歌等の引用で算用数字を付した箇所は、『新編国歌大観』の歌番号である。

一　『万葉集』歌の引用は、『新編国歌大観　第二巻　私撰集編』の同書（旧歌番号）を使用し、本文は、同書所載の新訓に、底本の漢字で意味の取りやすい漢字を当て、必要に応じ旧番号の訓（片仮名）と新歌番号の訓（平仮名）とを傍書した。

一　「斎宮集」の伝本系統は、冷泉家時雨亭叢書「斎宮女御集」数種の、解題に見える分類に従った。

一　「斎宮集」の伝本系統は次のとおりである。

　第Ⅰ類…書陵部蔵本（定家監督書写本）
　第Ⅱ類…西本願寺蔵本
　第Ⅲ類…正保版本（定家筆臨模本、資経本）
　第Ⅳ類…小島切

Ⅰ類の関連伝本をまとめて「書陵部本系」、Ⅲ類の関連伝本をまとめて「正保版本系」とも記した箇所がある。なお、Ⅰ類・Ⅲ類の親本である冷泉家蔵本は明らかにされたが、『私家集大成』には、代表的な伝本が網羅されており利便性が高いため呼称に用いた。また、Ⅲ類は、「歌仙家集本」とも呼ばれるが、本著では、正保四年版行という、より狭義の、さらに版本という本文の固定した「正保版本」という呼称を用いた。

一　本著に引用する図書のうち、下記のものは【　】の略号を用いている。

宮内庁書陵部蔵「代々御集」（五〇一・八四五）　【「代々御集」】
宮内庁書陵部蔵「斎宮女御集」（五〇一・一六二）　【「斎宮集」（書陵部本）】
「さいくうの女御」（西本願寺蔵「三十六人集」）『私家集大成　中古Ⅰ』　【「斎宮集」（西本願寺本）】
「斎宮集」（正保版本「歌仙家集」）同上　【「斎宮集」（正保版本）】
「斎宮女御集」（小島切）同上　【「斎宮集」（小島切）】
「斎宮女御集」『冷泉家時雨亭叢書　第十七巻　平安私家集　四』　【「斎宮集」（定家監督書写本）】
「斎宮女御集　定家筆臨模本」『同　第十九巻　平安私家集　六』　【「斎宮集」（定家筆臨模本）】
「斎宮女御集」『同　第六十八巻　資経本私家集　四』　【「斎宮集」（資経本）】
平安文学輪読会『斎宮女御集注釈』　【『注釈』】

「村上御集」の構成

第一部　述子への思い

治世の始め（1）
述子（2〜4）
徽子の入内前（5、6）

第二部　徽子との贈答

蜜月（7、8）
（9、10）
（11、12）
歳序一（13）
（14、15）
（16、17）
（18、19）
（20、21）

（22、23）
（24）
歳末（25、26）
歳序二（27、28）
（29、30）
（31、32）
（33、34）
（35〜37）
院の御ぶく（38、39）
歳末（40）
歳序三
手習1（41〜45）
（46〜48）
（49、50）
里居（51、52）
（53）
歳末（54）
歳序四

服喪の里居（55、56）
（57）
（58〜60）
御碁（61）
手習御召
手習2（62、63）
（64、65）
（66、67）
（68、69）
手習3（70、71）
（72、73）
（74、75）
手習4（76）
（77）
（78）
（79）
（80）
帝の病（81）

第三部　后妃たちとの贈答

徽子の入内前（82）　＊5類
計子（83）
某女御（84、85）
安子（86、87）
（88）
桜（89）
芳子（90、91）
（92、93）
安子（94）
計子（95、96）
（97、98）
正妃（99、100）

第四部　増補部Ⅰ

女房（101）
徽子（102～106）
芳子（107、108）
徽子（109）　＊81類

第五部　増補部Ⅱ

天暦九年正月（110）
応和三年三月（111）
承保八年八月（112）
離別歌（113～116）
御碁（117）
計子（118）　＊90類
安子（119）
述子（120）

七夕扇（121）
家集御召（122、123）
芳子（124）
白菊（125）
離別歌（126）
七夕（127）　＊18類
哀傷歌（128～130）
白露（131）
横川（132）
白菊（133）
郭公（134）　＊37類
離別歌（135）
徽子（136、137）　＊9類
十五夜（138）

算用数字…歌番号
＊…類歌

巻頭言

本著は、平安時代中期の天皇である村上天皇の歌集（御集）を、文芸作品として読んだものである。

平安時代中期迄八代の天皇の歌が、『代々御集』という一冊に集められ伝わる。編成の詳細は不明であるが、現代のように一個人が純粋に文芸作品を創ろうとした結果では、もちろんない。宮廷や幕府とともにあり、為政者と深く関わりながら脈々と続いてきた歌壇において、御製が集められたことの意味は歌壇史とは切り離せないものであろう。また、後宮を支える外戚の思惑とも無関係ではあるまい。しかしながら個々の御集は、後宮という内々の場で詠まれた人間たる天皇の御製を、文芸作品として結実させている。

御集には、君主としての威厳を示すような気宇壮大な歌を載せない。八代の御集を貫くテーマは日常の「贈答」であり、編成の際の指針にされたものと思う。なかでも、その歌数において、また、その構成において最たる存在が「村上御集」であった。『村上御集』（村上天皇御集）は、后妃徽子女王の『斎宮集』（斎宮女御集）と多数の歌を重複させ、私家集としても課題を有する「家集」である。

本著では、『村上御集』本文の独自性を探るべく、『斎宮集』の本文のみは一々伝本をことわり、また、解釈上の問題については本文の脚注ならびに補注で取り上げた。そして、そこから見えてくる文芸作品としての構成試案を提示した。

第一章　「村上御集」読解

第一章　第一部　述子への思い

治世の始め（1）

天暦元年七月七日、うへのをのこどもに歌よませさせ給ける次に

一　こひわたるとしはふれどもあまの川　まれにぞかかるせには逢ぬる*1

「村上御集」は、天暦元年の当歌から始まる。勅撰集に採られる親王時代の歌*2が存在するにもかかわらず、「村上御集」は、当歌を巻頭歌とする。この天暦元年が、実質的な村上天皇の治世の始まる年だからであろう。前年の天慶九年（946年）四月二十八日に即位し、十一月に大嘗会が行われ、翌年四月二十二日、天暦に改元される。

当歌は、天暦元年七月七日の七夕に、殿上人に歌を詠ませ、そのついでに自らも詠んだ歌で、

恋しい者どうしが長い月日を恋い焦がれて過ごすというが、しかし、七夕の今宵、まれにはこのような逢瀬もあったことだ、天の川にも渡る瀬があるのだ。

と言う。

七夕の故事にちなみ、天の川と瀬の縁語を用い、また「かかる」に、「このような」という意味と牽牛が織女に逢うために川を渡っていく際の「浪しぶきがかかる」の意味をもたせる。

天暦元年七月七日は、改元後初めての七夕である。「乞巧奠」という言葉が和歌の詞書に見えるのは、「為忠家後度百首」等、平安時代後期であるが、星祭りそのものは「乞巧奠」として八世紀半ばから宮中で行われていた。村上天皇に関する記事では、天徳三年以降に七夕の御製の記事が「日本紀略」に見える*3。七夕の記事が見えない年は、干ばつに対する祈雨の記事、あるいは暴風大雨という自然災害の記事や、日

食および死者による穢の記事が見えたりする。いずれも七月七日の当日または、その前後である。同書に、この天暦元年七月七日の記事はない。

巻頭歌であるので、右で通釈したような、七夕伝説にちなむ明るい喜びの歌と解釈すべきなのであろう。清涼殿の庭などに集う私的な遊びで、集いの喜びが詠まれていると解釈する。しかしながら、「かかる瀬」という詞には、何か特別な意味が込められているように読める。すなわち、帝や殿上人をとりまく困難な状況である。

天暦元年は、六月から疱瘡が流行し、七月四日には大風で建物が倒壊している*4。生命の危機を感じさせるような自然環境への脅威が、当歌の背景にあり、「かかるせ」（このような機会）という詞に込められていたのかもしれない。それは、集う者たちだけに了解される詞として、帝は詠んでいたのではないかと考える。

述子（2〜4）

さねよりの大臣のむすめまいりて、朝に

二　むばたまのよるのころもはとをけれど　夜ふかき物とおもひしらずや

女御述子の入内と死に関連する歌が2〜6まで続くと見る。述子は太政大臣実頼と時平娘との間の三女である。述子が入内して翌朝に詠まれた、いわゆる後朝の歌である。

一夜を過ごした慕わしい夜の共寝の衣は、今別れて遠ざかってしまったけれども、あの夜の闇が深かったように、私の思いは深い。ご存じないか、深いのですよ。

という帝の歌である。

述子が入内したのは、天慶九年十一月で*1、同年に女御となった。翌年懐妊したが、疱瘡のため天暦元年十月に十五歳で亡くなっている*2。村上天皇が元服した際に妻として迎えたのは、実頼の弟師輔（当時中納言）の娘で、後に皇后となる安子である。述子の入内は、その安子に次ぐものであった。

こういった後朝の歌は、「村上御集」中では、徽子に贈られた歌7と当歌の二首のみである。7には徽子の返歌が添えられるが、この歌にはない。やりとりの歌としてではなく追憶の中で記念すべき歌として置かれているのであろう。

おなじ女御〔失〕せ給て、雪のふる日
三　ふるほどもなくてきえぬるしら雪は　人によそへてかなしかりけり

詞書には、「述子失」という本文が欠損しているのであろう。述子が亡くなってから雪の降った日に詠まれた歌であるという。

降っては消えていく雪は、降るとも言えないほどにはかない。その白雪が述子に思われて悲しいことだ。


と言う。

技巧を凝らさない歌であり、集中で他には見えない直情的な歌になっている。

「ふるほどもなく」の「ほど」は時間であり、たちまちに消えてしまう。それは入内後まもなく逝ってしまい、入内したともいえない、その人のようだと言う。

非常に愛した述子が亡くなった。述子が亡くなったのは十月であるというが、それから間もない頃であろう[3]、雪の降ったある日、帝は雪を見て亡き人を想っている。若くしてあっけなく亡くなった述子であり、帝との共有する時間もわずかであった。帝の歌の中で、述子が清らかな白雪に喩えられている。

四　みながらになみだのみこそながれけれ　とどめおきける玉づさにより

物の中に御ふみの有けるを、御覧じて

物に紛れて、述子からの文が残っていたのであろう。その文を御覧になって詠まれたという。

見ていながら涙がしきりに流れることだ。後に残された手紙によって。

初句には「みるからに」とする翻刻もある[4]。用例の多い詞であり、その場合は、見るやいなやという意味になる。しかし、底本は「な」と読める。

「みながらに」である場合は、「ながら」すなわち、見るという動作と、涙が流れるという状態が同時に起こっていることをいう。述子の文だということを、見て認識した。確かに見ている。しかし、涙がしきりに流れているのは、いったいどういうことなのかと、疑問を呈している。また、「流る」「留む」の詞が対照的に詠み込まれている。人は逝ってしまったが、文はここに留められている。しかし、留められているにもかかわらず、涙はとめどなく流れるのだと詠う。

この歌も述子の亡くなった後の天皇の悲しみを詠う。述子の存在については、「述子は、その出自・後見からしても村上天皇が決して疎かに扱うことの出来ない人物であり､当時の述子の存在感は『栄花物語』や『大鏡』からは読みとることの出来ない大きなものだったといえよう」という、近年の評価[5]もある。

徽子の入内前（5、6）

四年三月十四日ばかり、藤つぼにわたらせ給て、花をらせ給ふついでに

五　まとゐしてみれどもあかぬ藤のはな　たたまくをしきけふにも有るかな

集い見ているが、見飽きることがない藤の花よ。立ち去るのが惜しい今日のこの日であることだ。

冒頭歌詞書に見えた「天暦」の年代と同様であるとすれば、天暦四年三月十四日ごろ、藤壷に渡った帝が、「花を折らせなさるついでに」詠んだ歌である。

「まとゐ」（円居）するのは、藤の花を愛でるためであろう。『新古今集』164に第三句を「藤浪の」として採られ、「思ふどちまとゐせる夜は唐錦たたまくをしき物にぞありける」（『古今集』864）を本歌にすることが指摘されている*1。本歌とは「まとゐ」「たたまくをしき」の詞が共通する。「たつ」が掛詞になっており、席を「立つ」に、『古今集』歌の場合は錦を「裁つ」、当歌の場合は藤の花を「裁つ」の意味が掛けられる。美しい錦を断ち切るのは惜しいというのであり、当歌の一斉に咲きそろう藤の花を錦同様に見ている。詞書は、その見立てを解説する。歌は「花をらせ給ふついでに」詠まれたという。手元でよく見たいがために一房を所望されたのであるが、それは「藤のはな」を裁ち切ることになる、『古今集』歌同様の見立てであることを、当詞書は知らせる。『新古今集』の「藤浪」では、通説のように*2「たつ」の掛詞は、波が立つの「立つ」であって、「裁つ」は掛詞にはならない。

当歌の背景は不明である。『新古今集』164の詞書も、「天暦四年三月十四日、ふぢつぼにわたらせ給ひて、花をしませたまひけるに」となるが、日付は三月十四日でよいのだろうか*3。閏月という記録もない。同

日の歴史的な記録は残らない。しかし、たとえば天暦三年四月十二日には飛香舎で藤花宴が催されている（日本紀略）。藤が咲きそろうのは、早くても、その記録のように四月なのではあるまいか。詞書に見える三月半ばというのは、「桜花会」（日本紀略　天徳元年三月十五日他）の時節である。天暦四年三月十一日にも清涼殿で「花宴」が行われたらしいが、これも「桜樹下」（北山抄）*4と記されている。

この時に藤壺にいた女御は、安子皇后であったかもしれない*5。天暦二年四月に承子女王を誕生させた安子は、梨壺女御と呼ばれており、翌年には「藤壺」にいたようである（「日本紀略」天暦三年三月二十二日記事）。しかし、当歌は、藤壺に住まう女御が称えられているようには読めない。実際の藤花の存在と、古歌を踏まえた詠歌であることが優先して示されるからである。

述子との関連を示す記載もないが、徽子の入内前の歌群として分類した。

六　ふく風のをとにききつつさくらばな　めにはみえでもちらす春かな

しげあきらのみこの女御の、まだまいらざりけるに、さくらにつけて

重明親王の娘で後に女御となる徽子が、入内する前の頃の歌であるという。桜につけて帝が贈った。噂は聞きながら、まだ会えず、見えないところで*6春が美しい桜を散らしている。

という歌である。

「をと（おと・音）にきく」（噂に聞く）という、その噂とは、重明親王の娘で伊勢の斎宮として神に仕え、すでに都に戻っていた*7徽子女王の噂であろう。徽子が入内したのは、天暦二年（948年）である。先行研究のすべてが、この歌を、天皇が徽子の入内を待ち望む歌であると解釈している。「この詠の存在

で、天皇の懇望によっての入内を裏付ける」*8とする論もある。

桜に付けて贈られたというので、盛んに花を散らせる満開の桜を徽子に喩え、待ちどおしく思う気持ち、あるいは、美しい桜が時が経てば散ってしまうという、帝の焦燥が解釈されてきたのかもしれない。たしかに、詞書は徽子が入内を控えていることを記す。同歌は『玉葉集』『万代集』に収録され、当歌をめぐる詞書は類似している*9。人物が明記されているので当然、天皇が「さくらにつけて」歌を贈った相手が徽子だと考えられてきたのであろう。

しかし、帝がこの歌を贈った相手は、述子の父実頼だったのではないか。実頼には、次の歌も伝わる。

　女御述子かくれてのはる、はなを見て　　清慎公

みるからにたもとぞぬるるさくらばなそらよりほかのつゆやおくらむ　　（『続古今集』1399）

むすめの女御うせて後こと人まゐり侍りけるをききて、内にさぶらふ女房のもとへつかはしける　　清慎公

ここのへも花のさかりになるなかに我が身ひとつや春のよそなる　　（『玉葉集』2305）

父実頼の歌と、当歌「村上御集」6歌の調子は似ている。当歌の詞書に徽子の名前が挙がるのは、贈歌の相手としてではなく、詠歌の時期を示す意図からではなかったか。徽子の入内前の歌であるというが、「斎宮集」には収録されていない。何よりも「ちらす春かな」という詞には、待ち望む期待感ではない負の要素があるように思える。

『玉葉集』1250・『万代集』1863は、結句を「過ぐる春かな」として載せている。それは、この「ちらす春かな」という結句を当詞書と結びつけることに疑問を持ったからはあるまいか。整合させたような本文の形「過ぐる春かな」は、和歌の世界では人事あるいは別の自然現象と関わりなく過ぎていく春を意味する。

一方、当歌の下句「目には見えでもちらす春かな」は、過ぎ去りゆくものへの視点から生まれた詞であり、徽子の入内を前にしても、それとは関わりなく刻々と過ぎていく時への思いを提示するものである。

そのように見るとき、当歌6は述子への思慕につながる歌であると解釈出来る。

第一章　第二部　徽子との贈答

蜜月（7、8）

徽子女御まいりはじめて、あしたに

七　おもへども猶あやしきはあふ事の　なかりしむかしなにおもひけむ

天暦二年（948年）十二月三十日、徽子女王が入内する。本来なら余裕をもって婚姻の儀式である三日夜餅の祝いが行われるはずであるが、年末で日の余裕がないため、父重明親王は「不可過今夜」（今夜をのがしてはならない）としてすぐに実家が行う祝いの餅を取りはからっている（吏部王記）。なぜ入内がそのような年の暮れに行われたのかについては、婚姻を行うのにふさわしい、暦の上での吉日が他になかったからであろうという*1。

この歌は、いわゆる後朝の歌であり、詞書は入内の翌日その日とも、入内後のいつかの朝とも読めるが、他の詞書には「またの日」（翌日）とする本文も見える*2。歌は、

思い出そうとするけれど不思議なことに思い出せない。あなたに出逢う以前の私はいったい何を思っていたのだろう。

と言う。

下句には異同があり、「斎宮集」（書陵部本、西本願寺本）は「あふことのなかりしむかしいかでへつらむ」とする。「なにおもひけむ」でも、「いかでへつらむ」（どのように過ごしていたのだろう）であっても、帝が徽子の入内を大きな衝撃であったと詠っていることに変わりはない。

御返し

八　むかしともいま[と]*3もいさやおもほえず　おぼつかなさは夢にや有らん

いる。

徽子は、帝の歌の「あやしき」昔（思い出せない昔）を受けて、それは「夢だったからか」と同調している。

昔のことも今のことも、さあどうなのかと、私もわかりません。そのぼんやりしていることは、それが夢であったからでしょうか。

と答える。

徽子は『伊勢物語』第六十九段の女の歌を踏まえ答えている。物語の女は、徽子と同じく伊勢の斎宮であった。伊勢にやって来た「狩の使」（勅使）の寝所を、伊勢神宮に奉仕していた斎宮が訪れ、飽き足りない思いが遣り取りされる。

君やこし我や行きけむおもほえず夢か現かねてかさめてか　（『伊勢物語』126　女）
かきくらす心の闇にまどひにき夢うつつとはこよひ定めよ　（同127　男）

『古今集』にも採られるこの歌を徽子はよく理解していて、「おぼつかなさは夢」と詠んだのであろう。帝から贈られた歌は、徽子にとっては喜ばしい後朝の歌であったことがわかる。徽子が古歌の一節を以て帝の心情に同調しているからである。徽子は、帝の歌に恋愛感情を見ていたのではあるまいか。

『伊勢物語』は、純粋な男女の恋情を詠っている。物語中の斎宮の突発的な行動のみが強調されているわけではない。物語では、この勅使を特に丁寧に扱うようにと親から言われた斎宮が、男に心をこめて世話をしていたと、まず書かれている。

伊勢の斎宮なりける人の親、「つねの使よりは、この人よくいたはれ」といひやれりければ、親の言なりければ、いとねむごろにいたはりけり。朝には狩にいだしたててやり、夕さりはかへりつつ、そこに来させけり。かくてねむごろにいたつきけり。
（『伊勢物語』六十九段）

二日目の夜に、男は「われて」（強いて）女に逢いたいと申し出た。斎宮である女への発言としては禁忌であったが、女も心が動く。しかし人目があるので逢えない。勅使としてもてなされる男の部屋は、女の寝所から近かった。そこで人が寝静まってから、女が男の部屋を訪れるのである。ここには、禁忌ではあるが恋愛の関係があり、「まどひ」「夢」は恋愛感情に満ちた言葉であったことが示されている。

ところで、帝の歌はどうか。新たな后妃の入内は、帝自身にとって「なにおもひけむ」と思われるような意外で衝撃的な出来事であったというが、そこに喜びは詠われているか。誇張された和歌表現は、逆説的に喜びの表明であるのだと、言えないことはない。しかし、その歌が言葉を尽くすのは、帝の心を囚われの状況にしていた「むかし」である。表面的には蜜月の歌ながら、黴子が受け取ったであろう恋愛感情とはいささかのずれが生じていよう*4。

蜜月（9、10）

九　ねられねばゆめにも見えず春のよを　あかしかねつる身こそつらけれ

女御まうのぼり給へと有ける夜、なやましときこえ給て、さも侍らざりけば、つとめて

蜜月の歌が続く。寝所へのお呼びがあったにもかかわらず、黴子は「気分がすぐれませんので」と申し上げて行かない。翌朝、帝から当歌が届く。帝は「眠れないので」と詠み出す。

眠れないので、はかない夢であなたに逢うこともなく、夜を明かしかねていた。そのような我身は辛いことだ。

その辛さを思い遣って欲しいと言う。詞書の「さも侍らざりければ」の箇所は、「斎宮集」（書陵部本、西本願寺本）では「まいりたまはざりければ」となる*1。徽子の参内が結果的に無かったという点は同じであっても、明確に記す本文よりも、「さも侍らざりければ」（そのようなこともございませんでしたので）とする「村上御集」の本文は、結果に至る過程を、帝の視点で振り返った表現になっており、「よをあかしかね」たという歌内容に照応している。

また、第二句を「ゆめにもあはず」とする「斎宮集」（書陵部本）もあるが、はかなく明ける春の夜でさえ、逢えない辛さで明かしかねているのだと詠う、その意味は変わらない*2。

御返し

十　ほどもなくあくといふなる春の夜は　夢も物うくみえずなるらん

夢も御覧にならないとおっしゃいますが、春の夜はすぐに明け、「あく」（飽きる）嫌なもののため、その春の夢も同様に何となく嫌なものとして御覧になることはないのでしょう。

と言う。

「物うし」（なんとなく嫌なもの、辛いもの）は、もののすべてが嫌なのではない。ある状況では嫌なものに思えるという、部分的な否定の詞であるが、それはまた、各々の美意識に基づく詞である*3。恋情があれば夢には見えるはずだ、という論理が根底にある。

「斎宮集」とで、本文異同がある*4。まず、「斎宮集」（西本願寺本）は、第二句を「はるのよを」とする。「村上御集」と「斎宮集」所収の形を

ほどもなくあくといふなるはるの夜はゆめもものうくみえぬなるらん
（「村上御集」、「斎宮集」書陵部本）

ほどもなくあくとはふるるはるのよをゆめも物うくみえぬなるらん
（「斎宮集」西本願寺本）

のように並記してみると、前者が帝の歌を春の夜の属性に帰して軽くかわした歌になっているのに対して、後者は、春の夜を「飽きていやになって」（『注釈』8歌）と、帝の心情に踏み込んだ言葉遣いになっている。後者は、何か帝の愛情の薄さを恨むような言葉遣いに見える。「村上御集」や「斎宮集」（書陵部本）では、帝と徽子の歌を美しい相聞にする。春の夜の属性という一般性に起因させ、徽子の歌の不協和音を消し去ってしまうのである。

蜜月（11、12）

もろともに御琴ひき給て、まかでて、又の日きこえたまひける、内の御

十一　あかざりしことこそいま[も]*1わすられね　いつしかかへる声をきかばや

帝と徽子が、一緒に琴を弾いたという出来事があって、翌日帝から贈られた歌であるという。

飽き足りないあなたの琴の音を今も忘れられない。帰ってきた琴の音を、はやく聞きたいものだ。

と言う。

「あかざりしこと」（飽き足りないこと）の「こと」に「事」と「琴」が掛けられている。ともに奏で

た琴が印象深く、帝にはまだまだ飽き足りなかった。また、「かへる声」の「かへる」は、帝の所へ帰ってくるという意味であるが、琴の調子を変える「かえり声」が詠み込まれている。「こゑ」は、徽子の肉声というより、上句に関連する琴の音とみたい。

詞書は、あえて「まかでて」（退出して）、と記す。この詠歌の場には、徽子が退出したままであるという情報が必要であったからであろう。「斎宮集」では、さらに「夜」という言葉が加わる。

もろともにおほむことひかせ給てそのよまかて給けれは又の日　御　（「斎宮集」書陵部本）
もろともに御ことひかせたまひてその夜まかてたまひにけれは　（同　西本願寺本）

徽子は参内したにもかかわらず、琴を合奏しただけで、その夜は退出してしまったのだと記す。「斎宮集」では、「村上御集」以上に徽子の行動が説明されている。

返し

十二　おもひいづる事はのちこそうかりけれ　かへらばかへるこゑやきこえむ

前歌に対する、徽子の返歌である。帝の歌同様、「事」を「琴」に関連させ、帝の歌に詠まれていた「かへる声」を、同じ「かへるこゑ」で受ける。また、帝が合奏の時を振り返って飽き足りない思いを述べた「あかざりしこと」の詞を、自らも思い出すという意味の「おもひいづること」の詞で受け、贈歌の詞を丁寧に受け取った返歌になっている。

帝が、飽き足りないと思って下さること、そのことは後がつらいものです。参内すれば琴の音をお聞かせすることが出来るのでしょうか。

と言う。

帝のおっしゃった「かへるこゑ」（再び参内して奏でる琴の音）が帝に「きこえむ」（聞こえるだろう）かどうか分からないので、「うかりけれ」（つらい）と言う。

理由は下句であるが、下句の含意は何か。徽子が参内しても同様な時間は持てず、何らかの「変わる」状況が生じているだろうという。帝がまた参内せよ琴を聞かせよとおっしゃる、そのお言葉どおりに帰って行けば、「変わる」事態が生ずるのである。『注釈』（10歌）は、これを「他の女の弾く琴の声」とする。

「かへる」「かはる」は異なる言葉であるが、和歌では厳密に分けてはいない。雅楽や声明などで「返り」は調子の変化を言うが、琴に関しても、琴柱を立てて音の調子を変える意味で用いられる。たとえば、平安末期の亮子内親王（殷富門院）は徽子と同じく斎宮であったが、その殷富門院に仕えた大輔には、

くもりなくなぎたるそらにあそぶいとに琴ぢをたててかへるかりがね　（「殷富門院大輔集」8）

の歌がある。春に北へ帰る雁の「かへる」に、琴柱を立てて音調を変える意味を匂わせる。文法的には「かはる」でなくてはならないが、琴の音を変える意味をそれとなく添えている*2。

第四句を「かへらばかはる」として伝える本（「斎宮集」書陵部本）がある。演奏の楽しい時間、さらに帝の思いは変わってしまいましょう、という徽子自身の危惧をことさらに表明したのが「かはるこゑ」という異同本文なのであろう。

帝の歌との贈答においては、帝の歌の詞をそのまま承ける「かへるこゑ」が照応するのであるが、強いて「かはるこゑ」（「斎宮集」同右）の本文を採らずとも、この歌の心情は当下句に垣間見えている。参内し、帝と琴を奏でるという幸福な一時のなかにも、何か穏やかならぬ状況が生じていたことが呈示されているように読める。

歳序一（13）

又　五月の一日*1　内の御　けふよりはいかに

十三　a　さ月やみおぼつかな[さ]の*2いとどまさらん
ときこえ給へりけるに
b　ながめする空はさのみや

底本本文の右肩に「菟玖波」の書入*3がある。そのように、連歌の形式になっている。すなわち、詞書の「けふよりはいかに」という手紙の文章に、帝が「さ月やみおぼつかなさのいとどまさらん」の上句を添えて、

今日から五月になって、闇もいっそう暗く不安な心情の増さる季節だが、あなたはどうしているか。

という便りを送った。それに対し、徽子が、b「ながめする*4空はさのみや」という下句を付けている。徽子の詞（b）にある「ながめする」（ぼんやりと物思いする）の主体は、相手である帝とも徽子自身ともとれる。「ながめする」のが帝の場合は、五月闇の「おぼつかなさ」を感じ帝は私を心配してくれるが、それは五月に限るのかという意味になる。また「ながめする」のが徽子であると見るなら、私が「ながめする」のは、帝の言う五月だけのことか、そうではない、私の不安な心情、物思いはずっと続いていると、自らの状況を訴えた詞になる。帝のa「さ月やみおぼつかなさ」という詞を、徽子は、何よりもまず「ながめする空」と結びつける。

「おぼつかなし」は、ぼんやりとした状況に対する心情である。闇は暗くて対象がよく分からない。さらに、五月になって五月雨の頃の空は夜が暗いので「おぼつかなさ」がいっそう増さる。それを「五月闇」

という。同様に五月雨のころの物思い（眺め）は長雨に起因する。和歌では、物を隠す五月闇が、それでも隠れないホトトギスの声・虫の音・花たちばなの香り・いっそう数を増す蛍とともに詠まれてきた*5。現象のみならず、その現象が人の心にもたらす晴れやらぬ心情にも注目されてきた。徽子と関係の深い選子内親王の家集にも次の歌が見える。

おなじ月のつごもりがたに

このごろのゆふやみよりも人心おぼつかなさをなににたとへむ　（「大斎院前の御集」111）

かへし

とはぬまとながめてみればさ月やみおぼつかなくてだれもすぐしつ　（同　112）

具体的な内容は分からないが、人との関係が疎遠になり五月闇の空よりも心晴れないという大斎院の歌があって、その歌に、人の訪れがない「とはぬま」は誰しも経験するもので、そう思い空を眺めてみれば、五月闇には皆そんな思いをしているものです、と答えている。

帝と徽子の歌では、同じ季節の、同じく不安で鬱屈した事象を取り上げているにもかかわらず、また、連歌の形式を整えているにもかかわらず、心情はうまく呼応していない。帝が五月闇の時節の一般性を提示するのに対し、徽子は特殊性で切り返す。特殊性とは、帝が徽子を心配するのが、五月一日その時であると詠む特別な事情への指摘であり、一方で自らの晴れやらぬ心情が五月だけのものではないと訴える、自分という独自の存在の主張である。常套的な切り返しという歌の作法であると見ればそうではあるが、向き合っていないやり取りである。帝の詞は、五月の空に目を転じてふと口にしたような表現である。徽子の詞もまた、異なる方向を見ている者が、独り言を放ったような表現である。

当歌以降、帝からの消息は、季節の節々にばかり、思い出したようにもたらされる。「村上御集」の構造としては、「斎宮集」に関係する部分であるが、当歌13以降、一年を周期とする配列が時系列で繰り返されているように見える。本著では、歳末の歌を目安に、「歳序一」から「歳序四」に区分した

歳序一（14、15）

と有ければ、又内より*1

十四　いはでかくおもふこころを　ほととぎす夜ぶかくなきてきかせやはせぬ

詞書は、「又内より」（又、帝のほうから）と記す。時期的なつながりのみならず、歌は内容的に続いている。

口に出して言うことはないが、このように深く思っている私の心を、ホトトギスはあなたに聞かせはしないものか。

と言う。

「いはでかく」（言葉にすることはないがこのように）という詞は、「おもふこころ」（案ずる気持ち）が徽子に通じていないことを意識した詞であろう。これは帝の、徽子に対する愛情表現の歌である。帝は、自らの「おもふこころ」に注視する。「いはで」（口に出しては言わない）気持ちである。「五月闇」の「おぼつかな」き時期の自らの心と取り合わされるのは、ホトトギスである。夏五月ゆえに夏の鳥ホトトギスの歌が返された。それ以上に、ホトトギスが、「五月雨に物思ひをれば郭公夜ぶかくなきていづちゆくらむ」（『古今集』153）という古歌によって発想されてもいる。

当歌の歌内容は、13歌と融合する。ホトトギスの甲高い声を引き立てるのは、視界を遮る五月闇である。

五月闇をホトトギスが声を上げて飛んで行く。さらに「夜ぶかく」の詞が、夜更けのいっそうの暗闇を強調させ、「おもふ」帝を際立たせる。ホトトギスが、言づての使者であるといった歌*2も意識されていたのであろう。先の歌13の「五月闇」・「おぼつかな」さに、「ホトトギス」の古歌が加わることで、成立した当歌である。これは、

さ月やみくらはし山の郭公おぼつかなくもなきわたるかな　（『拾遺集』124　実方）

のような、次代の和歌の世界を創る。

御返し

十五　ものをこそいはでの山のほととぎす　ひとしれぬねはなきつつぞふる

徽子の返歌で、

ものを言わないとおっしゃる「いはで」の山のホトトギスですから、人には聞こえない声で鳴いております。

と言う。

帝の「言伝」（『注釈』79歌）をもたらすホトトギスは確かに訪れ、帝のお心は確かに届いている。しかし私の耳に入らないだけだと言う。

下句「ひとしれぬねは」は、「ひとしれぬねを」とある「斎宮集」の本文が、文脈上正しい。和歌で「ひとしれぬね」は、忍ぶ恋の思いに人知れず泣く泣き声として用いられる*3。

「かずならぬみ山がくれの郭公人しれぬねをなきつつぞふる」（『後撰集』549春道のつらき）もまた、自

らをホトトギスに喩える。「えがたかるべき」（手にいれられるはずもない）女に恋をし、「かずならぬ」（物の数にも入らない）わが身を詠む。比喩のなかで、このホトトギスは、山に隠れるゆえに「人しれぬ」声で鳴き、一方、徽子の歌は、「いはで」という地名にちなむホトトギスゆえに、「人しれぬ」声で鳴く。人しれぬ声は、すなわち人しれぬ思いである。帝の使者であったホトトギスは、帝の詞にあった「いはで」の性格を付与される。当歌の「いはでの山」は、固有名詞ではなさそうである*4。

後世の『新続古今集』には、これらの歌が、贈答歌としてではなく、

　五月ばかりに徽子女御のもとに仰事ありける　天暦御製

いかでかく思ふ心をほととぎす夜ぶかくなきてきかせやはせぬ　（『新続古今集』263）

のように、前歌14が単独で収録される。初句は、「いはでかく」ではなく「いかでかく」となる。ここでは「いかで」（どうして）と徽子に詰問する歌となり、「いはでかく」に備わっていた帝の秘めた思いは消えている。

歳序一（16、17）

六月のつごもりに*1、給へりける御返しを桔梗につけて、秋ちかう野は成にけり、人の心も、ときこえ給へりければ

十六　秋ちかうなるともしられず　夏ののにしげる草葉とふかき思は

「六月のつごもり」（六月末）、旧暦では夏の終わりに、帝から何らかの消息があった。その内容は記されていないが、徽子は「秋ちかう野は成にけり、人の心も」という言葉を返事とし、桔梗の花につけて贈

った。

「秋ちかう野は成にけり、人の心も」の箇所は、「斎宮集」では改行して、歌のように記されている*2。徽子の言葉は、「秋ちかうのはなりにけり白露のおけるくさばも色かはりゆく」(『古今集』440　きちかうの花　とものり)の上句を引用したものであることが指摘されている(『注釈』82歌)。これは、露が降り草葉の色が変わっていくという内容の歌であり、徽子が便りに付けた桔梗(きちかう)を詠み込む物名歌でもあった。その古歌の引用に、「人の心も」と添えたのであるが、「あき」は「秋・飽き」の掛詞であることは周知の知識であり、引用した上句からだけでも、人の心変わりと結びつく一首の歌内容は想起されたであろう。

秋近う野はなりにけり(ほんとうに、もう野は秋ですね。帝のお心も私を飽きられる「あき」になるのでしょう。)

と言う徽子の返事に対し、帝は当「秋ちかうなるともしられず」、すなわち

秋が来たようには思われない。飽きるなどとは想像も出来ないことだ。夏草は茂っており、私のあなたへの思いも同じように深い。

の歌を返した。徽子の疑念を完全に打ち消すような力強い返歌である。それは、上句で「しられず」ときっぱり否定し、上句の詞が下句の、未だ草深い夏野の風景と重ね合わされるからであろう。

かへし

十七　夏すぐる野べのあさぢはしげれども　つゆにもかるる物とこそきけ

再び徽子の返事となる。

夏が過ぎても野辺の浅茅は茂っておりますが、それでも露によって枯れる物と聞きます。そのように帝の恩沢には、あずかっていないようです。

と言う。

『注釈』(83歌)は、「夏が過ぎて秋になれば、野の草葉は露のようなものによってでもはかなく枯れることを述べて、帝の思いもあてにならないことを匂わせたものである。」と解釈している。

当歌は、帝の寵愛を得ていないということを、詞巧みに詠んだ歌なのではあるまいか。「かる」には、「枯る・離る」を掛ける。「露」は、恩沢の意味として慶賀の歌にも詠まれる詞である*3。「露」は、「露のようなものによってでも」という、わずかなものではなく、やはり「恩沢」の意味を持たせている。そして、直接的な表現を採らずに、「夏すぎて」ならびに「露」で、「秋」を暗示し、「飽き」(飽きられている)という帝の贈歌とは異なる認識を、結果的に自らの思いとして伝える。

秋になれば、盛んに茂らせてきた夏の浅茅も枯れる、と言う。「あさぢ」(浅茅)は、短いチガヤ(茅萱)である。人が意図的に植えた植物ではなく、路傍や荒れた庭に自生し、荒れた宿にも茂る。帝は「夏ののにしげる草葉」と言ったのであって、「ち」(茅萱)とは言っていない。徽子が、自らの心象に合わせて、あさぢ(浅茅)茂る情景を創り出したのである。

「斎宮集」(書陵部本、西本願寺本)では第四句を「露にもかかる」とする。すなわち、秋になっても野辺の浅茅はまだ茂っておりますが、それは、「露にかかる」(帝の恩沢による)ものだからだと人々が申しております、という歌となる。

「斎宮集」(西本願寺本)になると、「夏すぐる野辺のあさぢししげければ露にもかかる物とこそきけ」

（「斎宮集」西本願寺本）として、「しげければ」（繁っているので）を、「露にもかかる」原因とする。帝の恩沢は全面的に肯定される。しかし、それでは、「斎宮集」の書陵部本、西本願寺本ともに、黴子が先に提示した「秋ちかう野は成りにけり、人の心も」の内容と齟齬する。

したがって、『注釈』（同上）は、西本願寺本を底本とするのであるが「露」を恩沢とは見ず、本文第三句を「しげけれど」（書陵部本）に、第四句を「つゆにもかかるる」（村上御集）に、本文を校訂したという。当「村上御集」においては、「露」は、やはり「恩沢」の意味を持ち、それは、前歌に表われていた、帝の愛情を受けるのであろう。帝の恩沢（露）があるにもかかわらず、それでも「枯れる」という。「かる」（離る）は、寵愛の衰えを暗示する。「とこそきけ」（と聞きます）という婉曲的な表現は、帝の権威に対する遠慮であろう。

黴子は、帝の強い思いの表明に、疑念をはさむような返答をする。これは、黴子に限ったことではなく、愛の表明を受け容れているのである。愛情を堅固なものにしたいがために、疑念の形を以て、論理の脆弱なところを問う。ここでは詞の伝統を踏まえ、詞遊びで愛情を確認しているものと解釈する。

歳序一（18、19）

七月七日ありける、上の御

十八　こよひさへよそにやきかん我ための　あまの川原はわたるせやなき

またひと月が過ぎ、七夕になる。帝から便りがあった。詞書の「ありける」は、帝の方から何らかの働きかけがあったことを示す表現なのであろう*1。

　七夕の今夜でさえ、逢瀬の話を人ごととして聞くことになるのか。私が渡ろうとする天の川には、
　　あなたのもとを訪れるための浅瀬はないのか。

と言う。

　他でもない七夕である。普段は逢えない二星にさえ逢瀬の持てる日であり、牽牛星も天の川を渡っていくのに、という心情である。牽牛星は、織女星の待つ対岸へ渡る浅瀬を探すのであろうが、私にはその瀬がないと言う。「せ」は川の流れをいう「瀬」であり「逢瀬」である。

　逢瀬の叶わない状況を「わたるせもなし」と詠む歌は少なからず見える。帝の歌と同様に、年に一度とはいえ、両星が逢瀬の機会を持つのと比較して、逢瀬の叶わぬ自らを詠む恋歌に詠まれる。「よそ」は、自分とは関わりのないものを指す詞であるが、「こよひさへ」（今夜でさえ）という表現からは、徽子の側が何らかの抵抗をしていることがうかがえる。

　当歌の結句は「斎宮集」（書陵部本、西本願寺本）も「わたるせやなき」である。この歌は、結句を「わたるせもなし」として『続後撰集』916に採られ、ほぼ同じ本文で当「村上御集」127に重出歌として入る。「わたるせもなし」になると、同じ主意でも調べは沈静化されている。

御返し

十九　天川ふみみるほどのはるけきに　わたらぬ瀬ともなるにや有らん

　徽子は、帝の言う「渡る瀬やなき」（逢瀬の時を持てない）理由を、返歌の内容にする。

　天の川は、踏み入ってみるその程度は、遙かに大きく遠いものですので、お渡りになれない瀬に

　なるのでしょう。

と言う。

「ふみみるほど」[2]が「ふむほど」や「ふみいるほど」ではないのは、「文」を提示し「文見る」を表現するためであろう。時代的には当代ではなく『拾遺集』以降に用例を見る掛詞であるが、「ふみ」には「踏み・文」が掛けられているとみたい。

「なるにや有らん」は非常に婉曲的な表現である。「渡る瀬やなき」（逢瀬の時を持てない）という帝の歌に対して、逢瀬の時がないのではない、そのような結果すなわち、逢わないという現状を作り出していらっしゃるのだ、という主張の婉曲的な表現である。「ふみみるほどのはるけき」（文見るほどの遙けき）には、帝からのお手紙が遙かに隔たった後にもたらされたという意味が掛けられ、それが「わたらぬ瀬ともなる」原因なのだと言う。

「はるけきに」は、本文異同のある箇所であるが[3]、和歌の用例では、より具体的な対象を伴って用いられる詞である。行く先の遙けさ、高い山道の遙けさ、別れてきた道の遙けさ、山彦の返答の遙けさ、そういった具体的な対象に対する遙かな感情が「はるけきに」と表現されている。具体的な対象をもたない遙かな思いを表現する「はるけさに」とは異なるところである[4]。

逢瀬を持てない原因は、帝からの働きかけのなさにあるのだというのが、当歌の主意であるが、「はるけきに」（「村上御集」、「斎宮集」書陵部本）と詠む心情には、帝からは届かない便りが、具体的な対象として意識されていたのかもしれない。

当歌は『新千載集』1515に、徽子の歌として単独で入る。帝の前歌（18）は、詞書中に引用される。「天の川ふみみることのはるけきはわたらぬせともなるにや有るらん」として収められるが、こちらは説明的で、右の歌に見る、原因と結果が一気に詠み下された勢いは失われている。

歳序一（20、21）

又 内の御*1

二〇 **長月のあり明の月はすぎゆけど かげだに見えぬ君がつらさよ**

「又」は帝からの働きかけであろう。「あり明の月」と詠まれるので月の下旬に、帝から便りがあった。有明の月は、夜明けになっても空に残っている月で、「かげだにみえぬ」の「かげ」に「月光」と徽子の「姿」の意味を掛ける。

九月も半ばを過ぎるけれど、月影のみならずあなたの姿さえ見えないというのは、辛いしうちであるよ。

と言う。

「かげだにみえぬ」（影さえ見えない）は、誇張表現でなければ、徽子は、この頃「里住みを続け」（『注釈』86歌）ていたので、姿を見せなかったのかもしれない。

これまでも徽子は、帝への反発を婉曲的に示している。時折思い出すかのように寄越される帝からの便りに対して、五月初めの歌では、自らの晴れやらぬ思いが五月闇に限らないものであることを訴え、六月末の歌では、帝の寵愛の衰えを口にする。また、七月七夕の歌では、「渡る瀬」がないと言ってきた帝に、それは帝自身に起因する結果であると答え、結果的に帝に姿を見せないことになる。この帝の歌は、そのような徽子の態度を背景にするのであろう。帝はただ自らの心情をのみ率直に「君がつらさよ」と詠むのである。

御返し

二一　しぐれゆく空もおぼろにおぼつかな　かげはなれぬるほどのわりなさ

徽子の返歌は、帝の詞「長月のあり明の月」の月光とは異なる側面、すなわち時雨降る空を取り上げる。

時雨れてゆく空はぼんやりとして不安な空です。そのような空の下にいて、月光から離れてしまった我が身が、どうしようもなく辛いことです。

と言う。

贈答歌に常套的な、相手の詞の引用がここにはない。唯一、帝の歌とつながるのは「かげ」（月光・姿）の一語である。帝は「かげ」（姿）を見せないことが辛い仕打ちだとおっしゃるが、自分は「かげ」（月光）とは無縁であると反論している。

「かげはなれぬる」は、恋しい人の姿が離れてしまっていることを示す*2。詠まれるのは、恋しい人が去ってしまった結果の落胆した心情というよりも、対象との隔たりに対する思いである。「かげはなれぬる」は結果であるが、「しぐれゆく」（次第に空が暗くなっていく）は、現在進行形であり、事態の悪化は止むことがない。

時雨は涙を想起させ、「お手紙を拝見して涙で目がくもり」「どんどん私から遠ざかってお行きになるのがつろうございます」（『注釈』87歌）という解釈があるが、それほど明瞭に理由が述べられているわけではない。「かげだに見えぬ」（姿を見せない）という帝の詞に対し、帝こそ「かげはなれぬる」（お姿が見えない）と切り返すような歌ではないところに、この歌の特徴がある。理由を言えない、訴えたくても詞とすることに遠慮される心情が巧みに表現されている。

「おぼつかな」は、時雨ゆく空への思いである。空は、さらにかき曇ってゆく。「おぼろに」は、その情景であるが、同時にまた徽子の、漠然とした不安を示す心象風景である。「おぼつかな」は、「空もおぼろに」とリズムよく音をつなげる。

「おぼつかな」（何かはっきりしないのですが）というのは、また、それが帝に対する詞でもあるからだろう。参内したくても出来ない、あるいはまた、徽子の心を抑えるような出来事があり、それが理由で参内しない。他の后妃への思いであったかもしれず、帝の不実への嘆きを含んでいたかもしれない。帝には言えない、「おぼろにおぼつかな」（どうしてなのか分からないのですが）と言うしかない心情の表現である。したがって、帝から「影離れぬる」（姿が見えなくなった）と言われた事態に対して、「わりなさ」の詞を用いる。

「わりなさ」は、悲しい、辛いという意味でもあり、そうせずにはいられない、どうしようもないという思いが「わりなさ」と表現される。帝には伝わらず、また伝えられない思いが、帝の歌と共通する詞「かげ」の一点で不安定につながっている。

歳序一（22、23）

まかでてのち、久しくまいりたまはねば

二二　あまつ空そことも見えぬ大空に　おぼつかなしとなげきつるかな

徽子は、一旦は参内したのであろう。しかし退出して後、久しく参内しなかったので、帝が、

大空の底が見えぬように「そこ」ならぬあなたの姿が見えない。不安で気がかりで嘆いていることだ。

と詠んだ。

「そこ」には「底」と、徽子を指す人称の「其処」とを掛ける。「あまつ空」は、宮中を暗示するが、また、帝の「おぼつかなし」という心情の形象にもなっている。「おぼつかなし」は、待ち遠しい、逢いたいという対象への明確な思いではなく、強く求めても対象を把握できない不安な心情であろう。徽子の姿が見えないことへの帝の気がかりと、徽子の真意が分からない、そのつかみ所のなさが、「あまつ空」(どこまでも広がる大空)で表現される。

右の歌には、「あまつ空」と「大空」に、「空」の詞が重出している。より推敲が求められたのか、この歌を採録する『新古今集』には重複が解消されており、「あまのはらそこともしらぬおほぞらにおぼつかなさをなげきつるかな」(『新古今集』1411)の本文で載る[*1]。第三句は、「おぼつかなさを」嘆く、と改変され、帝の「おぼつかなし」という心情が対象化されている。それに対し「村上御集」の「おぼつかなしと」は、「と」が心情を直接引用し、帝の口吻を漏らす。「を」と「と」の本文異同[*2]には、書写の連綿を見誤ったという契機の可能性もあるが、結果的に「村上御集」の本文は、重複した詞を残し、直接引用の「と」によって素朴な強い調べを残すことになっている。「斎宮集」では唯一書陵部本に、当歌と同一本文で見える。

御返し

二三　なげくらんこころを空にみてしかな　たつ秋ぎりに身をやなさまし

徽子の不在を嘆く帝の前歌に答えた、徽子の返歌*3である。

嘆いているとおっしゃる帝のお心を、大空に見てみとうございます。そのためには、秋霧にでも我が身を変えましょうか。

と言う。

下句について『注釈』（14歌）は、この歌が、「君がゆく海辺のやどにきりたたばあがたちなげくいきとしりませ」（『万葉集』3580）の発想に拠るものであって、「お嘆きが本当なら、霧が立つはずですけれども」「私も始終溜息をついていますので、わが身を秋霧にして」と解釈している。

下句はそのような意味なのだろうか。『万葉集』に、自然現象としての「きり」（奇里・紀利・霧）を詠む歌は多く、様々に取り上げられてきた。秋の季節の現象と見る固定した認識はなかった。秋霧は七夕の季節の到来を示す。また、霧は人を包み込むものではあったが人の行動を阻害する障害ではなかった。その白さが詠まれることもあれば、山にかかる霧は過ぎゆくものの比喩ともなる。恋歌となって「おほに・ホノニ」（鬱）や「おほほしく」も導く*4。捉えどころのない恋情が、霧がたちわたる光景を選ばせている。

平安時代以降、表現は類型化され、「霧」は、物を隔てる現象または、ぼんやりとした心情と結びつくところの現象として詠まれるようになる。貫之の歌には後者が少なからず見られ、秋霧立つ情景を「おぼつかなし」の詞と結びつけている*5。帝と徽子の歌は、この系譜にある。嘆く息の比喩に霧を用いる歌は、確かに『万葉集』に数首見えるが、当贈答歌の霧は、もっと広く立ちこめる大空の景物であると見たい。徽子が「秋ぎりに身をやなさまし」と詠ったのは、嘆息の多い自らがその息になることによってという、具体的かつ明瞭な意図を言うのではあるまい。帝の歌が提示した景色にふさわしい事象、すなわち、ぼんやりと捉えどころのない状態を創り出す空の景物を詠もうとしたのであろう*6。

当歌は、ここまでの徽子の歌とは異質である。ここまでの、遠慮がちではあるが深く巣くった不信に起因するような、ある種反発の調べは、ここではうかがえない。これは疑念の歌ではなく、帝の詞に沿って帝の思いを受け容れようとした歌である。「たつ秋霧に身をやなさまし」の「まし」は、帝の心情に沿わんとする詞であったと考える。

歳序一（24）

うらみきこえ給ひて、女御

二四　こち風になびきもいでぬ海人舟の　身をうらみつつこがれてぞふる

激しい風にも靡いて海辺を離れず、浦から出ない海人舟のような我が身ですが、私はそのような我が身を恨みながら、帝のことをお慕いし過ごしております。

と言う。

「なびきもいでぬ」（靡いてそちらの方に出て行かない）については、「斎宮集」では「なびきもはてぬ」（すっかり靡かない）とするが*1、完全に帝に靡かないというのは、ふさわしくないと考えられたのであろう、当歌では、「いでぬ」となる。上句は、「いでぬ」すなわち帝の働きかけにも応じず里を出ない、という意味に解釈する。

「こち風」は、『万葉集』で「朝東風」（あさごち）、「東風」（あゆのかぜ）と表記され、程度の激しい意味の「いたし」を導く詞として用いられてきたところの、激しく吹く風と見たい。帝からの働きかけを、氷を溶かさんとする優しい「こち風」（春風）と見ることは、答歌の礼儀という点からは妥当であるが、当歌に詠まれる光景は、強い風ゆえに沖へ出ない海人の舟である。歌にも「風をいたみ」として詠まれる風景である*2。

「海人舟」は、海人が漁をするための舟であり、「おほ舟」という詞が、ゆったりとした航海の情景を頼みの心情の比喩にするのとは対照的に、激しい風に対して心細い存在である。海を詠む多くの和歌同様、徽子の歌にも、「うらみ」（浦見・恨み）、「こがれ」（漕がれ・焦がれ）が掛詞となる。「浦」は海岸が陸に入り込んだ所で、舟は「浦見つつ」すなわち浦の見える海辺から遠く離れないところにいる。里居を続けたままであることの比喩であろう。徽子は、帝からの強い働きかけにも従おうとしない我が身を、自ら不満に思い「身をうら」むと言う。

詞書は「うらみきこえ給ひて」（おうらみ申し上げなさって）と記すが、それは歌と合っていない。詞書「きこえ給ひて」の敬語表現では、「きこえ」の敬意の方向が帝へ向くが、歌の「うらみ」は徽子が自らを恨む意味であって、内容が異なる。また、「こがれて」（帝を恋焦がれて）という心情とも合わない。参内への働きかけに応えられない要因の推測に着目するなら、「内にてなにのおりにかありけむ」（「斎宮集」書陵部本）等*3の詞書が歌と照応する。

お応えしようと思い、また、お応えせねばならないことは理解しているものの出来ないのだという心情が、他本の「なびきもいでぬ」「なびきもはてぬ」の「いでぬ」「はてぬ」という表現を採らせている。歌の主意は「こがれてぞふる」（恋焦がれて暮らしている）にある。とりまく状況に反して、心は帝を慕うと言う。しかし、帝の働きかけに応じない態度は、状況を悪化させ、徽子は、いっそう悪くなっていく環境で我が身を「うらみつつ」日々を過ごすことになる。

歳序一　歳末（25、26）

かくてまいり給へりけるに、さべき事有てしはすにまかでたまひにければ、とくだにまいり給へとて、しはすのつごもりに、内より

二五　つれもなき人のこころはいとどしく　としもへだつる物にざりける

こうして女御は参内なさったが、そうすべき事があって師走に退出なさったので、とりあえず急ぎ参内せよということで、師走の月末に、帝より

私を隔てるつれない人の心は、今年がいっそう隔たったと感じさせるものだ。

と言う。

十二月になっている。帝からの誘いに応じて参内したものの、徽子は退出してしまった。師走に退出なさったので、また帝が参内を促したのだ、歌を贈ったのだという、「斎宮集」（西本願寺本・書陵部本）も同様に比較的長い詞書を付す。詞書がなければ、巧みさの伝わりにくい歌だからであろう。全般的に言えることであるが、「村上御集」は、帝の歌が巧みであることを示さんとする意識が強い。

詞書に見える「さべき」の「さ」は、「まかで」すなわち退出することで、「さべき事」は退出を余儀なくされる事態を指し示すのであろう。「とくだにまい（ゐ）り」は、歳末ゆえに取りあえず急ぐことを促

し、ともかくも急いで参内することを求める。

第四句の「へだつ」（隔つ）は、徽子が帝を「隔てる」のであり、「とし」（今年）が帝から「隔たる」のである。「としもへだつる物」*1の詞で、まだ十二月であるというのに今年がもう遠く過ぎ去ったものに感じる、それは、あなたが私を隔てる「つれない心」のせいだと表現する。「いとどしく」（いっそう）は、好ましくない状況に用いられ*2、程度の甚だしい様をいう詞である。上句「つれもなき人のこころは」には、「人のためには」（つれない人のために）という本文異同*3がある。こちらの本文は、帝にそう思わせた原因が徽子の態度にあるという意味合いを強める表現となる。

帝の歌は、年の改まる時節にふさわしい歌である。語りの調子を残す詞書の部分は、「斎宮集」の本文ほぼそのままである。「村上御集」に、この詞書が存在しなければ、「としもへだつる物」が一般的概念的な表現となってしまっただろう。御集ということもあり、直接的な表現は避けたいが、それでは個別の状況に即応させて詠まれたと知ることで、さらに見えてくる帝の歌の巧みさが伝わらない。「斎宮集」諸本には見えない「うらみ」という詞が、前歌二首の詞書にのみ見えるのも、この歌が単なる歳末の挨拶ではなく、帝が状況に即応させて詠んだ巧みな歌であったことを、さらに示そうとした所以であろう。

御返し

二六　今いくかありとも見えぬとしよりも　ふりゆく身こそかぎりなりけれ

徽子は、

あと何日あるとも見えない今年ですが、終わっていくのは今年ではなく旧りゆく我が身のほうで、それこそ、帝と私の隔てとなる最たるものです。

と言う。

「かぎりなりけれ」は、今年の「かぎり」（終わり）と、帝と自分とを隔てる「かぎり」（最たるもの）を表す。「ふりゆく身」については、『万葉集』「人者旧去《ヒトハフリユク》」（1884）をはじめ、人が歳をとっていくことは「ふり」（旧り）として見え、「旧りゆく」で、寵愛の衰える我が身の憂いが詠われてきた。帝が気になさる、過ぎ去って行く今年（疎遠な関係）は、私の帝への「つれな」さが原因ではない、と否定し、帝からの寵愛の薄れ故である、というのであるが、帝の歌同様に歌の論理は抽象的である。

「斎宮集」（書陵部本、西本願寺本）では、結句を「かなしかりけれ」とする。しかし、当「村上御集」では、そのような心情の直接的な表現は採らない。帝の歌に見える「としもへだつる物」を「かぎりなりけれ」で受け、贈答歌として穏やかにまとめている。

当歌は、痛切な印象を与える。なぜなら「さべき事有りて」退出したという徽子側の事情が、「かぎりなりけれ」と結ぶ歌では消し去られているからである。帝は、年の暮れだからと私をお呼びになっている。度重なる退出の事情を思い遣ってはいただけない。里にあって心晴れない日々を過ごしている。そういった心情が、「斎宮集」本文結句に見る「かなしかりけれ」なのであろうが、そういった心情が暗示されるからだけではない。徽子が返歌に際し、「ふりゆく身」という概括した詞を選び、答えを自らに向ける論理を採るからである。「さべき事有りて」という詞書の事情も、ともに消されている。

歳序二（27、28）

としかへりて、む月に雪のふりけるにありける、内の御

二七　しらゆきとつもれるこひのあやしきは　けふたつ春もしられざりけり

三度繰り返される、ほぼ時系列の歌群の一周期が終わり、一月の詠歌となる。年が改まって一月に雪が降った折、帝のほうから次のような歌が贈られてきた。

白雪のように積もっている恋の不思議は、今日立春になったのも分からなくさせていることだ。

立春は、太陽の動きを二十四節気として区分した、その一である。太陽の軌道に基づく中国の暦でいうところの立春と、太陰暦で動いていた当時の生活の正月とが重なることはまれで、年内立春すなわち十二月であるのに立春となる場合もあった。その驚きはすでに『古今集』の和歌*1に詠まれている。ここでは、一月、正月の月に立春になっている。

これまでの歌と関係づけるなら、徽子の不在が、立春になったことも分からなくさせるほど帝の恋情を募らせている。「こひ」（恋）は古代から、叶わぬ思い、思うようにはいかないゆえに募る気持ちを表す詞として歌に詠まれてきた。堆積した結果としての雪ではなく、積も（りつつあ）る雪が、恋情の比喩となる。

春は物の改まる季節であり*2人の待ち望む季節であるが、帝の下句は、そのような春を感じられないと言う。

御返し

二八　いとはるになるだにあるをしら雪の　心とけずときくもうきかな

厭われる身になるのは辛いものですが、春になったのも知らず白雪が溶けないように、帝のお心が解けないと聞くのも辛いことです。

と徽子が答える。

「はる」に「春」と「厭はる」の「はる」を掛け、また「しら雪」に「白」と「知ら」を掛ける。「いとはるるわが身」といった掛詞は、すでに『古今集』に見えている。

「だに」は、春になったことさえ分からない、より重大な心情に囚われていていたことを暗示する。「だに」は、また、厭われる身さえ辛いのに「心とけずときく」状況はそれ以上であることを示す。「心とけ」に自然現象を重ねる歌も古くから詠まれてきた。「春たてばきゆる氷ののこりなく君が心は我にとけなむ」(『古今集』542)といった和歌では、春になれば氷はすっかり溶けてしまうというが」と詠む。そういった古歌の了解の上に詠まれる。

帝は降り積もる雪に、徽子への恋心をイメージとして重ねた。古く『万葉集』に於いて、雪は、恋する人の過ごす時間に存在する、季節の風物として詠まれてきた。雪に、恋の性質と通うものがあるとすれば、「ふりしく」「けぬ」「いちしろし」を導く景物としてであり、恋の激しさに身を尽くすことが、雪の消える様に通じ、「けぬ」として捉えられた。帝が詠む心情の比喩は「ふればまさる」ことを経て定着していった、平安時代以降の趣向*3である。

徽子の返歌は、帝の歌の「積もる雪」を「融けない雪」と言い換える。そして帝の徽子への「こひ」を、帝が徽子を厭う「心とけず」の態度として、論理をすり替えてしまう。

歳序二（29、30）

又、ねのびに、松にさして有ける、内の御

二九 ねのびにはいかにせよとかうちはへて*1 まつをもしらぬこころなるらん

時節の節目ごとに、帝から歌は贈られてくる。「ねのび」は、正月の、さらに十二支の初めである子の日に行なわれた風習である。子の日には、常緑樹である松（小松）の根を引いて、延びる根にあやかり長寿を祝う。宮中では宴が催され、実際に野への行幸があった。人々も、こぞって野に出かける*2。

帝の歌は、他の歌が詠むように、子の日の「松」に「待つ」を掛けるのであるが、他に例を見ない捉え方をする。それは、延びる小松の根が「うち延へ」（延び）る様を、待つ時間に喩える点である。「待つ」相手は、なかなか参内しない徽子である。

前歌同様に、子の日に際しても、また、徽子の態度に疑問が投げかけられる。

私にどうせよと言うのか。あなたの心は、小松の根が長く延びるの「延ふ」ではないが、私が長く待っていることに気づいていないのだろうか。

と言う。

小松の根が延びるのは、長寿の予兆であるのだが、帝の「まつ」は、不可解だという待つ時間である。「ねのびにはいかにせよとか」とは、ことに、人々が「まつ」（松）を重宝する子の日に、自らはそうは思えず、どうしてよいか分からないという意味である。

御返し

三〇　春よりもあさきみどりの色なれば[*3]　一しほますはなき名なりけり

先の贈答と性格が似ている。帝は徽子の態度に不可解さを提示し、徽子は帝の詞と向き合わない。徽子のこの答歌も、帝の詞である「ねのび」「松」を受けず、ただ「春」「みどり」の詞が、贈歌に詠まれていた子の日の松を想起させるのみである。

まだ日の浅い春よりも浅い緑色をしているのが、帝のおっしゃる「まつ」です。したがって、その浅い色に向けられる「無き名」はいっそう増すというものです。

と答えている。

『注釈』（93歌）は、当歌が下敷きにするのは「ときはなる松のみどりも春くれば今ひとしほの色まさりけり」（『古今集』24）であると指摘する。徽子は帝の歌の「まつ」に対して、「この松は古今集の歌の松」すなわち「色まさりする松」ではない。「「待つ」とおっしゃるが、待つ御心が浅いのです」と解釈し、「春になっても帝の愛情のまさることが浅いことを嘆いている」と注釈している。「一しほ」は、染めの一浸しが原義であり、「いっそう、ますます」の意味で用いられる。

「一しほ」の詞は、磯の松が幾潮の波で深緑になるというイメージを作る[*4]。

文芸という詞遊びであっても、当歌の論理は特異と言わざるをえない。小松の緑への疑念が他に例を見ないものだからである。たとえば、「ねの日する小松が原のあさみどり」[*5]は、霞に覆われた色であるが、「あさ緑けふひきそふる松」[*6]は、小松の色をあさ緑と詠んでいる。生えたての松であるので、小松の色を「ふかみどり」[*7]に対する「あさ緑」とする認識はあったかもしれない。しかし、それは、浅い色をしていても、盤石な未来の象徴であるという認識を前提として詠まれており、徽子の歌とは異なる。また、恋歌で、愛情の衰えといった人事の比喩に、松の詠まれることがある。「松のこずゑも色かはりゆく」*8、「時をへて変はらぬ色ときかば」*9等であるが、それらの歌においても、松は絶対的な色変わらぬ存在として、対比すべき対象に位置づけられているのであり、松の色そのものを否定するといった論理は採らない。そもそも、小松の色を否定的に詠むことは、子の日の風習の根本的な考え方と矛盾する。

心情を景物で表現するという和歌の形式を採りながら、「景」の築く論理が破綻するほど、「情」に比重をかけるのが、この歌なのではあるまいか。帝は、長寿の予兆である小松の根を不可解なものと詠む。徽子もまた、小松の緑色を否定するかのごとき奇異な捉え方をする。詞遊びにしても、その論理が右のような矛盾を露呈しているのは、裏面の「情」を伝えることに重きが置かれるからであろう。

歳序二（31、32）

まいり給はんとありけるほどのすぎければ、れいの、内の御

三一　中中にいへどもしらぬ時よりも　いまはときくにあはぬこころよ

「村上御集」の詞書には、「れいの」*1（いつものように）という「斎宮集」にない言葉が加わる。「参内致しますとお返事があってから時間が経ったので、いつものように帝」から贈られてきた歌であるという。歌は、

「参る」という返事を知らないでいた時よりも、近いうちに参るなどと聞いているのに逢おうとしない、今のあなたの心がかえって辛く思われる。

と言う。

歌の「いまは」は、詞書の「まいり給はん」（参上なさいます）という徽子の心情にたつ、「いまは参る」を引用し省略したものであることを示す。「いへども」の「言ふ」と「きくに」の「聞く」との対比が歌の主軸になっており、参内することを徽子が明言し、「いまは」（ただ今、近いうちに）参内するという言葉を、帝は、聞いたと述べる。

詞の対比をねらった「村上御集」に対し、「斎宮集」で「言ふ」「聞く」は意図されず、松の歌群でまとめているように見える。

なかなかにいつとも[*2]しらぬときよりもいまかとまつにあはぬ心よ　（「斎宮集」書陵部本）

なかなかにいつともしらぬときよりもいまやとまつはあかぬこころよ　（同　西本願寺本）

と、「斎宮集」では、「まつ」を詠み込み、さらに、「いつとも」「あかぬこころよ」[*3]という本文異同も見える。

「まつ」を詠み込む歌、

あふことをいつともしらで君がいはんときはの山ぞまつぞくるしき（「五代集歌枕」64　ときは山　読人不知）

に詠われているのと同種の心情である。「まつ」の有無にかかわらず、いっそのこと「近いうちに参内する」などという言葉を知らないほうが良かったという主意は、「斎宮集」を含めどの本も同じである。「村上御集」では徽子の言葉を重く取り上げ、「いへども」と「きくに」で対義語の「言ふ」と「聞く」を詠み込んだ歌に仕立てている点が、特徴的である。

忘れ草が生えていると聞きますので、住の江の松も「待つ」の名前をもっていながら甲斐のないものと思われることです。帝が待って下さるというお言葉も同様に甲斐ないことです。

と言う。

御返し

三二　わすれ草おふとしきけば*4　住の江の　まつもかひなくおもほゆるかな

「忘れ草」が「住の江」に生えるものであることは、歌に詠まれてきた。「忘れ」と名にもち、苦しい恋の思いを忘れさせてくれる有難い草である。しかし、帝の側に生えるというのであるから、相手側に生える場合は、帝の徽子への思いを忘却させることになる。そういった忘れ草の側面も歌には詠まれるところであり、当歌も、忘れられる我が身の辛さを示す。

当歌の「おふとしきけば」の「きけば」は、先の歌30の「なき名」と関連するのではあるまいか。「きけば」は、徽子が耳にしたことが原因である、と言うかのようである。

『万代集』は、贈答歌にしない。この歌を次の形で収録し、直前に帝の「すみのえの」歌を置く。

中宮さとにいでたまて、わすれぐさをたてまつらせ給へりける御返事に　天暦御製

すみのえのものときこしわすれぐさうたがひもなきわれにおほする　（『万代集』2681）

題しらず　斎宮女御

わすれぐさおふとしきけばすみのえのまつもかひなくおもほゆるかな　（同　2682）

「すみのえの」歌（88）は「村上御集」では、中宮安子に関連する歌群に置かれている。

また、『万代集』が並記するのは、「わすれぐさ」を共通させる二首であるが、歌内容は照応しない。自

分の所に生える忘れ草の内容を、「わすれぐさおふとしきけば」の詞は、受けていない。したがって、『万代集』も贈答歌にはせず、「題しらず」という詞書を置いている。

この歌は、黴子が帝の愛情に対し、疑問を提示している歌である。しかし、露骨に述べるのは攻撃的である。直接的に帝を攻撃しない緩衝材として「住の江の松」「わすれ草」という詞が新たに選択されたものであると見たい。

歳序二（33、34）

まいり給へりけるに、いかなる事か有けむ、かへらせ給て　内の御

三三　みづのうへのはかなきかずもおもほえず　ふかき心し空にとまれば

帝の歌である。帝が、黴子の都合から帰ってしまわれた。

水の上に数を書くような空しい思いはしていない。私の深い心は空に留まっているからだ。

と言う。

しかし、それだけでは意味の通じない歌である。「ゆく水にかずかくよりもはかなきはおもはぬ人を思ふなりけり」（『古今集』522）が下敷きにされている。当歌「みづのうへのはかなきかず*1」は、水に書いた文字のすぐに消える様で、恋する思いが伝わらない虚しさの比喩である。古歌を踏まえれば、帝は、あなたを思う「ふかき心」が「空にとまれば」（確かに空に存在するので）、思ってもらえない人を思うような虚しさというものは自分にはない、と言っていることになる。大きく分類すれば、帝が自分の変わらぬ深い愛情を表明している歌である。

「斎宮集」や当歌を収録する『新古今集』1421は「そこにとまれば」と詠む[*2]。「そこ」であれば、水の「底」（水底）に「そこ」（其処・そなた）の意味を掛けたことになる。後代の用例をもってすれば、「そこ」（底）であったと考えざるをえない。たとえば、秋空の月が水面に映っている、といった歌は見えるが、「みづのうへ」（水面）と空とは対比して詠まれるものではないからである。水に対比させて「そら」（空）が詠まれる時は、「みなそこ」（水底）の介在[*3]が前提となる。「空」はすなわち宮中であるという見方にも必然性がない。

それでも、「村上御集」の本文は、底本のとおり「そら」（空）であったのだろうと思う。帝の歌に特有な詞遊びの論理が存在したのだと見たい。水面ではない。ではどこか、それは大空なのだという、整合性を顧みず「水面」と「空」とのみを対比させた歌の論理であったと考える。

ところで詞書は次のようになっている。『新古今集』は、次の二重傍線部に相当する箇所を記載せず意味が明確である。一方、「斎宮集」には主体が示されていないこともあり、二重傍線部についての解釈が、帝の行為か徽子の行為かに分かれよう。

まいり給へりけるに、いかなる事か有けむ、かへらせ給て、内の御　（「村上御集」）
まいり給けるに、わたり給て、いかなる事かありけむ、返給て　（「斎宮集」書陵部本）
まいり給けるに、わすれたまひて、いかなることかありけむ、かへりたまひて　（同　西本願寺本）
斎宮女御まゐり侍りけるに、いかなることかありけむ　天暦御歌　（『新古今集』1421）

一重傍線部の「まいり」は、徽子の行為を意図するものと見て良いであろう。とくに、「給へりけるに」と「り」の入る「村上御集」では、そうしていたのに、という継続した状況を示す。誘いにも応じなかった徽子が、参内を拒否することもなくなっていた頃、という意味ではあるまいか。

二重傍線部のうち「村上御集」の「かへらせ給て」は、帝の行為と解釈出来る。なぜなら、当集には、会話内を除き二重敬語を后妃の行為に用いる例が見えないからである*4。「斎宮集」の場合も帝の行為と解釈されている。『注釈』(96歌)では、二重傍線部を、帝が清涼殿に帰られたと見ている。『注釈』(同上)は、それを根拠に、さらに、「斎宮集」(西本願寺本)に見る「わすれたまひて」の本文は「渡り給ひて」に訂正すべきである、といった本文校訂の論拠を展開する。やはり、二重傍線部は帝の行為と解釈してよいかと思う。帝は徽子の居る殿舎に行ったものの、日常生活をする清涼殿へ帰ってしまったのである。

帝は自らの「ふかき心」の存在を詠っている。否定される情景として置かれたとはいえ、深い思いを伝えるのになぜ、このような『古今集』歌が下敷きにされるのか。この歌の成立には「いかなる事か有けむ」といった詞書が必要である。それが、水に数書くような届かぬ思い、あるいはそういった疑念への反発を帝の心にもたらした心情の背景である。釈明を経ても受け容れてはもらえない状況が、その修辞を採らせていると考える。

御返し

三四　わすれ川ながれてあさき水の上に　とまらぬかげや空はみゆらん

徽子の返歌であるが、帝の言う「ふかき心」を婉曲的に否定する。

「忘れ川」なる川の流れる水は浅いものです。水が浅すぎて水の上に留まれない影が、「空」では見えているのでしょう。

と言う。

「ふかき心」（前歌33）が、帝の言う「空」に留まるのは、浅い川に留まれないゆえで、その川は、私のことをお忘れになった「わすれ川」なのだから、と言う。

「忘れ川」の用例は多くない。厭われる、忘れられるといった詞と掛けて用いられるが、「わすれ草」同様、物思いを忘れさせてくれる反面、人に忘れ去られるという側面が取り上げられる。ここでも帝の寵愛の薄れを意味するようである。

「斎宮集」では、「わすれかはなかれてあさきみなせかは」*5とする。意味は、「忘れ川というのは流れる水の浅い「水無瀬川」であって、水無瀬川になったお心が、水面ではなく水底に見えるのでしょう」という。一首のうちに「川」が重出する点は一見して不自然であるが、「わすれ川」も「水無瀬川」も、歌語として定着しない時代の歌であったのかもしれない。「わすれ川ながれてあさき」が説明的であることも、それを示しているように思える。

用いる詞は異なっていても、帝の「ふかき心」を打ち消す徽子の姿勢は同じである。水面ではなく大空に存在するのだという詞遊びの論理を受け、川の水は浅いので、水面には留まりたくても留まれないのだろう、という詞遊びの論理で答えている。

歳序二（35〜37）

又、まかでたまひて、五月までまいり給はざりければ、内の御

三五　里にのみなきわたるらんほととぎす　わがまつをかになどかつれなき

ホトトギスの歌が三首続く。35（帝）、36（徽子）、37（帝）と贈答がなされ、これは最初の帝の歌であ

る。「斎宮集」（書陵部本、西本願寺本）詞書との異同はない。「また退出なさって、五月まで参内なさらなかったので」帝から黴子へ働きかけがあり、歌が贈られたとする。

ホトトギスは里にばかり飛び回って鳴き、どうして私が心待ちにしている丘にやって来ず、つれない態度をとるのか。

と、ホトトギスに喩えた黴子に言う。

「なきわたるらむ」の「らむ」は推量の表現であるが、全く分からない里の様子を、そちらでは声を聞かせて飛び回っているのだろうと想像する。

ホトトギスは夏の鳥として古代から和歌に多く詠まれてきた。甲高い鳴き声は印象的だったようで、叙景の題材にする歌もあれば、その声に恋心が誘発されるといった歌も見える。印象的な鳴き声から、音との関連で、次歌36に見える「音羽山」とあわせ詠まれることにもなる。

この帝の歌は、「ほととぎすながなくさとのあまたあれば猶うとまれぬ思ふものから」（『古今集』147）を下敷きにする。『古今集』歌も、我が庭で鳴いて欲しいホトトギスが、他所に行ってしまったことについて詠うが、同歌を収録する『伊勢物語』では、それを浮気な女性の行為に喩える。帝の当歌は、黴子の浮気を話題にするものではない。しかし、居て欲しい所にいない女性を喩える点は同様である。

「村上御集」の「なきわたるらん」を、「斎宮集」（書陵部本）や『玉葉集』1622は、「なきわたるなる」とする*1。この「なる」（なり）は、黴子の里下がりに対し、何か伝え聞いたか、あるいは何らかの情報をもとにそう推量しているかのように読める。「らむ」という現在の一般的な推量ではなく、「里では鳴き声を聞かせて飛び回っているというではないか」といった、情報を受けて反応が起こされたような意味合いが生じる。

また、「斎宮集」（西本願寺本）では、「なきわたるかな」と詠嘆の表現になっている。「村上御集」の「わがまつをかに」に対し、「斎宮集」（書陵部本、西本願寺本）では「わがまつときに」とする。「とき」（時）という人事的背景を暗示するのが「斎宮集」の本文であるなら、「村上御集」の「をか」（丘）は、比喩的な表現である。「村上御集」では、そういった詞の細部に備わる陰翳、つまり人事に関与する心情の表現が消されている。

御返し

三六　郭公なきてのみふる声をだに　きかぬ人こそつれなかりけれ

徽子の里下がりを、つれない態度だという帝に、徽子が
いえ、ホトトギスは鳴いております。その声を聞いてくれようとしない方のお心のほうが、つれないことです。
と答える。

「なき」には、前歌同様にホトトギスと徽子の、「鳴き・泣き」の意味を掛ける。「なきてのみふるころをだに」（ないてばかりで時を過ごす声をさえ）*2という屈折した表現が特徴的である。「のみ」は、その日常が辛さで占められていることを示す。そのような辛い日々を過ごしている、当然分かってもらえるはずの声さえ、帝は聞き分けないという。「だに」（さえ）の一語に帝への訴えが込められる。

「つれなし」は、ほとんどが平安時代以降の歌に見える詞で、『古今集』以降、恋歌に多く見られ、いずれも当方の強い思いとは関わりなく、相手の思いが自分には向けられていない時の、沈潜した辛い思い

の表現である。帝は前歌で「などかつれなき」と詠んでいたが、この用例をほとんど見つけられない。「つれなし」は、語義上そういった問いかけの形をとる性質の詞ではなかったためであろう。比喩であるとはいえ、明確な対象に「などかつれなき」と詠むのは、どこか高圧的で、帝王ゆえに詠み得た詞であったのかもしれない。

一方、徽子の、当歌は、帝と同じ「つれなし」を用い、帝こそつれないと言い返すのであるが、その「つれなし」は、帝の歌の調べとは異なる。より沈潜した語義本来の調べを有するように読める。「もう少し丁寧に御聞きいただき、お気づき下さい」という、対象との心理的距離がうかがえる詞になっている。

ときこえ給ければ、内の御、きかぬとありしかば*3

三七　かくばかりまつちの山のほととぎす　をとはの山になくにや有らむ

「ときこえ給ければ」（と申し上げなさったところ）、帝から返事があった。右の詞書本文では、「内の御」の前後に空白を設けているが、底本では続け書写される。『注釈』（100歌）は、「斎宮集」（西本願寺本の本文であるが）「きかぬとかありしは」（聞かないとあったのは）に当たる箇所のすべてを、帝の言葉と見ている。すなわち、「あなたの歌に私がホトトギスの鳴き声を聞かないとあったのは」という箇所すべてが帝の言葉であり、詞書は歌に続いていくものと見ている。仮に、「きかぬ」のみを引用部分とすれば、「徽子の歌に「きかぬ」（聞いてくれようとしない）と詠まれていたので」が、詞書として説明されていることになる。しかし、当集では引用に関する他例に、そのような説明的な書き方はなされておらず、『注釈』（同上）の解説に従いたい。

これほど待っているが、ホトトギスの鳴き声は聞こえない。それは、ホトトギスが私の待つ「まつちの山」ではなく「おとはの山」で鳴いているからであろうか。

と言う。

先の歌同様に、分からない様子を「らむ」という詞で推量する。

「まつちの山」は、『歌枕歌ことば辞典』（「まつち山」（待乳山））によれば、大和の国、現在の奈良県五條市と和歌山県橋本市との境にある山で、「待つ」を掛けた詞として『万葉集』にも詠まれているという。一方「おとはの山」（音羽山）は、京都山科区の山である。ホトトギスとあわせて歌に詠まれることは先に述べた。「音」の連想から、声をたてて鳴くホトトギスと関連づけられたのであろうが、それは平安時代以降の和歌においてである。声を聞くだけで逢わない女性に対する恋の歌にも詠まれている。

この歌は、一首のうちに「まつちの山」・「をとはの山」と山の名が重ねて入り、本来和歌には詠まれない体裁である。先の34歌で、「斎宮集」に忘れ川と水無瀬川を詠み込んだ歌（同歌注5）があることは述べたが、ここではどうか。「村上御集」には、この37の類歌が134に入る。134では、帝の歌が単独で置かれ、下句の重複する山の名は、「心しらでやよそになくらん」（134）と、解消されている[*4]。二つの山の名を詠み込む必要がないからである。134のほうは、これは、単独の帝の歌として正しい本文と認められたのであろう、『続古今集』196に、「題不知」の同本文で入る。「村上御集」へは、その後、『続古今集』から増補されたと思われる。134の当「村上御集」への再録については、134で考察している。

歳序二　院の御ぶく（38、39）

院の御ぶくになり給ての比、内の御

三八　墨染のみちむつまじくなりしより　おぼつかなきはわびしかりけり

帝が喪に服していた頃、徽子に次のような便りがある。

喪服が身になじんでくると、あなたのことが気がかりに思われるものの逢えず、わびしい思いをしている。

「御ぶく」は、服喪をいう。「院に対して帝が喪に服されている頃」というが、その院とは、村上天皇兄の朱雀院と見られ、天暦六年九月頃の歌であろうという（『注釈』102歌*1）。

「みちむつましく」は、間接的には「法の道」が連想されるが、「斎宮集」の「みにむつましく」である。喪服が「身に睦ましく」身になじんできたと見たい。「より」は、たちまちという意味である。喪服が身になじむほどの時間が経って悲しさも少しは和らぎ、他のことが考えられるようになった。するとたちまち、というのが「より」の意味するところであろう。

『注釈』（同上）は、「そなたに逢えぬもどかしさはやりきれないことだ」と口語訳し、「女御たちの宿直も停止しているので「おぼつかなさはわびしかりけり」ということになるのである。斎宮女御への一種のあいさつの歌である」と注解している。徽子への愛情表現というより、『注釈』（同上）が説くように挨拶の歌なのであろう。逢えないことがわびしいという解釈になるが、ここで用いられるのは「おぼつかなし」の詞である。

「おぼつかなし」は「村上御集」の帝の歌に、ぼんやりとして分からない（8・21）、気がかり（13・22・39）という意味で用いられている。それらは右『注釈』の口語訳にある「もどかしい」といった、あらがうような心情ではない。この歌の「おぼつかなし」も、徽子への気遣いの心情である。「おぼつかなきはわびしかりけり」とは、理解が及ばない、一種閉ざされたとも言える状況下にあるゆえの閉塞感であり、それは行き詰まる帝の側の心情である。

「おぼつかなさ（き）」を「わぶ」と詠う歌がある。「きみ」が見えない状況下の恋情や、心迷い把握できない自らへの心情、来なかった相手への心情を「わび」ている[*2]。それらと同種の心情であろう。

贈られた相手徽子は、伝達の対象にすぎず、帝は自らの置かれた状況を「わび」ているのである。

御返し

三九　すみぞめの色だになくはほのかにも　おぼつかなさをしらずやあらまし

服喪の期間でもなければ、私のことを気にかけては下さらないのでしょう。

というのが、徽子の返歌である。

「すみぞめ色」は喪服の色で、鈍色《にびいろ》だという[*3]。「色だになくは」の「だに」（少なくとも）で、帝のお心は分からないが、少なくとも言えることは、と表現する。その仮定の下で、「ほのかにもおぼつかなさをしらずやあらまし」すなわち、私のことが気がかりであるといった感情に、ご自身は少しもお気づきにならないでしょう、と言う。仮想は「まし」という柔らかな表現で結ばれる。

帝は「おぼつかなき」という、徽子からすれば軽い程度の詞を言って遣した。徽子は帝の歌に用いられたのと同じ「おぼつかなさ」の詞を用い、調和的に返歌する。それは、帝の歌が挨拶の歌だと分かっていたからであろう。しかし、徽子は、帝の徽子に対する関心の薄さを、「だに」（少なくとも）、「ほのかにも」（少しも）という詞で婉曲的に切り返している。

歳序二　歳末（40）

しはすのつごもりの日、ことしはけふを、とのたまへりければ

四〇　のこりなくなりはてにけるとしよりも　とまらぬ人のこころをぞみる

師走の晦日（大晦日）に、帝より「今年は今日を」という消息が届く。「村上御集」には他にも、「しはすのつごもり」に詠まれたという歌（25・55）がある。「ことしはけふを」とは、今年は今日を限りになったという意味であろう*1が、帝の言いかけた詠嘆の詞そのものが置かれているようでもある。徽子は、

残りもなく終わってしまった今年のことよりも、人の過ぎ去って留まらない心を考えております。

と返答したのが、当歌である。

大晦日の今日、帝は「今年も今日で終わりだ」という月日の移りゆく感慨を寄越す。しかし、徽子は、それよりも自分は帝の心の移ろいを思っている、と言う。「とまらぬ人のこころ」は、狭義には他の女御たちに心を移される帝の心であり、広義には徽子への愛情が移ろうといった、ある種普遍的な移ろう人の心である。

歳末の感慨には人事への思いが伴う。自然の時間はどこをとっても変わらず、循環していくものであるが、歳末が感慨を誘うのは、そうした永遠の自然の循環に合わない、人の生活が思われるからである。「しはすのつごもり」と詞書にことわる歌の多くが詠むのは、歳末に誘発される人事への思いである。たとえば、新たになる年に比して老いゆく自らへの思い、失った人への変わらない思い、求婚し続けてきた女性に変わらず受け容れられない思い*2などが詠まれている。

帝の消息は、そういった同時代の歌に詠まれていたつれない態度を想起させたかもしれない。帝の詞を

受けた徽子は、自分の変わらぬつれない心よりも帝の変わってしまう心にこそ問題があるのだと言う。帝の関心と自分の関心とのずれを言う歌である。仮に帝の消息が、徽子の不参を責めるようなものでなく、単なる挨拶であったとすれば、徽子の歌は、自然の時間を人事に引き戻そうとする歌になる。それは帝の姿勢に反発し、愛情の移ろいに悲しんでいる自らに気づいて欲しいという歌になる。

歳序三　手習1（41〜45）

まゐり給て、御手習に

四一　たのみくる人のこころ[の]そらなれば　雲井の水に袖ぞぬれける

参内している場面である。「手習」は、気の向くままに書くすさび書きで、相手に贈る歌ではなかったというのが表向きの意味である。「手習」すなわち徽子が気の向くままに書いた歌を発端に、帝とのやり取りが交わされる。46の詞書「又、うへの御」は、機会が改まるかに見えるので、41から45までが、同時期の手習の歌群と思われる。この41の詞書は、「斎宮集」にも見える。

第二句は字足らずであり、底本の書入でも指摘されているが*1、「斎宮集」（書陵部本、西本願寺本）の本文「人のこころの」が正しいのであろう。

頼りに思ってきた人の心が空漠としたものなので、宮中の水で袖が濡れることです。

これまでずっと「たのみ」にしてきたという時間的な継続の意味が「くる」に見られる。「たのみくる」（ずっと頼りに思い、あてにしてきた）帝の心は、「そら」であったと言う。

「人の心のそらなれば」の「そら」（空）は、漠とした実体のつかめない状態をいう。『注釈』（105歌）は、お心が「どこかに行ってしまっている」と口語訳している。「雲井の水」*2は、宮中の水という意味であるが、「空」と「雲」とが縁語になる。袖が濡れるのは涙に拠るものであり、下句は、徽子の哀しみを示す。

手習風になぜ書いたのか。帝の気持ちが徽子には向けられていなかったからである。これまでの詞書にも参内を促される記述が多く見えた。后妃たちが自ら進んで帝の御座所へ訪れることはない。したがって、この場面でも、徽子は参内を促されたと考えるのが自然である。にもかかわらず、帝の心は自分にはないというのであろう。

独り言のような表現は、「手習」風に書かれたとされる所以である。参内したにもかかわらず、徽子は「哀しい」と言い「涙を流している」と言っている。帝に直接差し出したわけではなく、何気なく心情を記した、たまたま帝の目に留まった、という提示の状況が示されている。

『注釈』（同上）は、「何か具体的な事情、例えば帝の心が他の女御に向いていたといった事実をふまえて詠まれたもの」と解釈する。そうであるならば、提示の仕方が手習風であったとはいえ、歌の内容は、帝の様子を直接的に表現していることになる。そんな風に心情を直叙できる関係があったのである。

四二　かつみれどなをこそこひのみちにけれ　むべもこころの空にみゆらん

など、かき給へりけるに、内も書まぜさせたまひける事ども

徽子のすさび書きに、帝も加わる。「かき給へりけるに」（お書きになっていた所に）、帝も書き付けた、

いくらかの詞であるという。41・43・45の徽子の歌が先に書かれていた紙に、42・44の帝の歌が書かれた。『注釈』（106歌）は、「書まぜ」の本文を「その余白に返歌を書き添えた」こととする。「斎宮集」（西本願寺本）は、「かきつけさせ給ける」であるが、「同」（書陵部本）や「村上御集」の「書まぜ」の本文からは、「女御の歌の傍らに書いたことが明らかである」と注解している。

「かつ」（同時に）は、起こる事象が一方ではそう見えるという意味であり、徽子とは異なる見方が示される。

一方で見れば、「空」は、恋の思いで満ちていることだ。なるほど、それであなたは私の心が「空」だと言うのだろう。

と言う。

帝の歌は、「わがこひはむなしきそらにみちぬらし思ひやれどもゆく方もなし」（『古今集』488）を本歌とする。恋の思いが、何もない大空に満ちている。「思いやる」すなわち「遣る」（向こうへ行かせる）が、私の恋の思いは大空に充ち満ちて追い遣れず停滞している、と言う。

帝の言う「かつみれど」は、徽子の贈歌をいったん受け取り、考えこむかのような口調である。「空」とは何か。「空」が「雲井」と同義であるなら、「雲井」は帝の座す慕わしい空間でなくてはならない。こと宮中に関する限りは、たとえば栄達につながる満ち足りた思いのする空間でもある*3。しかし、徽子の言う「空」は、雲井とは同義ではなさそうで、「こころの空」と言う。一般に「空」そのものへの思いは、漠とした実態のない対象への感情として詠われる。夕暮れの「あまつそらなる」風が、「ゆくへもしらぬ」恋の思いを誘う（『続後撰集』919）。空はどこまでも果てしなく充実しないものである。

しかし、帝は、充実する空を取り上げる。空はどこまでも果てしなく充実しないが、恋しい思いが、尽きず湧き上がり大空をも満たしてしまうではないか、というのが、帝の典拠とした『古今集』歌であった。帝は空漠とした空間という「空」の一般的な認識から、『古今集』歌の「みちぬ」（充実した）側面を取り上げる。

徽子は帝に対し、「こころ[の]そらなれば」と、手習という形で暗に批判した。帝は古歌を用いて矛先を逸らす。そういった贈答歌の流れができる。

四三　ながれいづるなみだのかはにしづみなば　身のうき事はおもひやみなん

徽子の歌が41・43・45と手習風に書かれてあったことは、先に述べた。

流れ出る涙の河に沈んでしまうならば、我が身の辛さはなくなってしまうでしょう。

と言う。

「袖ぞぬれける」（41）で暗示されていた涙を受ける。

古代『万葉集』で、涙の多さが枕を浮かべるといった想像は詠われたが、「涙河」といった歌語はなかった。古代の歌が、「涙河」という歌語を得て、『古今集』以降さらに数多く詠まれる。「涙河」は、大量に流れる涙を早き瀬に喩えた詞である。恋の思いばかりでなく、「ふるる身」（『伊勢集』313）を実感させる世情や、「ぬれぎぬ」（『馬内侍集』47）による悲しさゆえに流す涙も、河に喩えられる。『注釈』（107歌）は、「沈み」と「浮き」が呼応しているという。「涙河」に沈むという歌は、他にも見える。が、徽子の歌は、それらの歌とは様相が異なっている。

涙河に身を投げるという、その趣向に似る歌がないわけではない。

あさみこそ袖はひつらめ涙河身さへ流るときかばたのまむ（『古今集』618　業平）

涙河身なぐばかりのふちはあれど氷とけねばゆく方もなし（『後撰集』494）

の両首は、徽子の歌同様、涙河に身を投げることを仮想する。しかし、前者の仮想は相手の行為であり、後者は深いよどみの様子を説明しているのであって、自らが身を投げるとは言わない。

それらに対し、当歌は、自ら進んで河に沈んでしまえば、辛さが無くなるだろうと言う。用例はほとんどない。歌の誇張を顧慮しても、この歌は死を想定するかのような深刻な歌なのである。「手習」として書かれたと詞書はいう。そう設定しなければ、帝とのやりとりの中に置かれ得ないほどに深刻な歌である。

内のおほむ

四四　なみだ川　空にもふかき心あれば　なれわたらんとおもふなるらむ

前歌に帝が書き添えた歌である。初句「なみだ川」は徽子の詞を受ける。「涙河」の歌語は、当時好まれた歌語であったのだろう*4。

空にも深い心があるので、あなたは涙河を馴れて渡ろうと思うのだろう。

と言う。

徽子が「沈む」と書いていたのに対し、当歌は涙河を大胆にも渡っていくというイメージにすり替える。宮中には帝の深い心があるので、徽子は、沈むほど深い涙河にも馴れ、渡っていこうとしているのだろう、と言う。「おもふなるらむ」（思うというのだろう）は、婉曲的な表現である。

第二句に「空」の詞が入り、初句「なみだ川」とのつながりが不自然であると判断されたのかもしれない。「斎宮集」（書陵部本、西本願寺本）では、「そこにもふかき」とする。『古今集』や『後撰集』に詠まれる「涙河」は、大量の涙が河になったもので、速い瀬に「浮き」「流る」ものである。「底」は、悲しみの大きさに比例し、見えがたいものとして詠まれる*5。

「斎宮集」の場合は、「そこ」が、「底」と「其処」（あなた）の掛詞ともなる。

「そこ」と「そら」の仮名の連綿は紛らわしいが、当「村上御集」では「空」と漢字で記載している。これは33歌でも同様であった。第三句以下の本文を並記すると次のようになる。

心あれは　なれわたらんとおもふなるらむ　（村上御集）

心あれば　みなれわたらむとおもふなるへし　（「斎宮集」書陵部本）

こころあらは　みなわたらんとおもふなるへし　（同　西本願寺本）

「斎宮集」（書陵部本）では、「涙河の底が深いように、「そこ」（そちら）にも深い心があるので、深さを見馴れて渡ってみようと、きっと思うことだろう。」の意味となり、「同」（西本願寺本）では、上句が仮定条件の「徽子に帝を思う深い心があるならば、沈むなどと言わずに渡りきってしまおうと思うことだろう」という意味になる。ともに、徽子の帝を思う深い気持ちが徽子に涙河を渡らせる、という論理である。

「そこ」（底・其処）すなわち「あなた」とする「斎宮集」では、深い心は、帝から見た「あなた」ということで、徽子の側に備わることになる。それに対し「村上御集」の「空」であれば、深い心は宮中にいる帝の心となる。

「村上御集」で、「空」とするのは、誤りではなく、41歌の徽子の詞を引用するからであろう。「雲井の水」に袖が濡れた（41）と詠う徽子の歌を受けて、空に存在する涙河が詠まれていると考える。

涙河に「沈む」という徽子の歌に対し、私を思う深い気持ちによって、「沈む」などということはなく渡っていくだろう、というのが「斎宮集」の本文である。一方、「沈む」ような事態を招くのは、安心して涙河に入って行くからだ、というのが「村上御集」の本文であった。

四五　かくばかりおもはぬやまに白雲の　かかりそめけむことぞくやしき

手習という形をとって置かれた41・43・45を通して見れば、徽子の悲しみが様々に訴えられているのが分かる。この歌では「くやし」と結ばれる。

これほどに思ってはくれない人に思いをかけ始めたことが悔しい。

と言う。

結句の「くやしき」は徽子の悔しさで、理由は、上句の景による比喩「山に白雲がかかり始めた」ことにある。『注釈』(109歌)は、「しらくものかゝりそめけむ」は「山に白雲をかけはじめた」の意味であり、山に帝、雲に徽子の存在を喩え、徽子が帝に関わってきたことと解釈している。

恋歌において、「雲」は「かかる」との縁語から、人に思いをかける、人の思いが我が身にかかる等、愛情に喩えられる。山に雲が「かかる」ように想いをかけ始めたというのが、「しらくものかかりそめけむ」である。この歌で徽子が「悔し」というのは、帝に心をかけてきた、我が身に対してである。山は、『注釈』(同上)のとおり、帝を暗示するのだろう。「かくばかりおもはぬやまに」は、これほどまでに私を思ってくれない帝にということになる。帝の心が、徽子から離れていたことを示す。帝を中心とする絶対的な宮廷社会であれば、それは寵愛の薄れとして処理されるべき、ごくありふれた出来事であったのだろう。

受け身の女性に徹することなく、自らも帝に愛情をもってきたことを訴える気丈な表現である。一人鬱々とし涙しているのではなく、帝に伝えられた歌として置かれる。手習という体裁をとっていても、次の帝の返歌と対で伝えられることにおいて、この歌は、帝に伝えられている。

「斎宮集」には、「雲」「かかる」の趣向を用いる歌が、伝本による出入りはあるものの三首見える*6。「山に掛かる雲」の形象を黴子は好み用いていたといえる。次は、そのうちの一首であり、「村上御集」105には、第二句を「身をうき草に」として載せている。

わびぬればみをうきくもになしつつもおもはぬやまにかからずもがな　（「斎宮集」書陵部本、西本願寺本、正保版本系　「西本願寺本」結句「かかるわさせし」）

「村上御集」105では、いっそう小町の歌*7を思わせる歌となるが、「斎宮集」の同歌も当歌45も、黴子の歌は、これほどの仕打ちはないではないかという怒りの歌である。

歳序三　手習1（46―48）

又、うへの御

四六　くゆるこそあだにおぼゆれ　富士のねのたえぬけぶりをあはれとはみで

帝から黴子への働きかけがある。黴子が書いた手習の余白に帝が歌を書き添えたという形ではなく、機会が改められ歌が贈られたので、詞書が付されたと解釈する。もっとも、歌の内容は、手習の歌群末45歌に続くようにも見える。前歌45は、帝に思いをかけ頼みにしていた自らが悔しいという歌であった。「くやしき」の「悔し」が、この歌の「くゆる」（「悔ゆ」）を想起させるからである。

「くゆる」（悔いる・燻ぶる）などと言うのは見当違いで無意味なことだ。燻るどころか、富士の峰のように燃える火が煙となっているのだ。そのように絶えずあなたにかける私の愛情をしみじみと思いもしないで。

と言う。

結句は、「村上御集」の翻刻（『新編国歌大観』）のように「みで」であろう。「くゆる」（燻ぶる・燻ぼる）は、火が燃えずに煙ばかりが出ることであり、一方「たえぬけぶり」（絶えぬ煙）は、燃える火によって煙が立つことである。「たえぬけぶり」は煙が炎を伴うことを示し、「思ひ」の「ひ」との縁語になる。

富士山は、『万葉集』で既に峰高い山として詠われ、平安時代初期の『古今集』歌以降、噴火の煙が詠まれるようになる。以来、煙は恋情という「思ひ」の「ひ」（火）が姿を変えたものであると詠まれてきた。『後撰集』の恋歌には、恋情を富士の煙に喩えて訴えた男に対して、女は、実質のないものにすぎないと応じる歌がある。思ひという「火」が煙となっても、あくまでもそれは、実体のない「煙」だという。「貫之集」にも、「しるしなき煙」という詞が見える*1。朝忠、順、能宣等の歌にも富士の煙は、盛んに詠まれている。

「あはれとはみで」（あわれと見ないで）とは、徽子が帝をということであるが、「あはれ」は憐憫の情とも感嘆の情とも解釈出来る。憐憫の場合、通じない愛情を徽子にかけ続けている帝を、徽子がいたわしく思わないで、ということになる。しかし、自分のことを憐れに思ってはもらえない、と帝が詠ずる例を他に見ないので、もっと高圧的な歌なのであろうと考える。「憐憫」か「感嘆」かで言えば後者である。すなわち徽子は、帝が絶えず示す愛情のすばらしさに気づいていない、帝の愛情に感嘆して「あはれ」に

（しみじみとよいものだと）思わない、という帝の考えを見る解釈である。「富士のねのたえぬけぶり」は、仰ぎみられる存在である。帝の徽子にかける愛情の比喩が「富士のね」であることにも意味があるのだろう。

「斎宮集」（西本願寺本）は、初句を「もゆるこそ」とする。初句を「もゆるこそ」とする場合は、帝の言葉として、「こんなに心を燃やしているのがむなしい」（『注釈』110歌）という解釈で、相手にかけた思いほどに見返りのない、帝自身の心情を訴える歌になる。内容的にもそぐわないが、なによりも当歌は、「くゆる」の掛詞を抜きにしては成立しない歌である。

四七　身のうきをおもひ入えにすむとりは　なにををしにとねをも啼けれ*2

「斎宮集」の同歌では、「御かへし」（書陵部本）、「おほむかへし」（西本願寺本）とするが、当「村上御集」には詞書がない。46・47に関しては、「村上御集」も「斎宮集」も前後関係をこの順に収録するので、徽子の返歌とも考えられるが、提示されるのは水辺の鳥であり、詠まれる情景が異なる。次歌の詞書（帝の返歌）からは、これは徽子の歌ということになる。

我身の辛さを深く思い、入江に棲む鳥は、何を惜しいと思って声を立てて鳴くのか。

と言う。第四句の「をしにと」は「をしきと」が自然であるが、底本は「をしにと」と読める。

「をし」は「愛し」ではなく「惜し」（残念だ）であろう。「思ひ入り」が「入江」の「入」と掛詞を含んで続いていく。鳥に喩えられるのは徽子である。

歌の世界では動物の鳴き声を人の哀しみの声と同様に受け止める。「ねをも」の「も」は、「泣き声を上げてまで」と強調する表現であるが、「村上御集」に泣いている原因は示されない。一方、「斎宮集」（書陵部本、西本願寺本）では、下句を「なをしとこそねをもなきけれ」（名前が惜しいと声を上げて泣いていることだ）とし、名折れに対して泣いているとする。嫌な噂がたち、悪評に対して泣いていると言う。『注釈』（111歌）にも、貫之歌の例歌が掲げられているように*3、「なををし」（名を惜し）の詞は、用例が多い。

「斎宮集」では「なき名」を詠む歌が見えず、30は「なき名」が徽子自身のそれではなく松の評判であることは、30で述べた。徽子の歌としては、名折れという原因を前面に出さない解釈を採るのが正しいのではあるまいか。

水辺に棲む鳥は、声をたてずに啼いていた。自分もまた我が身の辛さを声を立てずに泣いていた。そうであるのに、なぜ今、私は声を上げて泣くようなことをしているのだろうと、思考は外に向かず、原因の追及を停止させ、内向していく。名折れとして原因を明確に示す歌よりも、深刻で痛切な歌である。

とありけるを、まかで給ふ日なりければ、内の御返し

四八　たちわかれゆくをしどりのとどめかね　こよひなくねや人もきくらん

前歌は、徽子の述懐のような歌であったが、その47に帝が返歌する。詞書は、徽子が退出する日であったので帝が歌を贈られたのだ、という。歌内容は、そのような背景を踏まえる。「斎宮集」（書陵部本）でも同様な内容の詞書が付される。殊更に「まかで給ふ日」とあるので、後宮内での移動ではなく、里へ下がる日であろう。前歌47で、鳴く鳥は徽子の姿であったが、当歌では帝の姿にすりかえ、「をし鳥」とす

る。

別れ行く鴛鴦のように、相手を留めかね泣いている今宵の私の声を、あなたも聞いているだろうか。と言う。

帝は、徽子が退出していくのを、別れ行く鴛鴦（をしどり）の光景に喩え、自分は徽子を留められずに泣いているのだが、それを徽子に分かってもらえるだろうか、と言う。「人も聞くらむ」の「も」は、その声が徽子にも聞こえるか、という意味である。

鴛鴦（をしどり）が、仲むつまじい雌雄の鳥であることは、『万葉集』を初めとして見え、周知のものであったと考えられる。仲のよいつがいの鳥が離れるのは悲恋である。前歌に詠み込まれた「をし」の意図を汲んだのではなく、当歌では、「啼く」「鳥」の詞より、徽子の歌に詠まれる「鳴く鳥」を、片割れの鴛鴦と解釈し直している。

「村上御集」と「斎宮集」（書陵部本）とにおいて前歌とこの歌は、ともに同じ形で採録されるが、同（西本願寺本）には、右の詞書のみで歌が見えない。これについて、『注釈』（112歌）は、目移りによる脱落かと解釈している。そうであれば、贈答歌の形が本来のものである、ということになる。

帝と徽子との贈答歌において、泣いているという徽子に、私も泣いている、と答えるのが帝の歌である。徽子が提示する哀しみに、帝の共感はなく、帝は自らの哀しみを再提示するのみである。47歌の「斎宮集」本文に見えた「名を惜し」といった言葉遊び的な興趣の勝る本文であれば、少しは軽快なものとなるが、そうではない。「村上御集」のこの形であれば、深刻な徽子の訴えはまたもはぐらかされたことになる。

歳序三　手習1（49、50）

又

四九　御かきもる衛士のたく火の我なれや　たぐひ又なき物おもふらん

作者についてはいずれとも知れないが、詞書に「又」とあり*1、答歌の歌内容や前後関係から、これは帝の歌と考えられる。

私は衛士の焚く火だとでもいうのだろうか。でなければどうして類をみないほどに物思いをしているのだろう。

と言う。

「衛士」（ゑじ）は、内裏を警護する兵士である。「みかきもる」（御垣守る）とあるように、諸門をはじめ宮中を守り、夜の護衛には、火を灯す。百人一首の「みかきもりゑ士のたくひのよるはもえひるはきえつつものをこそおもへ（『百人秀歌』48）で広く知られた光景である。

護衛の火は、夜に灯され昼には消されるが、護衛そのものは絶えず行われているので、「衛士のたく火」で「昼夜を分かず」の意味を表す。「禁中」の題で「みかきもるゑじのたくひにあらねどもわれもこころのうちにこそおもへ」（『和漢朗詠集』526）という恋歌が見える。衛士の火が「思ひ」の「ひ」から連想されているのであるが、恋歌として多く詠まれることはなかった。そもそもが帝を護る火であり、個人の恋の思いには発展していかなかったためであろう。

帝から見ても、衛士の焚く火はまた、絶えることのない火であり、闇夜に煌々と輝く火は、いっそう激しいものに見えたにちがいない。帝は、自らを衛士の焚く火に喩える。堅固な護衛を象徴するかのように、煌々と焚かれている、あの激しい火は、まるで自分自身のようだ、あのように「たぐひ又なき」物思いをしているのだ、と自らを客観視する。「思ひ」という「火」が燃えている。帝が自らの物思いを徽子に訴えるという歌は珍しい。詠歌の時期は、前歌の詞書に見る頃、すなわち徽子が里に下がるという日のことであったのだろう。退出する、それも何らかの事情によって退出する徽子への思いは、当歌では、「たぐひ又なき」（特別な）ものとして述べられている。

第二句を「斎宮集」（書陵部本）は、「ゑしのたえたる」とし、光景は一変する。煌々と照らす炎の激しさは暗転し、絶望的な帝の心情を形象することになるのであるが、その本文では「火」が詠まれず、下句の物思いの激しさとも相容れない。誤写であるのか、あるいは、次歌の「たゆる」に影響されて生じた本文であったのかもしれない。

なお、『万代集』2277では第二句を「たえたる」とし、斎宮女御の歌として収録する*2。

御返し

五〇　たゆる世もなしとこそきけ　君がためつけそめてける衛士のたく火は

絶える夜はないと聞いております。帝の為におつけし始めた衛士の焚く火というものは。

と言う。

「たゆるよも」の「よ」に、警護の火が焚かれる「夜」と、帝の在世である千世（千代）の「世」を掛ける。この歌は、表面的には、衛士は火を絶やさずに警護し帝をお護りしている、と衛士の忠誠を詠む。しかし、答歌の裏面は、警護の為に衛士が焚く火は常時変わらぬものであって、帝のおっしゃる特別な状況はないという反論である。すなわち、帝が「たぐひ又なき」という詞で徽子への思いを伝えた点を否定する。衛士はいつも全霊を傾け強い炎で闇を照らして帝を護衛しており、衛士が警護で焚く火に「たぐひ又なき」（類のないような）状況は存在しないのだというのである。

この「たゆる世も」の歌は、里下りに際して、帝から贈られた歌に応えた歌である。「衛士の火」という同じ題材を用いながら、帝の歌を暗に否定する。平安時代の女性の歌にしばしば見られる切り返しの歌だと言えば、確かにそうなのかもしれない。しかし、この歌は心情を表面化させない。感情を一切吐露せずに、帝と「衛士のたく火」との関係だけを客観的に述べる。表面的には、衛士の、帝に対する忠誠を讃えるかのような光景である。しかし逆にそのことが、何か冷え冷えとした思いをうかがわせる。帝の歌は、いつも何かの契機に贈られてくる。そこに機会がなければ愛情表現はないのだという深い諦めのような思いがうかがえる。

作者に関して、この歌は徽子の、前歌は帝の歌であると考えるが、前歌をもたない「斎宮集」（西本願寺本）*3からは、他の見解もあろう。それらと関連があるのか『万代集』では作者を逆転させてもいるが、「衛士の護衛の火が絶えることはないと聞く」と詠った当歌の内容は、やはり徽子のものと見たい。

歳序三　里居（51、52）

まかで給て、れいの久しく里におはしましける比、内の御*1

五一　ぬきをあらみまどをなれどもあま衣　かけておもへば袖もかはかず

徽子が「まかで」（退出し）、いつものようの「久しく里に」下がっていた頃の、帝の歌だと言う。『注釈』（112歌）は、その里下がりが、「他の女性が入内した時、退出させられることがあるようだが、そういう時でもあろうか」として、他の女性の入内にまつわる可能性を示す。詳細は記されていない。

織り目が荒い海人の衣のように、あなたと逢うことは間遠であるが、たえず水にかかる袖が乾くことのないように私も絶えずあなたを思うので、涙で袖の乾くことがない。

と言う。

この歌は「すまのあまのしほやき衣をさをあらみまどほにあれや君がきまさぬ」（『古今集』758）を踏まえる。「ぬきをあらみ」「をさをあらみ」は張られた縦糸に対し、あとから詰める織物の横糸が少ないことをいい、「まどほ」には、繊維の荒さと逢瀬の間遠が掛けられている。粗末な衣の織り目の荒さを、逢瀬の間隔が空くイメージに重ねる。同様な趣向の歌は他にも見えるが、帝の歌は、さらに、織り目が粗ければ濡れてもすぐに乾くはずでありながら、今はそうではない、という視点を加える。

帝は徽子を「かけておもへば」（気に掛けて思うので）と表現する。「かけ」（掛く）と「おもふ」（思ふ）は同義で、「思ふ」のみの漠然とした対象が「掛け」では特定される。対象を特定して気にかけて思うことは、確かに恋しく思うことではあるが、その詞には何か恋歌とは言えない響きが備わる。

たとえば、「旅に思いを起こす歌」（羈旅発思）と題する『万葉集』歌がある*2。旅の景物が「めづらしく」、「かけておもふ」思いを詠む。この「かけて思ふ」は、一瞬に心が引かれ、故郷にいる人への思いに移行することを意味する。貫之の歌とされる「かけておもふ人もなけれど」*3も、心引かれるような人がいるわけではないが、夕方になれば玉鬘に女性が想起されると言う。

すなわち、「かけておもふ」という詞には、思い出した時に気に掛かるといった意味合いで、恋歌とは言えない調べが生じている。帝の当歌は、人を思う涙で袖を濡らすことを詠い、「斎宮集」（西本願寺本）

の本文は、「かけておもはぬときのまそなき」とするが、ともに詞遊び的な性格の強い歌と見るべきであろう。

下句は「いかはかりかは袖のぬれける」（『万代集』2315）、「いくそたひかは袖のぬれける」（「斎宮集」書陵部本）、「いくそたひかは袖のぬれけむ（ん）」（正保版本系）、「いくそたひかは袖のぬる覧」（小島切）、「いく夜までかは袖のぬるらん」（『続後拾遺集』849）のような本文異同がある[*4]。これらは、「かけておもはぬ」を避けた形になっている。主意は変わらないが、それぞれ、何十回袖が濡れただろうか、いつまで袖を濡らすことになるのだろうかという意味になる。

御かへし

五二　もしほやくけぶりになびくあま衣　うきめをつつむにや有あるらん

徽子の歌である。本文が乱れている。「斎宮集」に見える類句より、下句を「うきめをつつむ袖にやあるらん」と見たい。

袖が乾かないとおっしゃる、それは海人の衣が「浮き藻」（浮いている海藻）を包んでいるからでしょう。

と言う。

「うきめ」は「憂き目」（辛い思い）と音を通わせ、『古今集』以降の和歌の趣向の一となる。袖に海藻を包んでいるために袖が乾かない、すなわち帝が「憂き目」を袖に抱え持っているために、帝の涙は乾かないのだ、と言う。

「もしほやくけぶり」（海人の塩焼く煙）は、海辺の景として興趣を誘ったようで、和歌には多く詠まれる。この徽子の歌も、遠景から海人へ、そしてその衣へと焦点が定められていく。もっとも、藻塩を焼く煙がなびくと詠まれる歌はあっても、海人衣が「けぶりになびく」という用例はない。この本文は、「村上御集」の当歌を特徴づける本文であるが、用例の見えない本文である。「袖」を想定しても同様である。「けぶりになるる」という本文が、和歌の用例からすれば、妥当である。海人は、日々藻塩を焼くので、煙に「馴る」（馴れ親しむ）と規定するものである。

［51、52補注］「まどほにあれやの歌群」

「村上御集」51、52は、森本元子『私家集と新古今集』他の先行研究で指摘されている、類歌が複雑な、いわゆる「まどほにあれや」の歌群に入る。「まどほにあれや」の歌群とは、帝の詞「まどほにあれや」に続く、海人の衣に関する内容の贈答歌群である。この詞書は、「斎宮集」にはあるが、「村上御集」には見えない。類歌（重出歌）を整理するため、通算四首を、その全体としたい。四首を、まずは「斎宮集」（西本願寺本）で掲げてみる。

上より、まとをにあれやとある御返に
なれぬれはうきめかれはやすまのあまの　しほやくころもまとをなるらん　（西本願寺本12）
又、女御
もしほやくけふりになるるあまころも　いくそたひかはそてのぬれける　（同　13）
ひさしうまいり給はさりけれは

ぬきをあらみまとほなれともあまころも　かけておもはぬときのまそなき　（同135）

御かへし

もしほやくけふりになるるあまころも　うきめをつむそてにやあるらん　（同136）

この四首は、「村上御集」を含め、所載の有無と本文異同が複雑である。そこで次表のように分類した。

村上御集 所載番号と初句	斎宮集 所載番号と初句 書陵部本	西本願寺本	正保版本（資経本系）	小島切
	82 なれゆけは	12 なれぬれは	6 なれゆくは（なれゆくは）	3 なれゆけは
		13 もしほやくB	7 もしほやくB（もしほやくB）	4 もしほやくB|
51 ぬきをあらみB	83 ぬきをあらみA	135 ぬきをあらみB|	90 ぬきをあらみA|	44 ぬきをあらみA|
52 もしほやくC	84 もしほやくA	136 もしほやくA	91 もしほやくA|（もしほやくC）	45 もしほやくA

数字は各本の所載番号であり、初句は類似していても下句が異なるといった比較的大きな異同、ならびに、当「村上御集」の位置づけに必要な本文異同を、ABCの記号を付記して示した。傍線を付した記号（例A|）は、同分類（例A）のなかでもまったくの同一本文ではないことを示す。「ける」と「らむ」といった語尾の違いや、「あま衣」が「あさ衣」になっているという、比較的小さな異同である。

歌番号が、82・83・84と順に並ぶ書陵部本をもとに、右の表を見たい。まず、同82は、

うへより、まとをにあれやときこえ給へる御返に

なれゆけはうきめかれはやすまのあまのしほやきころもまとほなるらん（書陵部本82）

で、類似する詞書と当歌が「斎宮集」諸本に載るが、「村上御集」にはない。書陵部本では、

ぬきをあらみまとをなれともあまころもいくそたひかはそてのぬれける（同83）…ぬきをあらみA

もしほやくけふりになるるあまころもうきめをつつむ袖にやあるらむ（同84）…もしほやくA

の歌が、続くのであるが、先行論で指摘されるように、この二首が複合して

もしほやくけふりになるるあまころもいくそたひかはそてのぬれける（西本願寺本13）

…もしほやくB

が出来ている。同じ形が、正保版本系および小島切の伝本に見える。

「斎宮集」西本願寺本と正保版本系、小島切は、「もしほやく」歌を重出させる。西本願寺本（13・136）、正保版本（7・91）、小島切（4・45）である。西本願寺本（136）、正保版本（91）といった、数字の大きい歌番号を見れば、追補されたような位置にある。本文の分類からすれば、「村上御集」の51「ぬきをあらみB」、52「もしほやくC」は、「斎宮集」（西本願寺本）、正保版本ともに「斎宮集」の、いわゆる追補の箇所に関連する歌本文ということになる。追補といっても、成立の初期段階に、違う贈答を新たに取り入れたという類である。「村上御集」51「ぬきをあらみ」が、西本願寺本135に近いことは、先行研究でも指摘されていたが、詞書と第四句は、「斎宮集」西本願寺本に近い。

52は、第三句「けぶりになびく」が特徴的であるが、資経本も、この本文である。その写本である、「書陵部蔵（五一〇・一二）」にも見える。表中の「もしほやくC」である。資経本は、永仁二年の奥書があり、鎌倉時代後期の伝本である。鎌倉時代前期、藤原定家の定家筆臨模本は、「もしほやくA」

の本文である。同伝本の「なるる―」の崩しが「日久」と誤写されたのかもしれない。また、正保版本そのものは、第三句を「あさ衣」とするわずかな異同本文を有するが、「もしほやくA―」として表に掲げた。小島切（45）も、「もしほやくA」の本文である。同じく鎌倉時代後期で、資経本よりは下る『続千載集』に採られる本文は、

内よりまどほにあれやときこえ給うけるに　　女御徽子女王

もしほやくけぶりになるるあま衣うきめをつつむ袖やぬれなん　　（『続千載集』1110）

であり、「もしほやくA―」に分類されるような異同は、ここにも見える。そもそも、「もしほやくC」の本文が、「煙に靡く海人衣」という、和歌に例の見ない特異な本文であった。「村上御集」の本文が資経本あるいは、その系統の本文を対校したことが契機となって出来ていると見るべきかと思う。

歳序三　里居（53―）

ただにもあらでまかで給へりける比、いかがと御とぶらひ有けるに、十月ばかりにほどちかうなり給ひて、心ぼそく覚たまければ

五三　枯はつるあさぢがうへの霜よりも　けぬべきほどをいかがとぞまつ

「ただにもあらで」という、普段の里下がりとは異なる状況があり、「まかで」（退出し）ていた頃、「どうか」と帝からお尋ねがあった折、十月に近くおなりで、「心細く思われたので」とある。

すっかり枯れてしまった浅茅の上の霜よりもはかなく、今にも死んでしまいそうな時をどうなることかと思って待っています。

と言う。

この「ただ」には、徽子の身体的な事情が推測され、『注釈』（113歌）は、徽子の御産に関する里下がりだと解釈している*1。徽子は、村上天皇との間に一女（規子）をもうけているが、また男子を出産直後に亡くしており、御産の記事は二種見える。

「男子夭亡」の御産であれば、応和二年九月十一日（日本紀略）となる。『注釈』（同上）は、男子出生の九月では歌の時期に合わないため、規子の御産に関するものとみている。たしかに、この「十月」という初冬は歌の「霜」にも合致するが、「なり給いて」と敬語も付されるので、「十月」は、十ヶ月（とつき）の意味であったと解釈する。

御産の時期を控えてどうなることかと不安に思っているのであろう。「けぬべきほど」（消えてしまいそうな時）すなわち死んでしまうかもしれないという状況を、枯れ果てた浅茅の上に置く霜に喩える。荒れ果てた場所に見られる「浅茅」を徽子は他でも詠むが、さらに、当歌では初冬であり、枯れた浅茅によって、いっそうの心細さが呈示される。

下句には「けぬべきほどをいまかとぞまつ」（「斎宮集」書陵部本、西本願寺本、『後拾遺集』901）という異同本文がある。その場合は、死んでしまうかもしれない時がもうすぐやってくることを思い、御産を待つ、という意味になり、より明確で断定的な表現の返答になる。

詞書に関しても、伝来する本文の異同は、異なる世界を創る。当初は誤写であったのか、あるいは無意識の結果であったかもしれない本文が、現存している本文となり、それらを比較してみると、違う世界を創っている。たとえば「村上御集」や「斎宮集」（書陵部本）の当詞書では、「いかがと御とぶらひあるけるに」と「に」が入るが、「斎宮集」（西本願寺本、『後拾遺集』901）には、「に」が入らず「十月」または

「かへり事に」へ続いていく*2。「に」が入り一休止が設けられると、「ありけるに」（あった時に・あったのに）等、時を示すとも解釈できるが逆接にも読め、それまでにも便りがあったことを暗示する。帝から便りがあったにもかかわらず、徽子から返事をしていなかったのかもしれない、と読める。しかし、十月という冬の時節、さらに懐妊の十ヶ月目に入り寂しさが勝ったので、徽子のほうから帝に便りをしたのだ、という意味になる。「に」一文字の違いが、異なる世界を形づくる。

歳序三　歳末（54）

又、よそにてとし月のふるは、おぼえ給はぬか、とのたまへりける、御返事に

五四　かきくらしいつともしらずしぐれつつ　あけぬ夜ながらとしもへにけり

又、他所で年月を過ごしているのは、私のことをお忘れなのか、とおっしゃったお返事に、徽子が詠んだ。

空が一面に曇り、時節も分からず、夜が明けないまま年月が経ってしまいました。

と言う。

前歌と直接には続かないが、徽子は里下がりをしているのであろう。同様な状況下で詠まれた歌は多い。「よそにてとし月のふる」は、宮中から離れたところで長い時間を過ごしている、という意味であるが、「よそ」は、自らとは関わりのないところをいい、空間的に近くても人間関係の関係性において、あるいはまた心理的に離れていれば「よそ」である。自らとは関わりのないと認める態度に基づくので、冷淡な、という意味合いで用いられることもある。詞書に見える帝の言葉にもそういう意味合いが込められるので

あろう。

里で長い時間を過ごしていらっしゃるのは、私のことをお忘れゆえか、と帝が尋ねてきた。徽子は時の過ぎゆくのが分からなかったのだと答えている。「明けぬ夜ながら」の「ながら」は物事が並行して起こることをいう。夜が明けない、その状態のままに年月が経ってしまった、「いつともしらず」年月は経ってしまったと言う。

かきくらしいつともしらずしぐれつつあけぬよながら

これは暗鬱な光景が重ねられた表現である。空が真っ暗に曇る。物の判別がつかない空である。晩秋の冷たい雨が降っている。さらに夜は未だ明けない、という光景である。和歌において、かき曇る空と時雨は、「ながめ」(物思いに耽り)、「かなし」い思いを誘う詞として詠まれる。「夜が明けない」という詞もまた、希望のなさを示す。

「あふことのあけぬよながらあけぬればわれこそかへれこころやはゆく」(『新古今集』1168)は、逢えずに帰る男性の立場に立って詠む伊勢の歌である。逢えないので身体は帰るが心は行くといい、「あけぬよながら」は、戸を開けてもらえなかった、の意味を込める、逢わなかった男女の歌の背景になっている。

徽子の歌の「あけぬよながら」も、帝との逢瀬を暗示するのではあるまいか。明けない夜に光をもたらすのは、帝からの働きかけであろう。帝からの働きかけであるところの、「私のことをお忘れになったのか」という帝の詞は正統的である。それゆえ徽子も詞遊びで和歌の巧みを求めず、直截に答えたのではあるまいか。開けていかない関係性を示す「あけぬよながら」は、重ねられる暗鬱な詞とともに、徽子の心情を表現する。

歳序四　服喪の里居（55、56）

又、しはすのつごもりに、いとあれたる所に、などかかうのみはながゐし給、ときこえ給へりける御返事に、こ宮もおはせで後なるべし

五五　なげきつつあめもなみだもふる里の　むくらのやどはいでがたきかな

「又」は、帝からの働きかけがあったことをいう。詞書によれば、十二月の末に「そのような荒れた所にどうしてそんなに長居なさっているのか」という便りがあった。詞書は、「故宮もいらっしゃらなくなって後」（徽子の父重明親王が薨去の後）のことだろうという*1。徽子は

嘆いては涙を流す、雨降る古里の粗末な家ですが、涙にくれてこの家を出難いことです。

と返事をする。

この歌は、「なげき」「あめ降る」「ふるさと」「むぐら」という、平安時代の和歌にも多く詠まれた題材を、掛詞を用いてまとめ上げたところに特色がある。

「斎宮集」（書陵部本、西本願寺本）では、初句を「ながめつつ」とする。「長雨」の時節ではないが、物思いにふける様子が「雨」との関連で「ながめ」の詞として選択されたのであろう。「ながめつつ」では必ずしも必要ではない、その原因となる情報が、当歌の「なげきつつ」には必要である。たとえば父親王への思い、といった事情の説明が必要とされたのであろう。当歌の注1に詞書を三分類して掲げているが、そういった詞書の形成と、初句の異同本文の生成とが関連しているらしい箇所である。「あめもなみだも」は、『古今集』以下に見え、「斎宮集」（西本願寺本）159でも用いられている。多く詠まれているにもかかわらず、「あめもなみだもふるさとの」という流麗な表現は、当歌独自のものである。

「むぐら」（葎）は、『倭名類聚抄』に「葎草」という植物の名称として挙がるが、蔓草を総称する言葉として用いられる。葎が荒れ果てた家のイメージに付随する景物であるという認識は、すでに『万葉集』に見え、貧しい我が家の意味でも用いられている。その後もさかんに和歌の題材となる。

「斎宮集」の諸本は、第四句を「むぐらのかど」とする*2。「かど」（門）という詞は、「鎖す」（閉ざす）とあわせ詠まれ、人の訪れのない閉ざされた家の側面が強調される。一方、「村上御集」の「むぐらのやど」も和歌には多く詠まれている。「やど」（屋戸）は、家の辺りであるが、「むぐらのやど」では特に、全く途絶えてしまったわけではない男女の関係があって、その関係の下で、男性の訪れがないという世界が詠まれる*3。

詞書が「こ宮もおはせで後なるべし」と記すのは、詠歌の時期を推量するというよりも、帝の「いとあれたる所に」という言葉の意味を補足するものだったのではあるまいか。帝の発言は重明親王の邸宅を「荒れた」と軽視するものではなく、亡き後の寂しさをおっしゃっているのだ、という詞書の筆者が補足したものであろう。「むぐらのやど」という詞は、たしかに、その詞書どおり父親王が逝去した後の荒廃した家、寂しい家という意味であったのだろう。しかし、それはまた、黴子の心情が採択した詞でもあった。

「むぐらのやど」「むぐらのかど」の詞は閉塞感を示すものであるが、とくに「むぐらのやど」に備わる男女の関係に関わる詞で、帝への思いを示したのではあるまいか。

この歌を採録する撰集などは、詞書に父親王の情報しか残さないが、本来は黴子の、帝に対する思いの詠まれた歌であったのだろう。父親王が亡くなり、寂しい里下がりであったので、いっそう、帝からの便りが「なげき」の原因となった。時節の挨拶のような便りであったことが、悲痛な「なげき」にもなっているのではあるまいか。時は、十二月末である。詞書の「又しはすのつごもりに」とあるのは、時節の記録であるとともに、帝からの働きかけが間遠であったことを示している。その働きかけは、例にもれず時節の変わり目に寄越された。「どうしていつまでも里にいるのか」というのは、「年も改まろうとしているのに」という意味である。これは、時節の変わり目にしか寄越されないという帝からの働きかけの性格を呈示するように思える。

とありける御返事、ついたちなん有ける

五六　あたらしくたつとしさへやふる郷の　出がてにすときみがいふべき

「村上御集」では、三度目に見える新年の歌であり、帝からの返事である。新しい年になったのに、その新年にさえ、あなたは古い「ふるさと」を出て行けないでいると言うのだろうか。

と言う。

新年の「あたらし」さと、徽子の実家を示す「ふる」さとが対比して詠み込まれる。結句には、やや弱い口調の異同本文「いふらむ」（「斎宮集」西本願寺本）も存在するが、他は、「いふべき」（同　書陵部本）として、新しい年でさえも、古い「ふるさと」のものと見なしてしまわれるおつもりか、という不満足な心情を述べた語調の本文になっている。

正月一日にも徽子が参内しなかったことは、「斎宮集」の詞書で示されている。帝の詠歌は、徽子の歌やその境遇から「ふるさと」の「古」を利用し、新年の詠歌にふさわしく新旧を取り上げる。新旧の対比を詠む歌は、貫之の屏風歌にも見える*4。帝の歌は、「たつとし」の詞も用い、そういった貫之の詞遊びを巧みに取り入れ、そしてまた、黴子が正月には参内するだろうと思っていたのに期待が外れた、という返事にもなっている。

「斎宮集」では、黴子の寂しい心情が表われている。「斎宮集」（西本願寺本）の詞書は、「とあるはついたちに」と省略した形であるが、「同」（書陵部本）は、「とありける御返をついたちになむありける」と、「を」が入る。この「を」は、単なる対象を示すのではなく詠嘆の表現ではあるまいか。黴子の思いがうまく交わされてしまっていることへの嘆きである。

季節の変わり目には帝からのお尋ねがある。それは、帝からのお尋ねのない時間を暗示するため、儀礼的な様相を示す。帝は時期に叶った正月一日にふさわしい歌を返してくる。黴子の贈歌（55）は、「しはすのつごもり」の「こ宮もおはせで後」の頃であった。「とありける御返事ついたちなん有ける」は、黴子への返歌がすぐにもたらされたのではなく、正月の一日を待って、歌内容に齟齬せぬように贈られてきたことをいう。当歌では、帝の歌の巧みさが示されるのであるが、「その歌の返事を正月の一日に、帝は女御に贈られたのでした」という記述は、帝の歌の情報を正確に伝えるというだけではなく、黴子の心情を視点にしているように思われる。さらに「斎宮集」（書陵部本）にみる「を」が入れば、その性格はいっそう強まるものと考える。

歳序四　服喪の里居（57）

又、御返し

五七　とふほどのはるかなるにもうぐひすの　ふるすすだたむことぞ物うき

鶯は春の鳥である。里から出ようとしない自らを、徽子は鶯に喩える。

　飛ぶことが遙かな大空へ向けてのものですから、鶯は古巣を出ることにも、なんとなく気が進まないのです。

と言う。

「梅がえにきゐるうぐひすはるかけてなけどもいまだ雪はふりつつ」(『古今集』5)と詠われるように、鶯の美しい鳴き声は春浅いころのものとして詠まれる。鶯が華やかに歌声を聞かせるのは、巣を出てからである。谷が寒いのでまだ巣を出ないという、「谷さむみいまだすだたぬ鶯のなくこゑわかみ人のすさめぬ」(『後撰集』34)というような歌も、『後撰集』の読人不知歌にある。鶯が谷から出るという発想は、『詩経』小雅・伐木に見えるという[*1]。「ふるすすだたむ」は、「古巣巣立たむ」であり、鶯が巣から出ようとしないのは、春がまだ浅いからである。徽子の歌は、しかし、そうではなく鶯は遙かに飛び立つことが嫌で出ないのだと言う。

　初句「とふほどの」には、「飛ぶ」と「問ふ」が掛けられている。鳥の飛ぶことと「問う」ことの掛詞は、他にも見える[*2]。徽子は、里に下がって参内しようとしない自らを、鶯が古巣を出ないことになぞらえる。そして、その背景を「とふほどのはるかなる」こととする。遙かに飛ぶのは鶯であり、一方、問う主体は帝である。帝からのお尋ねが乏しく心離れている状況が、「問ふことの」遙けさである。里から出るのが辛いのは、鶯が遙かに飛んでいく事を物憂しと思うような物憂さであり、そしてまた帝からのお尋ねがないことによる物憂さである。

　「斎宮集」(書陵部本、西本願寺本、小島切)の上句は、「とふことのはるかなるには」であるが、句末の「は」で、それは帝からのお尋ねがないからですと話題を提示し、上句を強調している。

当歌の詞書は短く、帝側の情報がない。しかし、「斎宮集」には、帝からの「長いこと参内なさらぬものだ」というお便り、あるいはまた言づてがあって、それに対する返歌であるとの詞書が付されている*3。対比すれば、「村上御集」の詞書はかなり簡略化されている。詞書中の「又」は別の機会の意味として、54、55の詞書にそろえている。例のごとく、徽子が帝から遠のいていることを巡る歌であることを、「村上御集」は「又」として簡略化した。次歌も含め、この辺りの歌は時系列で並んでいる。年末から年始へ、そして春を告げる鶯を題材とし、次歌では「はるに成りて」の歌となる。

歳序四　服喪の里居（58～60）

はるに成てまいり給はむ、と申けるが、さもあらざりければ、まだとしもかへらぬにや あらむ、との給はせたりける御返りを、かつらの紅葉につけて

五八　かすむらん心もしらずしぐれつつ　すぎにし秋のもみぢをぞみる

「新年になってから参内します」と申し上げていたが、徽子は「さもあらざりければ」（そうしなかったので）、帝から、あなたのところでは、「まだ年も改まっていないのか」とお便りがあった。徽子は、その「返歌をカツラの紅葉に付けて」贈ったのだという。

「霞む」春になったのかどうかも分かりません。私は、春霞ではなく、時雨にあって紅葉した秋の紅葉を見ております。

と言う。

帝が、歳が改まり新春になったことを間接的に告げたのに対し、徽子は、春ならぬ秋の中に居ります、

と返事をした。「しぐれ」は、「すぎにし秋」のものと見ている初冬の時雨であり、また涙の暗示でもあろう。前歌に続くものであれば、父親王の薨去に関する、里下がりでの寂しい思いと関連する。

この歌は、「かつらの紅葉」につけて贈られたという。「村上御集」ではカツラであるが、「斎宮集」の詞書は「かえでのもみぢ」（書陵部本）、「かへでのは」（西本願寺本）となっている。当歌を採録する『新古今集』1246も、同様に「かへでのもみぢ」とする。

「かつら」は、「楓」「楓木」「桂」の表記で『万葉集』に詠まれてきた。「桂梶《カツラカヂ》」（『万葉集』2223）という詞も見える。『倭名類聚抄』には、「乎《を》加豆良」を「楓」、「女加都良」を「桂」の項で分類されている。中国からの伝説が取り入れられ、月に生えるカツラの木が詠まれ、すでに手の届かない恋人にも喩えられる。月の桂を「照りまさる」と詠んだ『古今集』以降、カツラの紅葉は紅いものであると詠む。「延文百首歌合」まで、カツラの木は月光に照らされた明るい側面が詠まれている。

一方、「かへで」は、『古今集』の歌にも詞書にも見えず、時代を通して和歌の詞には少ない。『万葉集』には、「和可加敝流弖能《ワカカヘルデノ》」（3494）、「黄変蝦手《モミツルカヘデ》」（1623）と表記され、葉の形状に由来する植物の名称であることが知られる。また、『倭名類聚抄』には「雞冠木」とあるように、その赤さが鶏の鶏冠を想起させる。『万葉集』の例は、紅葉する植物の一として、時の変化に着目し、愛情と関連させて詠むものであるが、カヘデが歌詞になるのは、『倭名類聚抄』が掲げるように『後撰集』[*1]以降であろう。同歌は死者を悼み、そこに詠まれる紅葉するカエデは、血の涙の比喩である。詞書にカエデを採択する「斎宮集」では、父宮逝去の涙を表す時雨に血の涙を暗示させていたのかもしれない。

それでは、なぜ「村上御集」の詞書に見えるのが「カツラ」であったのか。堆積されつつあった和歌の詞への意識が働いていたと思われる。例えば、「春霞たなびきにけり久方の月の桂も花やさくらむ」(『後撰集』18)がある。これは、前代の貫之の歌であり、「春霞」と「桂」があわせ詠まれる。そのような和歌の詞の取り合わせが影響を与えていたのかもしれない。また、「斎宮集」の歌にも同様の性質がうかがえる*2。春という季節に紅葉が詠まれ、その紅葉は「桂」のものである。そういった慣用的な和歌の用法があったのであろう。カツラとカヘデの異同には、単に誤写ではない意識が働いていたと推測する。

当歌の特徴は、「かすむらん心」*3にある。帝は「春」を提示した。「かすむらん心」は、徽子が推測した帝の心であり、徽子の気分がそのように推測させている。「かすむらん心」は、当代に見えない詞であるが、晴れない心情の形象である。たとえば、『万葉集』で大伴家持や坂上郎女の歌に見える「こころぐく」(心晴れない)作者の背景に、たなびく霞が詠まれる*4。帝がお感じになっているような春の気分とは無縁です、と言うのであるが、「かすむらん心」と詠まれるのは、帝に対しての晴れない心情の暗示と見るべきであろう。

とありければ、内の御返し

五九　今こむとたのめてへぬることの葉の　ときはにみゆるもみぢ成ける

「すぐに参内する」と当てにさせて時が経ったあなたの言葉は、色が変わることはない常磐木に見える木の紅葉であったのだな。

と帝が答える。「いまこむと」(今来むと)は、帝の視点に立つ表現であり、徽子が帝の元に来るという意味である。

『古今集』序では、植物の比喩を用い、心である「種」と言葉である「葉」とで和歌の本質を説こうとしていたが、言葉と葉の掛詞が積極的に詠まれていくのは、『後撰集』以降のことである。ことの葉が散り、ことの葉が移ろい色を変えるのは、約束が守られなかったことを意味する*5。

帝の歌は、徽子の詠む「もみぢ」の比喩を受け展開させる。その主意は何か。自分をあてにさせておいて、「へぬる」すなわち行動を伴わずに過ぎる、その言葉の移ろいは紅葉の移ろいと同様ではないか、といった非難であろうか。『注釈』(118歌)はそのように通釈している。

　今すぐまいりますと、いつも頼みに思わせておいて、過ぎてしまう、そなたの言葉は、表面は変わらないように見えるが、色変りする紅葉だったのだなあ。　(『注釈』118歌)

と言う。

当歌は、『新古今集』1247に次の本文で載る。

　いまこむとたのめつつふることのはぞときはに見ゆる紅葉なりける　(『新古今集』1247)

傍線部について『注釈』(同上)は、「約束しておきながら、そのまま参上することなく月日を経て行くそなたの言葉はの意味」となり、「「へぬる」より「たのめつつふる」のほうが、表現としてはいい」とする。「ふる」も「へぬる」も「経」という動詞をもとにした表現であり、「経《ふ》る」「経《へ》・ぬる」で、次の「ことのは」にかかる。いずれも月日が過ぎていく意味で用いられる*6。

「ふる」(経る)は、時間の経過をいうことに変わりはないが、時間が過ぎていく状況に身を置く人間が描かれ*7、人が主体となって「時間を過ごす」という意味合いを帯びる。『新古今集』の場合もその意味であろう。もっとも、同集の本文異同は、また別に、「降る」モミジのイメージ*8を重ねている。

『注釈』(同上)は、「へぬることのは」をひとまとまりに解釈し、徽子の言葉が「色がわりする紅葉」

であることに注目している。しかし、意味のまとまりは、「いまこむとたのめてへぬる」と「ときはにみゆるもみぢ」にあるのではないか。「ことのは」(徽子の言葉)が「ときはにみゆる」と捉えられているところに意味がある。

和歌で「ときはにみゆる」と詠まれるのは、松であり槙(真木)の常緑樹であり、比喩的には君が御代である。「ときは」は紅葉せぬものである。したがって、唐錦のごとき、みごとなモミジが常磐木のようであってほしいと願う歌が詠まれる*9。時雨が常磐木に影響を与えようとするという歌はあるが、常磐木そのものは紅葉しない。

帝が、徽子の言葉を「ときは」に見ていたと表現するところに当歌の主意があると考える。実際には約束が破られ、色を変えたモミジであったが、そのモミジが帝には常磐に見えていたのである。『注釈』(同上)が「ときは」を、表面は常磐に見えて実はそうではなかったのだなとする解釈とは異なる。「すぐに参内します。」と言った、あなたのその言葉は、私には常磐に見えるのだがという解釈である。非難ではなく信頼の示された歌なのではあるまいか*10。

「斎宮集」(書陵部本)の第三句「ことのはぞ」、同(西本願寺本)第二句、第三句「たのめてつねにさそのはぞ」の本文異同については、**[59補注]**に付記している。

又、御返し

六〇　いまとのみおもふつき日のすぐめれば　かはるときはをかたみにぞみる

徽子の返歌である。

自分はもうこれまでと思う日々が過ぎていきますので、帝のおっしゃる「かはるときは」を形見と思って眺めることに致します。

と言う。

「村上御集」55以降当歌までを同一の歌群であるとすれば、徽子は、55の詞書に示される父親王の服喪を、里邸で続けている。

「いまとのみ」の「のみ」は今を強める表現である。今はもうこれまでというような、人生に望みの持てない心情を示す表現である。父親王のいない里で暮らす徽子の日常は、「いまとのみおもふつき日」であるという。そしてそのような月日が「すぐめれば」と続く。自らの事であるにもかかわらず、「めり」という推量の表現を使う。「過ぎていくようです」という表現は、虚ろである。

「かたみ」は、現代語に等しく、失われた人やものにまつわり、それらを思い出させてくれるよすがとなる物品である。当時の歌では、「かたみ」（難み）、箱である「かたみ」（筺）、互いのという意味の「かたみ」（互み）を掛詞にする用例も見えるが、当歌には該当しないものと解釈する。当歌では、「かたみ」の原義に近く、大切に残したいものの意味であり、失われた事象と深く関わる。

この歌は、「実際は色変りするのですが、あなたは常磐に見えるとおっしゃる紅葉を父のかたみと思ってながめております」として、「今すぐに参上しようと思っているうちに、月日がいつの間にか過ぎて行ってしまう」ことの弁解をしていると解釈されている（『注釈』119歌）。当歌が、里で詠まれた歌であるとすれば、「かたみ」は、父親王を思うよすがの意味を暗示する。父親王の「ときは」（永遠）と対照される、「へぬる」（儚く亡くなってしまった）父の薨去という変化が、「かはるときは」であろうと思う。

しかし、ここで徽子は、父親王の逝去を悲しみ、頑なに自己の心情を提示しているのであろうか。当歌が帝に返された歌であることを考える時、父親王にまつわる思いをその歌に掛けながら、徽子は帝への愛情を詠っているように読める。表面的には否定された表現の、帝の歌（前歌）であるが、帝が、徽子の言葉を「ときは」に見ていたという点を、徽子は取り上げているのではあるまいか。当歌は、「かはるときは」と詠むが、それは、贈られた帝の詞を用いるからであって、帝の「ときは」という言葉を、「かたみに」（大切なものとして）受け取ると言っている。

当歌に見る「かはるときは」とは、徽子の言葉を「ときは」だと思っていた、そう思って月日を過ごしていた、という帝の愛情を受け止めたものである。一見「常磐」に見えた、と言ってくれた帝の言葉を、徽子は「いまとのみおもふ月日」（生き甲斐のない人生）に残したいと考えたのであろう。前歌の「いまこむとたのめてへぬる」という帝の言葉に、徽子は、現世の「かたみ」とも思えるような愛情を感じた。徽子が鬱とした心でモミジを見るという姿勢は変わらない。ただし、提示された帝の言葉を「かたみ」として見る、と言っている点には注意されて良いと考える。

［59補注］本文異同「たのめてつねにささのはぞ」

「斎宮集」（書陵部本）の第三句「ことのはぞ」は、句末の語調を「ぞ」で強め、帝の叱責のような調べを伴い、『注釈』（118歌）の解釈は、この叱責の意味を強める。一方、当「村上御集」の本文は、「の」でなだらかにつながっていく。

また、「斎宮集」（西本願寺本）は、第二句第三句を「たのめてつねにささのはぞ」とする。「ささのは」は、誤写であるという解釈も否定は出来ないが、この本文になると、帝にとっての徽子の「ことのは」が常緑の「ささのは」であった点に注目されたことになる。『注釈』（同上）は、西本願寺本の「たのめてつねにささのはぞ」は、「ささ」が歌語に見えないこと、これでは意味をなさないこと、さらには、「へぬる」を「つねに」、「こと」を「ささ」と誤写する可能性は十分あるといった点から、底本である西本願寺本の本文を改め、書陵部本の本文を採ったという。

「ささのは」に関しては、歌語に「ささのは」が見えないことはもちろんない。「小竹の葉はみ山もさやにさやげどもわれはいも思ふ別れ来ぬれば」（『万葉集』133）、「小竹葉にはだれふりおほひ消なばかも忘れむといへばましておもほゆ」（同2337）以来、少なからず詠まれている。もっとも、それらは、「ささのはにおく霜」（『古今和歌六帖』213、668、679）であったり、「ふり積む雪」（同752）であったり、冬の情景の中で詠まれたりしているもので、その点では、「もみぢ」とともには詠まれていない。「たのめてつねにささのはぞ」（「斎宮集」西本願寺本）の本文異同は、あるいは「こと」と「ささ」の誤写が発端であったのかもしれないが、現実的に容認され書写される背景は存在したのであろう。常緑であるという内容が、「笹の葉」の詞を受容させたと考える。

歳序四　御碁（61）

おなじ女御の御かたにて、日ぐらし御ごうたせ給ひて

六一　勝まけもまだみぬほどはやま人の　をののえをさへくたしつるかな

帝の歌である。前に続く歌はなく「斎宮集」にも見えない。「おなじ女御」が徽子であれば、宮中にある徽子の殿舎で、帝が終日碁をお打ちになった時の歌ということになる。

勝負が見えない間は、山人の「斧の柄」までも朽ちさせてしまいそうだ。と言う。

「やま人のをののえをさへくたし」は、中国の故事を引用したものである。信安郡に石室山という山があった。晋の時代、王質が木を伐りに山へ入ると、童子が数人で碁を打ち、歌を歌っているところに出くわした。そこで聴いていると、童子が、棗の種のようなものをくれ、口に含めば、空腹を感じなくなった。しばらくして、童子が、どうして去らないのかと聞いたので、立ち上がると、斧の柄が完全にくさっていた。帰っても、同じ時代の人には戻れなかった（述異記）*1という話を典拠とし、それだけの長い時間が経過したことを示す。

この故事は『古今集』以降の歌に引用されている。「ももしきはをののえくたす山なれや入りにし人のおとづれもせぬ」（『後撰集』717）のように、単に長い時間の経過を意味する詞として引用する場合もあれば、原典どおり、碁と関係させる歌もある。「ふるさとは見しごともあらずをののえのくちし所ぞこひしかりける」（『古今集』991友則）は、碁に興じて時を忘れた友への思いを「碁」を詠み込む物名歌にする。また、「をののえのくちむもしらず君が世のつきんかぎりはうちこころみよ（『後撰集』1383）は、碁石笥（箱）のふたに記した歌で、出仕先の女御を寿ぐ。

「村上御集」には、117にも碁の歌が載る。帝が、蔵人であった一条摂政と帯を賭けて碁を打ち、負けを挽回しないので、賭け物が帝の手元に多く積もる。帝の大勝が詠われる。互角の勝負を詠う当歌は、「斧の柄」の故事が碁を打つ時間の長さという、原典に近い形で詠われている。帝の歌の上句「勝まけもまだみぬほどは」は、なかなか勝負のつかない時間である。そして「やま人のをののえをさへくたしつるかな」で、例の中国の故事にある「斧の柄」も朽ちさせてしまいそうだ、と言う。

詞書には、帝が終日女御のところで碁をお打ちになったとある。一見ほほえましい光景のように見えるが、贈答歌にはならない。下句「をののえをさへくたしつるかな」の「くたす」は、朽ちさせる、腐らせるの意味である。「をののえをさへ」と添加の「さへ」を詠み込み、「斧の柄」までも「くたし」たと言う。故事に見える「斧の柄」が何に添加されているのか。「くたし」たのは、帝の気分でもあったというのではないか。帝が快く思っていなかったことがうかがえる。贈答歌には発展していかなかった一首である。

歳序四　手習御召　手習2（62、63）

故宮うせ*1給ひて後、さとに久しくおはしければ、なにかうのみはいり給ふ、と有りける御返に、つれづれに心ぼそくおぼえ給ひて、書あつめ給へりける事をとりあやまちたるやうにてたてまつり給へりける、御かへり事もさりげなくて、御ふみのうらにてありし

六二　ながめする空にもあらでしぐるるは　袖のうちにや秋はたつらん

長文の詞書が備わる。故宮（徽子の父親王）がお亡くなりになって後、（徽子が）里に長くいらっしゃったので*2、帝から、「なにかうのみはいり給ふ」（どうしてこう里にばかりは、籠もっていらっしゃる）とお便りがあった。視点は側近のものである。その返事については、「思い沈み心細くお思いになって書きためていらっしゃったものがあり、それが紛れたようにして帝に差し上げなさった」のだという。したがって、「お返事としてはさりげなく、頂いたお手紙の裏に書いて差し上げなさった」と記される。

物思いに耽って空を眺めておりますが、長雨の降る空でもありませんのに袖が時雨れるのは、私の

　袖にも秋が来たということでしょうか。

と返歌した。

「しぐる」は涙の暗示であり、「おほぞらのしぐるるだにもかなしきにいかにながめてふるたもとぞは」(『実方集』49)と同様に、物思いの涙である。徽子の心情を、父親王の薨去をきっかけとした「心ぼそ」さであると詞書はいう。

「斎宮集」(書陵部本、西本願寺本)の当詞書には、「かきたえて」という別の歌が続く。[62補注]に整理した。また、「斎宮集」(正保版本系、小島切)は、下句に「秋」ではなく「波」を詠み込む*3。

又、内の御返し

六三　よそにのみふるにぞ袖のひぢぬらん　心からなるしぐれなるべし

詞書は、「斎宮集」(書陵部本、西本願寺本)もほぼ同じで*4、帝の返歌である。

その涙は、宮中から離れて里に長く下がっていることが原因であり、きっと自らが招いた時雨なのであろう。

と言う。

「よそにのみふる」は他所に「ふる」で、雨が「降る」と時を「経る」を賭ける。「心から」は、『万葉集』では「己心《ヲノガココロニ（わがこころから）》」(『万葉集』1305)、「己之心柄《サガココロカラ》」(同1741)の訓に相当すると考えられていた語で、「自らの意志で」という意味である。歌の世界では、自らの意志で招いた結果が良いものにならず、それを嘆く用例が多く見える*5。

歌のやりとりとして当意即妙である。『注釈』（122歌）は、この涙を「私の傍らに帰って来ないで、よそばかりで過ごすからこそ、淋しさで袖が濡れているのであろう」と解釈している。「私の傍らにいない淋しさの涙なのだろう」という言葉は、「私の傍らにおれば悲しみは癒されるのに」という優しさの言葉になるだろうか。

歌のやりとりは成立している。そらす、かわす、といったやりとりは古典の世界で多く見える。男女の愛情が、歌のやりとりで高まっていく例も多く見る。そういった贈答の根底には何か温かい思いがある。しかし、帝と徽子の贈答歌は、次第に冷たさを増してくるように見える。平安時代の日常生活の中に和歌が浸透していって、褻の和歌が盛んに作られた時代なので、詞遊びに走り一首一首の誠意ともいうべき情が欠けていることにも顧慮されなかったのか、あるいは帝という立場で詠まれた歌であるからそうであったのか。帝が新奇の和歌表現を好んでいたことは、これまでの歌からも知られる。歌は贈られた歌の心から離れ、言葉のみが返されている。

「斎宮集」に存在する「かきたえて」の歌［**62補注**］が、徽子の述懐歌の一部であったのなら、「村上御集」では「かきたえて」の歌が不要な理由も首肯できる。「村上御集」に徽子の悲しみは不要だからである。

［62補注］「かきたえて」歌の存在

62、63は、『万代集』でも「村上御集」同様の贈答歌すなわち「たてまつらせたまける　斎宮女御／ながめする　そらにもあらでしぐるるはそでのうちにやあきをしるらむ」（『万代集』2362）、「御返し天暦御製／よそにのみふるにぞそではひちぬらむこころからなるしぐれなるべし」（同2363）として採録されている。しかし、「斎宮集」では「かきたえて」という別の歌が関与し、様相が異なる。

次表で、62の詞書と、関連する歌の位置を対照させてみる。

村上御集	斎宮集（書陵部本）	同（西本願寺本）
…たてまつり給へりける 御かへり事もさりけなく て御ふみのうらにてありし 62 なかめする空にもあらてしく るるは袖のうちにや秋はたつ らん	…まいらせ給へりける御 返ともさりけなくて御ふ みのうちにあり 52 かきたえていくよへぬらむ うへの いとみしかくもおもふへき哉 （中略） 又 66 なかめするそらにもあらてし くるるはそてのうちにや秋は 立つらん	…まいらせ給へりける 御かへりともさりけなくて 御ふみの中にあり　内の御 かへり 120 かきたえていくよへぬらむ ささかにのいとみしかくも おもふへきかな 女御 121 なかめするそらにもあらてし くるるはそてのうらにや秋は 立らん

62の詞書は、「斎宮集」（書陵部本、西本願寺本）では、右表のように「かきたえて」の歌に続く。

「かきたえて」が、仮に

かきたえていくよへぬらむささかにのいとみしかくもおもふへきかな（「斎宮集」西本願寺本）

という一首であったのなら、「斎宮集」（書陵部本、西本願寺本）に載る一首が、「村上御集」には存在しないということになる。大きな違いではあるが、それは、詞書は共通するということであり、共通する詞書が意図するのは、ともに、徽子が「さりげな」い返答しか出来なかったということである。「故宮うせ給ひて後」で始まる当詞書で示されるのは、父親王逝去の悲しみによって、まともな返答が出来なかったということである。「かきたえて」の歌をもつ「斎宮集」では、父親王の逝去から時間が経っているにもかかわらず、そのような対応しか出来なかったことが、いっそう強めて表現されている。

「かきたえて」の歌は、ささがに（蜘蛛）と、いと（糸）とが掛詞になっており、関係が絶えて時が経つが、とても短い時間のように思われることだ、という歌である。『注釈』（120歌）は、これを帝の返事の中にあった歌であると見、下句を、徽子からすれば「これをほんの短い間と思うべきなんだな」と、帝が徽子の心情を推測したものと解釈している。

右表のように、「かきたえて」を、西本願寺本では、帝の返事とし、書陵部本では、徽子がさりげなく書いた返事とする。「いとみじかくも」は、書陵部本では「うへの」（帝の）返事として付けられた下句であるとする。「かきたえて」が作る歌の世界は、非常に心細いものである。「いと」（「ささがに」「たえ」で構成される歌は、次のように、心細さを詠んでいるからである。その趣向は、『後撰集』以下に見える。

たえはつる物とは見つつささがにのいとをたのめる心ぼそさよ　（『後撰集』569）

ささがにのそらにすがけるいとよりも心ぼそしやたえぬとおもへば　（同1295）

かきたえてほどもへぬるをささがにのいまは心にかからずもがな　（『金葉集』二度本404）

「かきたえ」というのは、関係が絶えることであり、また、蜘蛛の糸が懸るではないが、人の心に「かから」なくなる不安をも意味する。そのような歌であるからこそ、「つれづれに心ぼそくおぼえ給ひて」（62詞書）書かれた歌に照応する。「斎宮集」では、帝が下句、あるいは一首を読んだことになっている。しかし、「村上御集」には入らない。

歳序四　手習御召　手習2（64、65）

六四　ほのかにもかせはつけなん*1　花すすきむすぼほれつつ露にぬるとも

62歌より続く、手習風の歌で、詞書はない*2。

それとなくでも、風は帝に告げて欲しい。花すすきに露が置くように、私は心ふさぎ涙に濡れているということを。

と言う。

「花すすきむすぼほれつつ露にぬる」という表現は、徽子の状況を喩える。「花すすき」は穂の開いたススキ（薄）であり、いわゆる尾花である。『古今集』には、「花すすき」と「むすぶ」を取り合わせる歌がある。「花すすき我こそしたに思ひしかほにいでて人にむすばれにけり」（『古今集』748）は、私は心の内で密かに思っていたのに、「穂に出づ」すなわち、あなたは目立ち、よその男と関係が出来てしまったと、この「むすぶ」は、男女の関係をいう。

「むすぶ」という詞は『万葉集』から、すでに広く詠まれている。紐を結ぶ、松を結ぶという基本的な意味に加え、男女の関係が、下紐や帯を結ぶことで喩えられ、「心を結ぶ」等、約束を交わすことにも用いる。「霜を結ぶ」「露を結ぶ」は、霜が置き、露が置くことを言う。花すすき（尾花）は、『万葉集』では、「穂に出づ」ものとして、また「麻花《ヲバナ》押靡《オシナミ》置露」（『万葉集』2172）「尾花が上に置く露」（同1564）等、露との関わりにおいて詠まれる。

しかし、この徽子の歌は、「むすぶ」ではなく「むすぼほる」である。『万葉集』に「むすぶ」は詠まれるが、「むすぼほる」はない。「むすぼほる」という詞は、鬱屈する嘆きを表す詞である。『古今集』『拾遺集』に各一首見え、『新古今集』には八首も用いられている。鬱屈した心情が表現される[*3]。原義は、「むすぼほれ行くかがり火の影」（『新古今集』252）や「山ぎはにむすぼほれたるけむりけむらば」（『和泉式部集』214）等、重なり合い絡み合うような状況である。『注釈』（26歌）は「もつれて」と口語訳している。

当歌の「花すすきむすぼほれつつ露にぬる」の「むすぼほれ」もまた、露を置く意味の「むすぶ」のみならず、花開いた穂がからみ合っている情景をイメージとし、鬱屈した心情を示す詞なのであろう。「ほのか」「すすき」「つゆ」「むすぶ」「むすぼほる」を取り合わて詠む歌は少なからず見え、当代に好まれた詞で、構成された歌と言える。

「斎宮集」をあわせ見ると、第二句は、「つてなん」（「斎宮集」正保版本系）という言葉として成立しないものと、「つけしな」（告げたな）の読みを除けば、「風はつけなむ」（風は告げてほしい）、「風はふかなむ」（風は吹いて欲しい）と「風はつげじな」（風は告げまいな）という三種類の本文が存在することになる[*4]。結句はともに「露にぬるとも」（露にぬれていると）で、引用の「と」を含む組成であると解釈したい。

風は恋人の来訪を暗示させる契機であり[*5]、「風」は、帝との関係を媒介する。「ほのかにも」の初句は、少しでも・わずかでもといった量的な意味よりも、それが「風」の便りのような間接的な方法であっても、すなわち直接的な言葉でなくともということを言わんとするのだろう。

「風はつげなむ」（『村上御集』、「斎宮集」小島切）や「風はふかなむ」（『新古今集』348）という本文であれば、黴子の嘆きを帝に伝えて欲しいという思いが主意となる。しかし、「斎宮集」（書陵部本、西本願寺本）で採られる「かせはつけしな」では、様相が変化する。「し」は、文脈上過去には取れないので、「風は告げじな」と見るべきであり、私が嘆いていたとしても、帝に伝わることはないだろうという諦めの心情が主意となる。「斎宮集」の「また女御あはれのさまやと」（西本願寺本）、「あはれのさまや」（正保版本系、小島切）という詞書に照応する歌内容である。

又、内のおほん

六五　はなすすきこちふく風になびきせば　つゆにぬれつつ秋をへましや

詞書には「内のおほん」*6とある。先に奉った、すさび書きに加えられた帝の返歌である。

花すすきがこち風になびくなら、露にぬれつつ秋をへるなどということがあろうか。

と書かれている。

「なびく」は、帝になびくの意味であって、黴子が自分の言うことを聞き、帝の意向に沿って宮中へ戻るならば、そのように涙を流して日々を過ごすようなことはないのだ、と言う。

「こちふく風」は、「斎宮集」（西本願寺本）では、「うちふく風」とし、内裏に吹く風で、帝の何らかの働きかけを意味する。『注釈』（27歌）は、風は「露を払う」もので、「こちふく風」には「東風」と「こちら」の意を込めていると解釈している。

当歌が独立して詠まれているのであれば帝の愛情を暗示するような優しい春風や、あるいはまた右のような意味に解釈出来るが、詞書や配列からすれば、当歌の「こち風」を春風と見ることは出来ない。そのことについては、24歌ですでに述べた。当歌の「こちふく風」も、帝の権力を暗示すると見られよう。

結句「秋をへましや」について、『注釈』(同上)は、「飽き」が掛けられているという。

あなたは閨怨の寂しい思いをしているというが、私の言葉に従っていたら、私に飽かれるというような寂しい思いで秋をすごすことにはならないだろうというのであって、喪中でも斎宮女御に参内をすすめていたようである。(『注釈』27歌)

と注解しているが、徽子の前歌は閨怨の思いを詠う歌であるのか、また、徽子の歌が秋の景物を提示していたとしても、帝がそれを積極的に「秋」の掛詞として利用していたのか疑問である。帝の歌が右『注釈』のようであれば、この歌は脅迫にも似た冷酷な歌となる。帝の他の歌は、徽子の真情には無頓着で高圧的ではあるが、冷酷な歌はない。

徽子の嘆きは、右『注釈』の説くような閨怨の嘆きではない。62から続く歌群の歌で、父親王の逝去に伴う里下がりという、徽子自身にかかわる孤独な心情を訴えるものであろう。とともに、帝の、「秋をへ」るという表現も、積極的な掛詞ではなく里居を指すだけの詞ではあるまいか。当歌でもまた、帝は徽子の真情に無頓着に、「私の言うことをきいておればよいものを」と言っているのである。

［64補注］短い詞句の詞書

「斎宮集」（書陵部本以外）には、徽子または編者の嘆息のような、短い詞句の詞書がある（「村上御集」にも一部見える）。「村上御集」64には詞書がなく、同歌は、「斎宮集」の書陵部本でも詞書は「又」（59）と簡単である。しかし、他の「斎宮集」には特別な詞書が備わる。すなわち、「また女御あはれのさまやと」（西本願寺本26）や、「あはれのさまや」（正保版本系21、小島切9）の、短い詞句が詞書のように置かれる。

森本元子『私家集と新古今集』では、「斎宮集」Ⅲ類本（正保版本）に見る14～23の緊密な歌群が取り上げられ、同集他本への展開が説かれていた。「つゆもひさしき」「たれにいへとか」「いはんかたなのよや、めのみさめつつ」「たくひあらしかし」「あらしわか身を」「あはれのさまや」「かきりなりけり」といった詞句である。この短い詞句も、その歌群にまつわる特徴として挙げられる。その詞句が『古今集』や『後撰集』の歌の一節であるという点も指摘される。Ⅲ類本における当歌群が古態を保つものであるのかどうか、あまりにも整然としすぎているようには見える。「古態」の定義も確認する必要がある。

「村上御集」では、「たれにいへとか」（66左注）と「あらじわが身を」（71）の詞が、「斎宮集」Ⅲ類本とは異なる歌に付されている。一部にのみそのような形態を採ることは不自然であるので、それらの詩句は、やはり「斎宮集」から歌が取り入れられた際の残存なのであろう。もっとも吟味はされていたはずで、意図的に残されていると思う。帝の歌が効果的に提示されるために必要な詩句が残されたと考えたい。

歳序四　手習御召　手習２（66、67）

六六　風ふけばなびく浅茅はなになれや人のこころの秋をしらする

62歌より続く手習風の歌で、詞書はない[*1]。

風が吹けばなびく浅茅、これはいったい何なのか。人の心が私に飽きたということを私に知らせる。と言う。

結句は「知らせるのか」とも「知らせているのだ」とも解釈できるが、後に述べるように自問していると見たい。

「村上御集」の配列では、「時雨・袖・涙・露に濡る」の詞で贈答がなされてきた。帝が先に詠んだ歌（65）では、帝に飽きられるの意味「あき」の意味を込めてはいなかったと述べたが、当歌は、その論拠の一になろう。当歌の下句「人のこころの秋をしらする」で、初めて「飽き」の掛詞が積極的に用いられ、「秋」を掛詞として示す歌が置かれているからである。

「あさぢ」（浅茅）は、短いチガヤ（茅萱）で、17歌に「夏すぐる野べのあさぢ」と詠まれていた。「村上御集」、「斎宮集」を合わせ、「あさぢ」（浅茅）を詠む歌は、通算六首ある。「村上御集」には四首、すなわち当歌と次歌、そして17、53歌に詠まれる。たとえば、17歌で徽子は、帝の提示した夏草茂る光景を、浅茅生える荒れ果てた光景に変えて返歌としている。浅茅のなびく寂しい光景は、徽子の心象風景であった[*2]。

浅茅吹く風は、和歌に多く見られる。その景色を見て、当歌同様に自問する形をとる歌があり[*3]、飽きられ移り変わる状況を詠む歌があり[*4]、その光景は、もの悲しい光景として表現に定着していく[*5]。

当歌で、風になびく浅茅の情景は、秋を私に知らせると言う。秋の訪れを知らせるというのではあるまい。秋そのものを見せつけ、秋の実感を強いると言い、人に飽きられる「飽き」の認識を強要する。秋は、和歌の世界で、春に匹敵するほどの野の花や、色とりどりのあでやかなモミジが、人の心を華やかにする季節としても詠まれる。しかし、ここで取り出された秋の光景は、右の歌に見える茅萱である。確かに風は吹いているが、それは、茅萱吹く風であると言う。

当歌の初句と第三句には異同がある*6。「なになれや」（風に吹かれる浅茅、それは何なんでしょうか）という自問する表現と、「われなれや」（それは私でしょうか）と直接的に自らに結びつける表現もあるが、当「村上御集」は前者である。63、65で帝の詠んだ、自己責任であるとでもいうかのような歌に答えている。

たれにいへとか

又、内のおほむ返し

六七　うちはへておもふかたよりふく風に　まねくあさぢをみてはしらずや

「たれにいへとか」は、前歌に続く詞であって、前歌に対して直接的な発言の形をとる左注と見たい*7。

秋風に靡く浅茅に自らを喩えた前歌に対し、帝が

ずっと広く、私が思うという方向から吹く風に、あなた自身が招かれている浅茅だとは御覧にならないか。

と書き加えた。

「ふく風にまねくあさぢ」の「まねく」は、風によって「まねかれる」とあるべきだが、「風に」の続きから、招かれている意味に解釈する。「斎宮集」（書陵部本、西本願寺本）では「なびく」としている[*8]。「村上御集」は、参内しない徽子を宮中に誘う意味を、あえて「招く」という詞で示しているのかもしれない。一方「招く」ではなく「なびく」（靡く）とする「斎宮集」の本文は、前歌の徽子の詞をそのまま用いたことになり、「斎宮集」の場合は、「風になびいている浅茅を見ればそのことがわかるであろう」の意味になる。

「うちはへて」は、「延ふ」という時間的な継続や空間的な広がりを原義とする詞である。帝が徽子の参内に対し声をかけ続けているという継続的な意味が加わり、一首以上前に置かれる歌群とのつながりが生じる。「うちはふ」という詞が恋歌で用いられる時には、思いの持続性から「心に深く思う」心情とともに詠まれる[*9]。それゆえに、「秋風」とは相反する働きをする。「秋風」は、「うちはへて」継続する、完全で好ましい状況を破壊する景物として詠まれる[*10]からである。

したがって、徽子が提示した「秋風」を、帝は「うちはへて」という詞とともに表現的完成の視点から用いることが出来なかったのであろう。答歌は、「うちはへ」にそぐわない「秋風」の「秋」を破棄し、「風」に変えた。その意味では、恋愛の贈答歌として成立している。

徽子の前歌は、浅茅を吹く風の光景で、人の心変わり（飽き）を危惧する思いを伝えていた。「たれにいへとか」（誰に言えというのか、だれが分かってくれるのか）という、一見紛れ込んだような短い詩句は、帝の愛情に対する疑念であって、徽子の心情を伝えるのであろう。

「人のこころの秋」という成句は、和歌表現として関心を持たれたものであったかもしれないが、「村上御集」や「斎宮集」において、他には見られない直接的な表現である。徽子の贈歌に、帝は、徽子が詠む「風」は、愛情の籠もった風なのだと答えた。帝は、徽子の使った「秋風」の詞を棄てる。徽子が提示した「秋風」は、帝により「風」と変えられ、徽子の不安に答えたかに見える。

当歌と「斎宮集」（書陵部本、西本願寺本）とでは、第四句、結句にわずかな本文異同がある。

まねくあさぢをみてはしらずや（村上御集）／なびくあさぢをみてもしらする（斎宮集）

これを答歌として見た場合、意味は変わってくる。例えば

うちはへておもふかたよりふくかせに　なひくあさちをみてもしらする（浅茅は、私の深い思いという方向から吹く秋風になびいているのだということを、御覧になればおわかりになるだろう。）

（「斎宮集」書陵部本）

では、徽子が用いた「なびく」の詞や提示する光景を、帝の歌はそのまま受け入れ、よく御覧になればお分かりになるだろうとして、徽子が「秋風」という詞で訴えた心情に、いくらか関わっていくことになる。

それに対し、当「村上御集」の形は、無機的な印象を与えている。たしかに帝は、徽子の提示した「秋風」を「風」と変え、終始一貫して参内を誘う歌としたが、帝が書き加える一連の歌からは、帝が、徽子の歌とその真情に深く関わっていこうとする姿勢が見られないからであろう。「たれにいへとか」という詞は、徽子の側の、そういった力ない抵抗の言葉（あるいは代弁）にもなっている。「斎宮集」に「たれにいへとか」という言葉が見えないのは、「斎宮集」の本文が、まだ徽子の心情を反映させるものだからではあるまいか。

現作品としては右のように読めるが、「村上御集」編成の観点からは、短い詩句は帝の歌を効果的に見せるために残されているのであろう。

歳序四　手習御召　手習2（68、69）

六八　しらつゆのきえにし*1ほどの秋はなを　とこよのかりもなきてとひけり

62歌からの手習の歌が続いている。徽子の歌である。

白露が消えるように消え入りそうな思いでいる、この秋の時節ですが、常世の雁は私の気持ちを分かってくれ、鳴き訪ねてくれます。

と言う。

「秋」の詞は、漢字表記されており季節の「秋」であるが、帝に飽きられる意味の「飽き」を暗示する。「しらつゆのきえにし」（白露の消えてしまった）ほどの秋は、徽子が置かれる状況と、徽子の頼りない心情の比喩である。「ほど」は時間を示し、徽子が置かれている「あき」（秋、飽き）の時間と、露が消えるほどの短い時間という意味から、はかなさの心情を示す。そのはかなさが、当歌では「しらつゆのきえにし」という光景で表現される。一連の歌が父宮薨去の際の里居で詠まれたものであることを考え合わせる時、「消え」、すなわち父親王の薨去に起因するはかない心境が、当歌の主意となる。その主意を読み取ったので、「斎宮集」（正保版本系）では「きえにしひと」という異同本文が生じているのであろう。

そのような秋でも、「なを（ほ）」（猶・やはり）雁が私を訪ねると言う。「はかなさ」に対して毎年訪れる雁の確かさをいう。「飽き」を暗示させる状況があり、「きえにし」（消えて亡くなってしまった）人がいて、頼るところもない消え入りそうな思いに相当する内容がある。それでも雁は私を訪ねてくれる、と言う。

「とこよ」（常世）の雁が、鳴いて「問ふ」。雁も、鳴いて徽子を訪ねてくれるというのであるが、当歌の「とこよの雁」は、遙か遠い所から飛んでくる雁であるとともに、俗世を離れた清らかなイメージをまとう。「とこよ」は、『万葉集』に「わが国は常世にならむ」（巻一の五〇）と詠われ、常陸の国を「古の人の常世の国といふは蓋し疑ふらくは此の地ならむか」（『常陸国風土記』）と表現されてきた「古代日本人のあこがれの地であり、理想郷であった」という*2。「トコヨの国は古代日本人が海のかなたにあると考えた理想の国」であり、また、「恋の成就する豊饒の国トコヨのまれびとのもたらす呪詞が文学の始原である」（『古代研究』*3）という説がある。

後には、「床」との掛詞で詠まれる*4。徽子と同時代の歌人元輔の歌でも、「常夜の雁」という認識の上に、「常夜」に「床」が掛けられている。さらに、時節の寒さに加え、その鳴き声は、孤独な独り寝を侘びる作者の悲しみに重ねられ、訪れのない「床」は、従来の意味である「とこ」すなわち「永遠」をも意味する。「とこよかなしな」（『元輔集』124）という時の「とこよ」は、限りなき独り寝をも暗示する。同集の「いにしへのとこよの国やかはりにし」（『元輔集』236）もまた、恋情を詠う。

「斎宮集」でも西本願寺本にしか見えない歌であるが、

とこよへとかへるかりかねなになれやみやこをくものよそにのみきく　（『斎宮集』西本願寺本193）

がある。雁は都をすてて常世に帰っていく。私は、その都のことを雲居はるかにきくのみで、帰りたくても帰れない、という歌なのだという（『注釈』193歌）。「とこよ」「かりがね」は、俗世の煩いとは無縁の存在である。当61歌は、元輔の歌ほどには露骨な嘆きの表現ではなく、また「とこよ」に「床」が掛けられているとも言えない。父親王への思いが介在するからである。

しかし、当歌は、常世の雁が、わざわざ遠い所から父親王を失った徽子を慰めにきてくれるといった意味のみではなかろう。なぜ徽子が当歌で「とこよの雁」と詠んだのかと考える時、雁の鳴き声は、すでに徽子の時代には、元輔が詠んでいたような閨怨のイメージを伴うものであり、徽子の歌にはそのイメージが重ねられていたからであろうと思われる。鳴いて徽子を「問ふ」雁がねは、閨怨とも関係する孤独な徽子の泣き声であったゆえに、「とこよ」の雁である必要があったのであろう。

雁は「問ひ」すなわち、訪ねてくれる。しかし、帝からの便りはない、という歌であろうか。暗示はされるかもしれないが、便りのない（問はぬ）帝を責める解釈は当たらないと考える。前述のように当歌の主意は、父親王の薨去に起因するはかない心情だからである。しかし、「斎宮集」（西本願寺本）の重出歌

しらつゆのきえにしほとのあきまつとところよのかりもなきてとひけり　（「斎宮集」西本願寺本35）

は、帝への思いに傾く。この類歌には詞書もなく、「あきまつ」を解釈するのに多くの言葉を補う必要はあるが、「まつ」（待つ）を前面に出した歌になっている。同集の正保版本系も、「まつ」の詞を入れる*5。

内の御返し

六九　かりがねのくるほどだにもちかければ　君がすむさといく世なるらん

前歌に対して、帝が書き加えた返歌である。

常世の雁がやって来るほど常世に近いところと言うのだから、君の住む里はかなりの時をかけて行かねばならぬ所なのだろう。

と言う。

帝は徽子を、参内しない女御という視点から捉えている。徽子の歌の「常世の雁も鳴きて問ひ」とは、遙か遠いところからでも私の所へやってきてくれる、という意味であったが、帝は、それではあなたはい

ったいどこにいるのか、と切り返す。徽子の居る場所は、常世に近いのだろう、と言う。徽子が参内しないのは、帝から遠く離れた所に住んでいるから叶わないのだろう、という論理である。

当歌の「いくよ」（幾世）であれば、御代であり一定の時間をあらわす年月の意味で、歌にも詠まれている*6。「斎宮集」とでは、結句にのみわずかな異同がある*7。「いくか」（「斎宮集」西本願寺本）であれば、幾日あるいは、幾日かかって行き着く所となり、「いくら」（同　書陵部本）であれば、どれくらいのという意味で、時間あるいは距離を漠然と示す表現となる。しかし、和歌の用例からすれば、「いくか」「いくら」であった可能性は低いものと考える。

『注釈』（124歌）は、この歌の上句を、帝の心情と見ている。

常世というはるかな国から来る雁すらやって来たのに、そなたが来ないというのは、そなたは、雁のすむ常世よりもっと遠い幾日もかかる里にすんでいるとでもいうのだろうかという気持ちである。

（『注釈』124歌）

傍線部「常世というはるかな国から来る雁すらやって来たのに」とは、「遠くはるかからやってくる雁のふる里、それすら近く思われるほど、そなたは遠く感じられる。」という気持ちであるという。その解釈は、上句の「ちかければ」を帝の心情と解釈し、雁の存在を帝の側のものとする。

上句の「かりがねのくるほどだにも」近いのは、徽子が詠んだ歌の世界のことである。文脈上、徽子の住む里 ― 雁が訪ねてくれたという徽子の歌に対して、帝が考えたところの、徽子の住む里 ― であり、上句は、徽子の側に立つ解釈がなされるべきであろう。すなわち、「雁がやってくるほどに近いのであれば」の意味で、「だに」はその程度という意味である。この歌は、徽子の歌に応え、徽子の視点で上句を詠んでいるものと解釈したい。

［68、69補注］「斎宮集」（西本願寺本）の重出歌

本文異同（漢字仮名遣い以外）を並記する。

68歌　第二句、第三句　「きえにしほどの秋はなを」（「村上御集」、「斎宮集」書陵部本・**西本願寺本123**）

「きえにしほどのあきまつと」（「斎宮集」**西本願寺本35**）

「きえにし人のあきまつと」（「斎宮集」正保版本系）

69歌　結句　「いく世なるらん」（「村上御集」）

「いくらなるらん」（「斎宮集」書陵部本）

「いくかなるらん」（同　西本願寺本124）

「しらつゆの」（68）歌は、「斎宮集」（西本願寺本）で、重出（35、123）している。同本123の本文は、「村上御集」ならびに「斎宮集」（書陵部本）と同じである。**［補注51、52］**でも述べたが、「斎宮集」（西本願寺本）の追補の本文と、「村上御集」の本文とが同じである。また、69歌は、「斎宮集」（正保版本系）には載らない。

歳序四　手習御召　手習3（70、71）

久し、とあるだに、たびたびになりにけるほどに

七〇　うらみつのはまにおふてふあししげみ　ひまなく物をおもふころかな

別の機会の歌群なので、詞書が付されたと見る。「久し」は、帝の言葉で、徽子の里居が長いことを言う。そういった帝からの便りが度重なる頃の歌であると詞書は記す。帝からの働きかけに対して、徽子は、

うらみつの浜に生えるという葦ではありませんが、その葦がびっしり生えるように絶えず物思いをしています。

という歌を返した。

初句の「うらみつ」は「恨（怨）みつ」を掛詞にしている。「うらみつのはま」という詞はないが、「みつのはま」は、『万葉集』に詠まれるものの、平安時代の歌には見えない地名である。『万葉集』巻七「摂津にして作る歌二十一首」の中に、「血沼の海」（陳奴乃海）・「住吉の岸」（住吉之岸　墨江之岸）・「住吉の名児の浜辺」（住吉之名児之浜辺）と並んで「大伴の三津の浜辺」（1151）が見える。難波の都を表徴するような穏やかな入江であり、「津」は、難波宮と深く関わる港として、歌に詠まれている。

そのような「みつのはま」は、『万葉集』に「見つ」との掛詞で詠まれ[*1]、平安時代の『古今集』『後撰集』に継承される[*2]。「うらみ」とは直接的な掛詞にはならないものの、浜や津は海に関係するので、浦が「うら」（恨）・「う」（憂）の音に通じ、男女関係における不穏な心情が歌に内在するようになる。

さらに、当歌の「あし」（葦）も、古くから海辺の景物として詠まれてきたが、『後撰集』より、「うらみ」と共に用いられるようになる。すきまなく繁る様子もその属性の一としてあり、当徽子の歌も、そういった和歌の趣向を取り入れている。

この「村上御集」の詞書「久し、とあるだに、たびたびになりにけるほどに」[*3]の「久し」は、62の詞書で説明されていたような、徽子の里居が長引いていることを言うと見てよいであろう。同様に「たびたび」になるのは、帝からの誘いである。では、「だに」とは何か。「久し」すなわち、里下がりが長期にわ

たることを言って寄越した挨拶程度の短い文でも、ということであろう。そうではない徽子への愛情を示すような便りの存在を意識しての表現である。徽子の方からは、便りを出さなかったが、そのような文でも、たびたびになったので、徽子の側から歌を贈ったものと解釈する。

あらじわが身を

七一　恨べきこともなにはのうらにおふる　あしざまにのみなどおもふらむ

前歌が徽子の歌で、当歌は帝の歌であると見る。「斎宮集」では、前歌に「女御殿」（書陵部本）、また当歌には「内の御」（書陵部本、西本願寺本）として、当歌が帝の歌であることを示す詞書の記述がある。

恨むようなこともないものを。難波の浦に生える蘆ではないが悪し様に、どうしてそのように思うのか。

と反論するかのように置かれている。

「あらじわが身を」は、67歌詞書「たれにいへとか」同様に、編者の詞が混入したような表記である。『古今集』には、「いく世しもあらじわが身をなぞもかくあまのかるもに思ひみだるる」（『古今集』934）がある。『古今集』の歌一首全体の歌意を見るなら、その一節は、前歌70の左注として、67同様に、徽子の心情を代弁するようにも解釈出来る。また、「あらじわが身を」は、「村上御集」では当歌に付される。集中でも例外的な詞書のためであろうか、「村上御集」の底本である「代々御集」には、70〜72までを徽子の歌とする、「已上三首徽子女王歌也」の書入が、後代であろうがなされている。

しかし、ここは文字通り「あらじわが身を」（そうではない我身であるものを）を引用し、当歌の詞書のように置かれていると見たい。すなわち、帝へ「うらみ」を向けた前歌に対して、そのような批判には該当しない我が身であるものをという、帝の側の言葉のように読める。

「あしざま」という詞は、後の時代には見えるが*4、当歌以前には見ない。「悪し様」と、絶え間なく生える葦の様子である「葦様」とが、掛けられている。徽子の歌に「うらみつ」という表現があったことへの反論であろう。「恨むべきどのようなことがあって、どうしてそんなに悪いようにお思いになるのだろうか」という歌である。

底本では、「恨」が漢字表記になっている。「怨」と漢字を使い分けて用いられているのだとすれば、「恨」は、徽子が自らをうらみに思う意味となり、帝の歌は、徽子に対して、そのように自らを恨みに思うこともなかろうに、という歌になる*5。

歳序四　手習御召　手習3（72、73）

七二　さとわかずとびわたるなるかりがねを　雲井にきくはわが身成けり

先に、70に続けて書かれていた徽子の歌であるので、詞書がないのであろう。

里を区別せず飛んでいく雁の声を雲居で聞くのは、他でもない私です。

と言う。

雁は秋に飛来し春に帰っていく鳥であるが、雁の声には悲しさが感じられたようである。雲の上遙かに鳴く雁の声を契機に、生じる恋人への思いが詠まれる。すでに『万葉集』の宴席で、歌に詠まれ*1、『古今集』の恋歌に受け継がれていく*2が、雁の声は、物思いを誘う「かなし」く、「う」き（辛い）声であった*3。徽子は、雁の声を聞いている、と言う。

雁が「とびわたる」という歌の例を見ない。里を飛び渡る鳥はホトトギスとして『万葉集』に詠まれるが、雁は北国から飛来することはあっても、里を飛び渡る鳥としては詠まれてこなかった。里を飛び渡るホトトギスは、他の異性の所へ通う恋人に喩えられた*4。

この徽子の歌もまた、雁を帝に喩えていると見るのが自然である。「さと」は男性が落ち着くところで、「さとわかず」(里を区別せず)は、やはり帝が徽子以外の后妃に通うことを表現していると見られる。「とびわたるなる」で「なる」を用い*5、間接的にそのことを聞き知っているという。「雲井に」は、雁の飛ぶ光景では遠く遙かな様を、また人事では宮中を指示する。ここでは、宮中にいた時のことを思い出しているものと見たい。

当歌は、自分ではない他の女性のところに渡られる帝を思って、悲しい思いをしていると詠む歌である。「さとわかず」とはあるが、雁が「とびわたる」という表現は、ホトトギスのように、あちらこちらへと移動するという意味ではあるまい。これは遠ざかっていく光景を表現する詞である。

たづがなきあしへをさしてとびわたるあなたづたづしひとりさぬれば (『万葉集』3626)

は、丹比大夫が亡き妻を悼む挽歌の反歌で、先の長歌には、つがいの鴨さえ睦まじくあると記される。たづが飛び立つ光景は、一人残された哀しみの心象でもある。「いやとほざかるわが身かなしも」(『古今集』819)*6等の歌意にも通う。

当歌に詞書は見えないが、「斎宮集」(西本願寺本)の詞書は、「又、女御いはむかゐなのよやめのさめつつ」とする。『注釈』(23歌)は、これを「なさけない身の上だ。独り寝の目は覚めるばかりで。」と口語訳し、秋の喪中で宮中へ上がることが出来ない状況であると推測している。

内の御

七三　玉づさをつけてける程はとをければ　とふをたえぬかりにやはあらぬ

徽子の歌に答えた、帝の歌である。

雁が手紙を付けていたという、その雁は、遠いところでも絶えることなく飛んで来て訪ねていたではないか。

と、帝は、自らが雁に喩えられており、徽子の前歌72が、雁は自分の上を飛び過ぎて行くだけだと言っていることを理解しつつも、そのようなことはない、絶えず徽子のことを気に掛けている、と言う。

「玉づさ」は、「玉づさのつかひ」として使者の意味で用いられていた。『万葉集』では、「使者」「妹」にかかる枕詞のように用いるが、妹にかかる例は挽歌のみであるとされ*7、ほとんどが「つかひ」即ち使者を表す。使者が、神聖な梓の杖を持っていたところから出来た詞であるとも伝わるという。のちに、言づて・文の意味になり、当歌でも言づて・文の意味である。

「雁」とともに詠まれる「玉づさ」は、『漢書』蘇武伝の故事に拠る、手紙の意味である。前漢の武将蘇武が匈奴に使いして捕らえられて帰れなかったが、雁の足に手紙を結んだという故事は、既に『万葉集』以後の歌に受け容れられている*8。

本文異同*9はあるが、第四句の「とふをたえぬ」の「とふ」（問ふ）は、帝からの働きかけであろう。帝の歌は、自分は徽子の上を飛び過ぎていただけではない。絶えず、文で訪うていた。それが手紙を付けている雁であれば、なおさら遠方から飛来する。遠方からでも、絶えず、訪うていたではないか、という歌である。

［72、73補注］「斎宮集」（定家監督書写本）綴じ部分の補入歌

当72、73について、「斎宮集」（西本願寺本）は贈答歌として両首をもっており、正保版本系は72のみをもつ。書陵部本は、当72に該当する歌がない。しかし祖本である「斎宮集」（定家監督書写本）には、九ウと一〇オの綴じの部分に補入されていることが、冷泉家時雨亭叢書の同書解説で指摘されている。

補入されているのは、「わするらむもにすむゝしの名をとはゞかひもありとぞあまはつげまし」と、当72歌であるという（同上）。「斎宮集」（西本願寺本）を対照させれば、そう考えるのが自然である。

確かに、「わするらむ」の歌は、それに近い文字の一部が見えるが、しかし、その綴じの左側に書かれている文字の影印は、当「さとわかず」歌ではないように見える。が、仮に、その一部が「わたるなるかりかねを」であるならば、西本願寺本は「かりかねは」であるので、「かりがねを」とする「村上御集」あるいは「正保版本系」の本文なのかもしれない。

「斎宮集」（正保版本系）では当73に該当する歌がない。それは、当72が、正保版本系統で特殊な歌群に入ることと関係するのであろう。同系統の14から24は、「つゆもひさしき」等短い詞句の詞書に特徴があり、帝の歌が書かれていない手習の一歌群（『私家集と新古今集』）であることが指摘されている。

当72、73の詞書を対照させれば、次表のとおりである。

「村上御集」	「斎宮集」書陵部本	同　西本願寺本	同　正保版本系
72　詞書なし	歌なし（「定家監督書写本」綴じ部分の補入歌）	23　又、女御いはむかゐなのよやめのさめつつ	18　いはんかたなのよやめのみさめつつ
73　内の御	57　うちの御返し	24　おほんかへし	歌なし

また、当72歌は、「内にたてまつり給ひける　斎宮女御　／　里わかずとびわたるめるかりがねを雲ゐにきくはわが身なりけり」（『続詞花集』638）として採録される。歌の主意は雁が音にあるので、視覚による判断を示す「める」では不自然なように思える。

歳序四　手習御召　手習3（74、75）

七四　谷川のせぜのみくづ*1をかきつめて　たがみくづにかからんとすらん

70、72に続く、先に帝へ奉った歌なので、同様に詞書がない。

谷川の瀬毎に沈む屑をかき集めて、どなたの水屑のために刈ろうとされるのでしょうか。

と言う。

「みくづ」（水屑）は、自らの歌に対する謙遜の言葉である。

「斎宮集」の本文は次のとおりであり、傍線部が異なる。比較すれば「村上御集」の本文は、歌の体裁が整っていないように見える。

たにかはのせぜのたまもをかきつめてたがみくつとかならむとすらん
（「斎宮集」書陵部本、西本願寺本、正保版本系　正保版本系第四句「たかみくつにか」）

「村上御集」には「みくづ」（水屑）が重複し、「からんとすらん」も、水屑を「刈る」では意味が通じない。水屑（水のごみ）は、漂い・沈むものであり、「刈る」と詠む歌は、見えない。「藻」こそが「刈る」ものである。

しかし、あるいは当集では、そういった本文が正しいのかもしれない。徽子自身の歌を、「玉藻」という美称で表現することを避けた。また、「からんとすらん」も、帝からのお召しに対して、採らせた表現であった。すなわち、お召しがあって、手すさびに書いていた複数の歌を取り集められている状況への意識が、「かる」という表現を採らせたのかも知れない。

さらに「玉藻」には、「村上御集」の「みくづ」だけでは覆えない恋愛のイメージが伴う。『万葉集』において、「玉藻」は、「浮く」「なびく」を導く詞として用いられてきたが、また、男女の仲睦まじい様を形容し*2。挽歌では、男女がなびき寄る形象となる。『古今集』では、玉藻ゆれる様子が恋の乱れる思いを表現している*3。

次の歌などは、当歌の影響下にあるようにも見える。

しのびたる人の、ふみをおこせて、人やみるらんとて、かくいひたる
なみだがはせぜのたまももかきつめし人のみくづとなりもこそすれ　（「顕綱集」23）
かへし

かきつめどかはのせぜなるたまもには人のみるめはあらじとをおもへ　（同　24）

こっそりと付き合っている人が、人に見られたら困るという文を寄越す。忍ぶ恋の思いを集め、文をしためるようなことはするまい[*4]、人に見られ文は水屑として捨てられ、自らは水屑のように扱われてしまうのではないか、と危惧する。それに対して、いや「なみだがは」は川なので、人が見るという「みるめ」（海藻）はない、そのように、逢瀬の機会はない、という贈答である。「瀬々の玉藻」は、恋情を表現している。掻き集められる藻を詠む歌の多くは、恋愛の感情と深く関わっていると言ってよい[*5]。

「斎宮集」では「玉藻」とし、「村上御集」では、その「藻」を出さず「みくづ」とする。水屑は、底に沈むものであり[*6]、帝には知られることのない隠された存在である。自ら水屑と認識しているものを掻き集められたところで、またどなたかの水屑になるだけだ、と言う。「村上御集」の本文では、「玉藻」の詞が意図的に用いられなかった、と解釈する。

内の御

七五　川の瀬に玉ものうけるごとなれや　心にせけどもらすてふらん

前歌に、帝が書き付けた。

水屑だと言うが、川の流れに玉藻が浮いているようではないか。水底に沈む水屑だと言っても、玉藻が浮いて見えるように、それらの歌には心が現れているのだろう。

と、黴子の言葉を打ち消す。

前歌に「玉藻」が詠まれていなかったことで、初めて成立する歌なのではあるまいか。

『注釈』(31歌)は、前歌が、水屑と消えると否定的に言ったのに対し、帝が、「手習の歌はそなたの本心なのだろうと認めたのである」と解釈するが、それだけでは、前歌とこの歌との照応が見えない。私の歌は、誰にとっても水屑のようなもので捨てられてしまうようなものだろう、という徽子に対して、いや、そうではない。心の表われた価値のあるものとして受け取る、という主意の歌なのではあるまいか。

帝は、徽子の本心が書きすさびの歌からうかがえるために歌を求める価値がある、と言っている。帝が手習の歌を求めるのは、徽子の、歌人としての評価も背景にあったのだろう。徽子の歌に対する敬意が「玉藻」という美称を採らせているという見方もできる。

「もらす」のは、徽子の心情である。帝の歌は、何らかの真偽を問いただすような意図に拠るものではなく、恋愛感情に関わる真意を求めているという、徽子への積極的な関わりの姿勢が認められる歌である。「河のせになびくたまものみがくれて人にしられぬこひもするかな」(『古今集』565)は、忍ぶ恋の歌であるが、「もらす心」は恋の心であり他にも例が見える*7。「玉藻」の詞は恋愛感情を伴い用いられた表現でもある。徽子が使わなかった「玉藻」という詞を帝がここで用いたことは、意識的な所為であったと思う。

歳序四　手習御召　手習4(76)

とありければ、又、これより

七六　よそならぬ常磐の山もしぐれつつ　いつもふもとの草はぬれしを

詞書に「これより」とあるが、「村上御集」で同様の表記は他に見えない。求められた徽子の歌(75)を受け、求めに応じて「これより」、すなわち徽子の側から、当歌以下(76〜79)が差し出された*1。

身近で変わらぬ存在の常磐の山にも時雨が降って、そのような時に濡れるのは、いつも麓の草なのです。

という比喩的な歌である。

結句「ぬれしを」の「し」の読み方で内容が大きく変わり、常磐山の麓の草が「ぬれし」（濡れた）と言うのか、「ぬれじ」（濡れない）と言うのか、真逆の意味になる。以下に述べる内容から、濁点のない「ぬれし」であると解釈する。

常磐山も時雨も、和歌には多く詠まれる題材である。しかし、この歌は常套的な詞の用法を採らない。「しぐれ」（時雨）は、晩秋から冬に降る雨であり、木々を紅葉させる。一方で、常磐山は常緑樹の山であり、紅葉しない木々の生える山として歌に詠まれてきた*2。紅葉を促す時雨と、色の変わらない常磐山とを取り合わせる歌は一般的であるが、当歌は、そのような対比ではなく、常磐山の時雨と麓の時雨を取り上げる。

初句「よそならぬ常磐の山」の「よそ」は、自分とは関わりの無いことを言うので、「よそならぬ」は逆に、自分にとって身近な存在となる。身近であり、なおかつ姿を変えない常磐山であるので、ある種絶対的な存在であるところの帝が喩えられることになろう。この常磐山に対比されているのは麓の草であり、こちらは徽子ということになる。

常磐の山は姿を変えないが、時雨は紅葉を促す存在である。常磐の山といった絶対的な存在に対し「しぐれつつ」という否定的な姿勢は、麓の草にも否定的に影響するというのであろう。結句は、「草もぬれしを」であって、ふもとの草の濡れたことを言うものと解釈する。

「しぐれつつ」の詞は、実景を主体に詠む場合もあるが*3、哀しみの涙のイメージを伴って詠まれることが多い*4。「村上御集」にも、当歌のほかに二首が見え*5、涙とは無縁ではない。

「よそならぬ」は、女御という立場の、帝に対する近さのみならず、徽子が帝を心理的に近しいものと感じていたことを示す。徽子の帝への思いは、常磐山に喩えられる、変らぬ堅固で絶対的な存在に対する思いであったのだろう。しかし、徽子をとりまく状況は、涙（時雨）に連なる厳しいものがあった。

「ふもとのくさ」という詞は、庇護されるべき存在を示すようにも見えるが、和歌に用例を見ない。ただ、『多武峰少将物語』には、次の贈答歌がある。

あはれともおもはぬやまにきみしいらばふもとのくさのつゆとけぬべし　（『多武峰少将物語』1　女ぎみ）

わがいらむやまのはになほかかりたれおもひないれそつゆもわすれじ　（同　2　高光の少将の君）

この「ふもとのくさ」は、「きみ」が入る「山」とは断絶された存在である。物理的には近いが「木の下の蔭」といった庇護される場所ではない。徽子の歌でも、常磐の山と麓の草は近い存在であり、近く揺るぎない愛情を感ずべき対象のはずであるが、そこには心の断絶がある。常磐山も時雨に遭う。常磐山そのものは変わらない。変化を受けるのは、麓の草であり、麓の草は「いつも」涙に濡れているのだと言う。

［76〜79補注］「村上御集」の典拠残存

「村上御集」の76〜79は、右脚注1にも記したとおり、「とありければ又これより」の詞書に続く四首である。「故宮うせ給ひて後」の詞書に続く、里における手習の歌群（62〜69）、「久しとあるだにたびたびになるほどに」の詞書に続く手習の歌群（70〜75）に続く、徽子の歌四首である。徽子が「さりげな」く手紙の裏に書いた返事に、天皇が返歌するという、そういったやりとりの後に、この四首が置かれている。当四首について、鬼塚厚子「村上御集成立考（1）―斎宮女御集との関連より―」では、76は73に、77は71に、79は75に対して、徽子がさらに付け加えた歌で、対応関係が見られるが、「斎宮集」をもとにして、そのような配列にはできないため、「「村上御集」が斎宮女御集をもとにしたとの説に疑問をなげかける」かと指摘されていた。「村上御集」の編纂意図が見られる箇所でもあると言う。「とありければ又これより」の詞書は、「村上天皇を主体とした立場で敬語を用いながら編纂を行っている御集編纂者の用語法としては不自然で」、「村上御集のもとになった記録類」を編纂者がそのまま用いたために生じたものかとされる。

歳序四　手習御召　手習4（77）

七七　うらみてはおもひしらなんしらなみの　かかるをあしといふにぞ有べき

先に述べたように、徽子の歌が並ぶ。「手習3」で見た、帝の書き加えた歌が、徽子のもとに返され、それを見ての徽子の述懐であろう。

浦を見ては、思い知ってほしい。白波のかかるのを葦というのであると。

と言う。

波打ち際に白い泡の立つのが白波であるが、海辺の葦に白波がかかる光景を表面的な意味として詠む。そして、「恨んでは思い知ってほしい。このようなことを「悪し」というのであると。」の意味を掛ける。

71の帝の歌を受けるのであろう。71は、「恨む」などというのは見当違いだといった歌であった。それに対し、心外だとお思いになったのであれば、どのようなことを「悪し」というのか、その意味もお分かりになるだろうという主意を、詞の技巧で飾る。「うらみ」（浦見）、「しらなみ」（白波）、「かかる」（水がかかる）、「あし」（葦）という題材で構成された、海辺の光景が描かれる。その海辺の光景に「怨み」、「かかる」（このようである）、「悪し」が詠み込まれている。

「うらみ」、「しらなみ」、「かかる」、「あし」、それらを掛詞にする歌は多くない。とくに「あし」（葦・悪し）の掛詞を用いる歌は少ない[*1]。『万葉集』にも「ひとくには須美安之《スミアシ》とぞいふすむやけくはやかへりませこひしなぬとに」（『万葉集』3748）という、「あし」の用例はあり、住みにくいという「悪し」の意味であるが、「葦」が掛けられているわけではない。

「かかる白波」という詞も、旅のわびしさを表す歌に数例見えるだけである[*2]。当歌では、帝の置かれている状況を暗示する。先の71歌を、帝が自らのことを詠っているという前提にたてば、「あらじわが身を」（怨まれる心当たりがない）、「あしざまにのみなどおもふらむ」（そんなに悪くどうしてお思いになるのか）（71）と帝が感じた、そういう思いこそが「あし」（悪し）という感情です、と詠う歌である。

海の縁語を用いて朧化しているようであるが、「うらみ」「おもひしらなむ」「あし」の音の響きが強く厳しい表現になっている。

結句「いふにぞ有べき」（村上御集）では、このようなことこそが、当然「悪し」というべきことだ、の意味になり、「いふにぞありける」（「斎宮集」書陵部本）[*3]であれば、そういうことであったのだな、と詠嘆していることになる。当歌は、「斎宮集」では書陵部本にしか見えない歌であり、書陵部本は、72と162に、同じ歌本文で重出している。

歳序四　手習御召　手習4（78）

七八　たまづさの玉かさにてもあればこそ　とふしるしにはかりにてもみれ

前歌同様に、徽子の歌が、並んでいる。帝から贈られた73を見ての述懐である。

第二句「玉かさ」という古語はないので、「たまさか」と見る。また、結句は当「村上御集」の「かりにてもみれ」の本文が、本来の形であったと考える*1。

玉梓を付けていれば雁が飛んでいるとわかるように、お手紙がたまにでもあれば、仮にでも問うてくださる証となり、帝のお気持ちが分かるのですが。

と言う。

「とぶ」（飛ぶ・問ふ）と「かり」（雁・仮）に掛詞を用いる。

帝からの文がないことを、徽子が独白のように、雁にことよせて詠っている。73では、帝はたえず徽子を気にかけ訪っていたというが、そうではないと反論している。徽子は、帝からの手紙がたまにでもあれば、「かりにてもみれ」（本来のお気持ちではない仮の挨拶であっても、帝のお気持ちがわかるのですが）と言う。

「たまづさ」には、稀である意味の「たま」が掛けられる。この掛詞は他に例を見ない。「たまさか」という詞そのものは、和歌に多く見られ、掛詞としても用いられている*2。たとえば、地名や「たまさか山」という山の名称との掛詞になり、坂と掛けられ*3、また、「玉」との掛詞にもなる*4。その用例は、平安時代末期に一時期、掛詞として用いられているが、後代には、その掛詞に興趣を求めた歌の例を見ない。

歳序四　手習御召　手習4（79）

七九　ひまもなく心ひとつにみる人の　もらさばもるる水もありけり

同様に、徽子の歌が並んでいる。前の帝の歌75を見ての述懐である。

すきまもなく一心にお思いしていても、その方の愛情から私は漏れ落ちるのだ。

と言うのであろう。

「心ひとつに」の詞には、「自分の胸裏のみで」の意味と、「おもひとくこころひとつになりぬればこほりも水もへだてざりけり」（『千載集』1237）のように、「一心に」の意味で用いられていた。仮に前者「自分の胸裏のみで」の意味であれば、「すきまなく自らの恋情を隠しているように見える人でも、心情の片鱗は見えることがあるものだ」と解釈出来るが、帝や女御という徽子の立場上、他者に隠さねばならぬ恋情は、想定しがたい。やはり、一心に見るという後者の意味であろう。

「もらさば」（漏らさば）は、漏らそうとすればの意味で、動作の主体は、「ひまもなく心ひとつに見る人」である。何を漏らし何が漏れるのか、それは愛情であろう。その人が愛情をかけないでおこうとすれば、当然その愛情の及ぶ範囲から漏れ落ちる者も出てくる。それが自分なのだと言う。

「心ひとつ」「もる」「水」という題材を用いた歌は少ない。しかし、次の歌などは当歌に関連があるかもしれない。「をやまだのひつちのえしもほにいでねばこころひとつにこひしとぞおもふ」（「好忠集」455）は、「つちのえ」を詠み込んだ物名歌である。山間の田の切り株からも芽の出ることはあるが、そんな芽さえ出さないように我が心中で一人恋しく思っていると言う。「こころひとつ」には、一途に、の意味も備わる。同じく「をやまだ」を詠む歌が、徽子の没後まもない頃に詠まれている*1。

「水」を「漏らす」という表現には、それを管理する者の意志的な強さがうかがわれる。当徽子の歌で、水を漏らす「人」は、帝であり、その帝に対して徽子は一心に思いを傾けるのであるが、帝の心一つで寂しい思いをすることになる、といった歌なのであろう。

歳序四　手習御召　手習4（80）

いかなるかりにか有けむ、同女御

八〇　いかにぞや　なのりそれともとはむにも　忘がひをやあまはつげまし

徽子の述懐の歌が続く。前歌まで「手習3」で帝から返された歌を見ての述懐であったが、当歌は、機を改めてのものとするため、詞書が付されているのであろう。「いかなるかりにか」という詞書が付されるが、「斎宮集」では、「いかなるを（お）りにか」とする*1。

当歌の詞書は、それが、歌遊びであった場合、「いかなるかりにか」という、一見誤写のような詞書も、意味を持つのかもしれない。すなわち、「いかなるかり」は、「斎宮集」にあるように「いかなるをり」であって、すなわち「どのような折であったか」という本文が一見自然なように見える。しかし、歌内容を反映させた「如何なる刈り」であった可能性もある。

「同女御」は、前歌の続きからすれば徽子である。

さあどうでしょうか。海人に、なのりそを刈っているのかと問うても、海人は、忘れ貝だと告げるでしょう。そのように、こちら側から何かを尋ねても、さあどうだったか忘れてしまったとおっしゃるのでしょう。

と言う歌である。

「なのりそ」は、荒磯に刈って干される藻として『万葉集』にも、その詞の興趣をもって詠まれている。「な告りそ・莫告」（名を告げるな）が原義であるが、禁止の意味ではなく「名前を告げたのに」、「名前を告げた相手は」、また名前に限定せず、思いを話してこなかったとして、恋の思いを告げることが「なのりそ」の詞で読まれている*2。「斎宮集」の本文とで異同はあるが*3、いずれも、「なのりそ」の「そ」が、「それ」の「そ」に重ねられている。

「わすれがひ」も『万葉集』以来、「忘れ」を起こす序として歌に詠まれる。海人は、「なのりそ」かと問うているのに、そっけない答えをすると言う。

「忘がひをやあまはつげまし」の「をや」という形は、「忘れ貝とや」の「とや」に対して、忘れ貝を答えに出してくるのだろう、の意味になる。「忘れ貝」は、海人の答えのかけ離れたものであったことを示す。さらに、「忘れ草」とする本もある*4。

こちらからの働きかけに対し、求める答えが得られないというのが当歌の主意である。真情を告げても帝はまともにとりあわない。徽子からの働きかけをもうまく取り合ってもらえないという。その点では前歌に通じるところがある。歌内容に比して、当歌の扱いは軽いものであったのだろう。海辺の景物を揃え「いかなる刈りにか」（海人はいったい何を刈ろうとしているのか）という詞書を付し、歌遊びの体裁をとっていると解釈する。

歳序四　帝の病（81）

なやませたまひけるおりに、おなじ宮の女御に

八一　かかるをもしらずやあるらん　白露のけぬべきほどもわすれやはする

帝が御病気でいらっしゃった頃、おなじ宮の女御に贈られた歌であると言う。

私がこういう状態であることを、あなたは知らないであろう。白露が消えるように、この世から消えてしまうこの時にも、あなたのことを忘れはしない。

と言う。

「おなじ宮の女御」とは、冒頭部分に見える「しけあきらのみこの女御」（6）を受け、徽子を指すと見る。

「かかるをも」の「かかる」すなわち「かくある」の「かく」とは、帝自らの病である。徽子は知らないだろうと言う。当歌は「村上御集」に重出するが、その重出歌（「村上御集」109）や「斎宮集」（資経本）では、「かかるをは（ば）」となる。「かかるをば」の「は」は、とりたてる表現であり、「この私の病のことは」として、病のことが強調される。初句「かかるをも」*1の「も」も強調表現ではあるが、徽子との関係の疎遠さゆえに、帝自らのことは何も、病のことも当然という意味合いがでてくる。

「しらつゆのけぬべきほど」は、病につづく帝の死を暗示する。帝自らが用いる誇張表現であり文学的表現ではあるが、詠者である帝の心情の表れである。自らが死に瀕する今でさえ、徽子のことを忘れはしないのだと言う。

結句の異同も、この本文では「わすれやはする」と反語の形をとり、徽子のことを忘れるか、いや忘れ

はしないのだと言う*2。結句について、例えば、「村上御集」の当歌の重出歌109では「あはれとぞおもふ」になっている。「消ぬべきほどもあはれとぞ思ふ」であるが、「あはれと思う対象は、徽子をであり、帝の徽子に対する思いが「あはれ」と表現されたのだとすれば、何か知的な判断を廃したしみじみとした思いの表明となる。一方、「斎宮集」すべては、「忘れぬものを」とする。こちらは、直接的な詠嘆の表現であるが、いずれもが徽子への思いを述べる詞である。

当集は他に例を見ない、帝の徽子に対する愛情が表明された歌である。病ゆえに気弱になられた、そうして、数ある女御のなかでも徽子に、そのような内容の文を贈られたというのは、帝と徽子との関係が、親しいものであったことを示す。

ところで、当歌が、この「村上御集」109にも重出していることは、述べた。109の結句は、「あはれとぞおもふ」で異なっているので、誤って入ってしまったというよりは、類歌として入れられたと考える。また、109の詞書は、「なやませ給けるに、しげあきらのみこの女御」で、女御が特定される。「しげあきらのみこの女御」は、作者名として記されているのではなく、多くの女御がいた中で、徽子に関して詠まれた歌であるという意味であろう。

第一章　第三部　后妃たちとの贈答

徽子の入内前（82）　＊5類歌

天暦四年三月十四日、藤壷にわたらせたまひて、花を御覧じて

八二　まとゐしてみれどもあかぬふぢなみの　たたまくおしきけふにも有かな

5歌に考察

第一部5の重出歌であるが、第三句が異なる。底本である「代々御集」には、歌の肩に切り出し記号と「有前如何」、歌の末に「可除也」と記される。「新古」の集付が付されるように、当82は、詞書も『新古今集』164に近く、歌本文は、『新古今集』所載のものと同じである。

『新古今集』に採られる歌は、独自の判断で本文を校訂したのであろう。当82や『新古今集』は、「たつ」の掛詞を「浪」のものとし、一方、5の「たつ」は、『古今集』の「衣」に関する技巧を引き継ぐ。5が古態で、82が追補であろうが、5は、『古今集』の技巧を受け継ごうとしているところに特徴がある。

計子（83）

八三　あふさかもはてはゆききの関もゐず　たづねてとひこ　きなばかへさじ

此歌をよろづの女御たちにつかはしたりければ、おもひおもひに御返しをみな申たるに、広幡の宮す所は、たき物をひきつつみてまいらせて、御返はなくて有ければ、猶

人よりは心ばせある人になんおぼしめしける

当歌は帝の歌であり、「広幡の宮す所」（広幡の御息所）に関する逸話が、左注に記される。広幡の御息所は、広幡中納言源庶明の女の計子である。村上天皇との間に第五皇女盛子内親王をもうけ、更衣であったが広幡の御息所と呼ばれた。

逢坂の関も、ついには、往き来を咎める関守がいなくなりましょう。おいでなさい。来たら帰しません。

という、参内を求める歌であるが、歌そのものの意味よりも、この歌が沓冠（折句）になっていることに意味がある。各句の頭の一字「あ／は／せ／た／き」と句末の一字「も／の／す／こ／し」をつなげると、「合はせ薫物少し」という言葉になる。薫物（たきもの）は、練り香であるが、当時はそれぞれに好みの物を合わせて作ったという。帝は、「合わせ薫物」すなわち調合した練香を求めたのである。

帝の歌は、薫物を少し所望する、という伝言になっている。それをすべての女御たちに贈られ、それぞれに返事があったが、広幡の御息所のみ、歌や言葉の返事はなく、ただ薫物を調合して包んで献上したと左注は記す。帝の歌の意味を理解し、求められる薫物を届ける、という機転のきいた行為で応えたのである。

当歌は、平安時代後期の歌学書や説話、『栄花物語』に取り上げられてきた*1。歌学書に採られたのは、これが沓冠の技巧を用いた例歌にふさわしい歌であったからである。『栄花物語』では、詠歌の背景が物語られる。広幡の御息所とは対照的に、「いみじくしたてて参り給へりける」（着飾ってやってきた）女御を登場させ、なこその関でもあればと帝はお思いになり、近頃は寵愛も少なくなってしまったと、帝の興ざめな様子を描く。広幡の御息所の教養と機転は際立ち、「猶心ことに見ゆれ」（『栄花物語』巻第一）、すなわち心の働きのすぐれた女御である、と評価される。「村上御集」でも

御返はなくて有ければ、猶人よりは心ばせある人になんおぼしめしける

と、帝の巧みな歌が理解でき、適切な行動の取れた女性として描かれている。

広幡の御息所にまつわる歌は、「村上御集」では他に95から98と118がある。また、『拾遺集』にも帝との贈答歌が載り、帝の崩御後の「冷泉院御屏風の歌」が、『麗花集』に載る*2が、それらは「村上御集」には採られていない。「村上御集」には、帝の巧みな歌こそが、必要であったからであろう。

某女御（84、85）

いづれのにか、女御の御かたに、花のありけるを御らんぜむとありければ、梅の枝をおりて

八四　見つつのみなぐさむはなのえだならば　かけて心ぞおもひやらまし

詞書と歌とのつながりに問題はあるが*1、当歌は帝の歌である。帝が某女御の局に梅の花があるのを御覧になりたいということで、咲いていない枝につけて当歌を贈られたと解釈する。

どちらの女御にであろうか、女御の殿舎に花が咲いているのを見たいというお言葉があったので、梅の枝を折って（贈られた歌）

そちらにある梅を見たい。枝を見ただけで心が慰むものならば、花に心をかけて思い遣ろうか。

と、花に女御を喩え、身近にない花（女御）を思う気持ちを「かけ」（心にかけ）の詞で示す歌である。

「見つつのみなくうぐひすのふるさとはちりにしむめの花にざりける」(「躬恒集」429)を本歌とするのであろう。鶯が、花の散ってしまった梅を見て鳴いている。鶯にとっての馴染みの場所は、散ってしまった梅の花であるのだ、という歌で、「見つつのみ」は、花を思っては繰り返し鳴いている鶯の様子を捉えた表現である。当歌で「見つつのみ」と帝が言う枝も、花のついていない梅の枝なのであろう。

第三句、第四句には「斎宮集」本文とで異同がある。ともに「見つつ」を、花のついていない枝に対しての行為であると考える場合、「村上御集」の本文が適切であると思われる。「枝ならば」と「枝なれば」とでは、仮定する「枝なれば」の本文が、また、心に「つけて」ではなく、心に「かけて」の本文がふさわしいと考える*2。

結句の「おもひやらまし」は、高位の帝より女御への言いかけであり、やはり帝の歌と見るべき表現であると考える。また、どの詞書にも「花の咲きけるを」ではなく「花のありけるを」となっているのも、帝の視点に立つ表現であろう。女御の所在を暗示するとともに、そこには梅の花があったと帝が思い出し、所望するきっかけになったことを示しているように読める。

御返し

八五 むめのはなしづえの雪にかけてける 人のこころはしるくみえけり

先述のとおり、女御の返歌と見る。

梅の花の下枝に雪がかかっています。その雪のように、心をかけて下さるお心は、はっきりと見えます。

の意味であり、帝のお心は確かに頂戴致しました、と言う。

帝の歌は、梅に心をかける、すなわち梅に喩えられる女御に心をかけるという歌であったが、当歌は、雪が梅の枝にかかる光景を新たに提示しており、帝の歌は変質する。

当歌は、帝の前歌を表面的には受け容れるものである。しかし、その心を「しづえの雪にか」けられた「心」とする。謙遜の表現ではあろうが、帝の愛情は、梅の枝の、それも下枝（しづえ）にかかる「心」であり、恩顧は及ぶが、帝から遠く離れた所へのものであることを喩える。

また、その枝にかかるのは、はかない雪である。「斎宮集」ではすべて、第二句を「しづえの露に」とする。「しづえの露」という詞は、『万葉集』で、妹のために梅の枝を手折ろうとして下枝の露に濡れるという歌に見える*3。「村上御集」にのみ「雪」とするのは、「人のこころ」が「しるくみえ」という、「しるし」の詞に引かれ呼応させた表現であったからだろう。「しるく」（はっきりと）には、周りを明るくする「雪」のほうがふさわしい。「雪」はもちろん、「露」も『万葉集』の用例とは異なり、はかない存在を象徴する。

女御は帝の心を頂戴したと言う。「むめ」「かけ」「こころ」という帝の贈歌に合わせた詞を用いる。満足のいくものではないという心情は、枝を「しづえ」とし、枝には「雪」をあわせ掛けて返歌とするところに暗示されるのであるが、「しるくみえけり」（はっきりと拝見致しました）が、当歌の主意である。「斎宮集」に載るので徽子の歌であるとすれば、第二部で見えた、徽子の沈鬱な気分とはまた異なる贈答である。

安子（86、87）

中宮にわたらせ給て、帰り給て、藤にさしてたてまつらせ給ける
八六　かへるをばうらみやすらむ藤のはな　こころあはむとちぎりつれども

「中宮の所へお渡りになり、お帰りになって藤に挿して差し上げなさった」歌であるという。

帰ってしまうのを恨みに思っているだろうな藤の花は。同じ思いでいようと約束したけれども。


藤の花に中宮を喩えるのであろう、中宮の寂しさを帝が思い遣るような歌である。

「かへる」に、「帰る」と、寄せる波の「返る」が掛けられている。藤には、その咲きそろう花房が揺れる光景に「波」のイメージが重ねられ、藤浪として「返る」と詠まれてきた。「うらみ」は怨みであるが、「返る」とあるので、「裏見」の掛詞が意識されていたかもしれない。

「こころあはむ」という用例はほとんどなく、後の恋歌に見える用例は、「こころ合」わない状況を詠む歌*1のみである。ともに約束（契り）したというのは、「こころあはむ」という内容であったという。ともに互いを思い合う、その心でいよう、ということなのであろうが、用例はほとんどない。

84同様に当歌もまた、「ちりぬともかげをやとめぬふぢの花いけのこころのあるかひもなき」（「躬恒集」二類本　91・類歌148）といった「躬恒集」の歌を踏まえるのではあるまいか。

藤の花は「こきむらさき」と詠まれる*2。花は散っても、深い色の池に映えず、池の心（思い）を消してしまうほどに同化している。藤の花と池の心は「合う」性質を持つと考えられていたので、「こころあはむと」という表現が生まれたと推測する。

『万代集』2246にも採られるが、「こころあはむとちぎり」（心合はむと契り）に論理的な整合性を求めた

のであろう、『万代集』では、「よるあはんとし」（夜逢はんとし）と再び逢う状況を作り、後朝の歌にしている*3。

「中宮」は安子である。安子は藤原師輔（「中納言左衛門督」日本紀略　天慶三年四月十九日）の娘で、村上天皇の東宮時代（成明親王時代）に入内した最初の后妃である。安子の皇后冊立は、天徳二年（958年）十月二十七日（同上）のことで、同年一月までの記事では中宮と呼ばれている。

当歌は、藤の花に中宮を喩え、中宮を思い遣る歌である。しかし、『万代集』が解釈したような後朝の歌として置かれているのではあるまい。藤に喩えられる中宮は副次的な存在なのであり、当歌もまた、詞の修辞によって成立している歌として収録されるものと考える。

中宮まいり給はざりければ

八七　くずの葉にあらぬ我身もあき風の　吹につけつつうらみられけり

帝から中宮安子へ贈られた歌が続く。詞書は「中宮が参内しなかったので。」と言う。里下がりなど参内する状況になかったのか、あるいはまた、お召しがあったにもかかわらず参内しなかったのか、安子が帝のもとへ来ない日があった。

くずの葉でもない我が身でも、秋風が吹くにつけては、翻った葉の裏が見えるように「うらみ」（裏見・怨）に思われる。

と言う。

葛は生活に深く関わる植物であった。『万葉集』では多く詠まれている。葛引く女も詠まれており、蔓は薬や葛布に使われたという。山中ではなく「田」にある草であり、生活圏で大きな葉をつける。十メートル近くも伸びる葛は、人々の生活に強い印象を与えたであろう。歌のなかで、葛を引くイメージは異性の関心を引く意味で「ひく」の言葉と結びつけられ、繁る様子は恋情の強さに喩えられ、葛が「延ふ」様子は「長い」や「絶え」を導く序になったり、「する」「のち」につながるイメージの詞になったりした*4。

繁る葛は夏の歌として詠まれていたが、秋になれば紅葉もまた人々の関心を引いている*5。風が吹けば、大きな葉のなびく光景は壮観であったに違いない。葛の葉の裏面が白かったことも興趣の対象であったのだろう。遠景を詠んだ歌もあるが、歌詞として顔を見せる様子に喩えられ、吹き返されて裏の見えた葉を、顔を知っている異性に喩えてもいる*6。

この『万葉集』歌の素地が、『古今集』の

秋風の吹きうらがへすくずのはのうらみても猶うらめしきかな （『古今集』823）

の歌に継承されていく。葉の裏を見ることから「うらみ」（裏見）の同音意義語を見出し、「うらみ」（怨み・恨み）の序詞として使われる。帝の歌においても、葛の葉は、「うらみ」（怨み）を導く序のイメージとして提示されている。

当歌は、『新古今集』（1243）に、「きさいの宮のひさしくさとにおはしけるころ、つかはしける」の詞書で、結句を「うらみつるかな」として採録される。同集の次歌は、「ひさしくまゐらざりける人に」という延喜御歌であり、この巻十四は恋四の部立であるが、異性であるか否かを問わず、久しく参内しなかった者に対する歌が集められている。先行研究*7は、「秋風」にも「飽き」という掛詞を見ている。「村上御集」では、「うらみ」の歌で緩く関連づけて続け置かれるのかもしれない。

安子（88）

さとより、忘草を御ふみの中に入て、たてまつり給へりければ

八八　すみの江の物とききしをわすれ草　うたがひもなきわれにおふらん

宮中から退出して「さと」（里）にいた安子が、忘草を「御ふみの中に入れ」すなわち、歌と一緒に包んでであろう、お贈りした。それに対して帝は、

忘草は住の江のものだと聞いたものを、どうして疑われることはないはずの私の心に生えているのだろうか。

と返答している。

中宮安子関連の歌が続き、これも、安子にあてた帝の歌であると見る。

「すみの江の物とききしを」というので、忘草が住の江の景物であることが一般的になってからの歌であろうが、帝が指しているのは、「みちしらばつみにもゆかむすみのえの岸におふてふこひわすれぐさ」（『古今集』1111墨滅歌　つらゆき、『新撰和歌』340）の歌であろう。「いとまあらば拾ひに行かむ住吉《スミノエ》の岸によるといふ恋忘貝《コヒワスレガヒ》」（『万葉集』1147）を下敷きにしたのが、この貫之の歌であった。一枚貝の鮑をいう「恋忘貝」を「恋忘れ草」と改変し、難波の海に臨む住の江と忘れ草とが結びつく。

忘草は、本来恋の辛さを忘れさせてくれるものであったという。『詩経』毛序「諼草《わすれぐさ》令人忘憂」に

典拠があり、

「憂いを忘れる草」が「恋の苦しみを忘れる草」となり、さらに「人を忘れる草」ではないかと懸念する形で詠まれるように変わっていく（中略）この忘れ草という歌語は、古今・後撰・拾遺のいわゆる三代集時代に最も流行し、その後次第によまれることは少なくなってゆくのであるが、特に「人忘れ草」の意の「忘れ草」は、平安時代後期以降ほとんど和歌によまれることがなくなってしまうのである。

（『歌枕歌ことば辞典』「忘れ草」）

と史的変遷が述べられている。

平安時代になって、引用のとおり恋の制御しがたい思いを収めるものとしての忘草ではなく、人の心から恋情を奪うのではないかと危惧される存在になっていき、人の心が離れていくことに忘草が関わっていると見る歌が詠まれる。人の心に生える忘草に対し、枯れてほしいと願い（『古今集』801）、つれない人の心が忘草を生じさせる（同802）、名前さえいとわしい（『後撰集』1050）、という歌が詠まれている。

安子が忘草を贈るのは、「私のことはお忘れなのでしょう」という心情で、その原因は帝の心に生える忘れ草のせいであると、その存在を気づかせるためである。前歌の続きからすれば、「怨み」の歌とも見られるが、「わすれ草」には不安な心情が伴う。それに対し、帝は「うたがひもなきわれ」の詞で、誤解であることを強調する。

桜（89）

同七年三月十七日、御まへの桜をおりて

八九　宮人のこころをよせてさくらばな　おしみとどめてほかにちらすな

安子にまつわる呼称は見えないが、置かれている位置より、安子に関連する花宴の歌であると見ておく。詞書に「同」とあるものの、直前に年号がない。これも、七首前の「天暦」に同じと見る*1。

宮人が心を寄せる桜の花は、散るのを惜しみ他で散らすな。

と言う。

状況が判然としなかったゆえであろうか、他出の本文は、次のように変えられている。

天暦四年二月十七日、御前の桜のもとにて御あそび侍りけるに　御製

宮人のこころをよせてさくらばなをしみとめてむほかにちらすな

（『万代集』271）

天暦七年三月、御前のさくらをゝりて人人におほみきたまへりけるついでによませ給うける

天暦御製

みや人の心をよせてさくら花をしみとどめよほかにちらすな

（『続後撰集』116）

『万代集』271は、御前の桜の下で詩歌管弦の遊びがあった、と包括した捉え方をし、『続後撰集』116は、「村上御集」の詞書を補足するように、御酒が振る舞われたついでにお詠みになった、と記す。「ついでに」は、臣下に詩作を求められた場で、帝が歌を詠んだことを補足しようとしているのかもしれない。「桜をお（を）りて」は、帝の命を受けた侍臣が手折ったのであろう。

当歌には詳細な日付が付される。それは、前の安子の歌群（怨み）と区別するために、もともと存在し

た日記風の表現が残されたものと解釈する。可能性のある日付に、歌の背景になるような記事を見い出せないが、物忌みの慰めに催された、何らかの集いであったのかもしれない[*2]。

「さくらばな」は、桜への呼びかけであろう。「ほかにちらすな」の「ほかに」には、言葉が省略されているが、「宮人」の居る「御まへ」以外の場所でと解釈する。「お（を）をしみとどめて」を、『万代集』271は「をしみとめてむ」（きっと散るのを惜しみ止めてほしい）、『続後撰集』116は「をしみとどめよ」（散るのを惜しみ花を留めよ）とする[*3]。桜に対する要求が、変わってくる。

「寄す」は、集める意味で、「宮人のこころをよせて」とは、宮中で仕える者の心を集め惹きつけている様子である。宮人の思いを受けて、ここでは散るのを止めているのであるが、それゆえ他で花を散らすようなことがないように、と言っているのであろう。散るのを惜しみ、私の目の届かない所で散らすな、というものと解釈する。散る姿もまた美しい。

さても見んはなふく風よこころあらばちるともやどのほかにちらすな　（「円明寺関白集」23）

の歌にあるような、散る姿もここで見て、その美しさを占有したいという歌なのであろう。

［86～89、94、119補注］安子の歌群

中宮安子に関連する歌が置かれるのは、86～89、94、119である。86～89は、「怨み」を題材にした贈答である。帝は、自らが帰ってしまうのを怨むだろうという主意を、藤の花に呼びかけたように詠い（86）、中宮が参内しないことを怨み（87）、退出していた安子より忘れ草が届けられるが、意図を理解した帝は、誤解であることを強調する（88）。そして、安子の歌群のなかに、何らかの宴で桜を惜しむ歌（89）が置かれる。さらに、安子が退出したまま新年を迎えることになるという思いを詠んだ歌（94）と、安子への敬意を臣下に代弁させた歌（119）が収録される。もっとも、「怨み」は題材であって調和的な歌の贈答が成立している。

安子という存在は、帝にとって、ある種畏怖する存在であったように見える。安子の「怨み」に心を配り弁解する歌が、安子へ（贈るもの）と明示され、まず置かれるからである。富士山の州浜を作り、やや公的な宴が行われた際には、称えられる存在であることが示される。安子の歌群でもまた、帝の歌は、帝の歌の巧みさを示すことが中心となっている。后妃が参内しないことを題材にする歌は他にもあるが、当歌群でも、挨拶の歌として、また、帝の歌の技巧を提示する歌として置かれている。

安子の出自や、『大鏡』（師輔七四）に採られる逸話が先にあって、こういった歌群が置かれているのか、あるいはまた、当集のような歌が先にあって、物語が形成されたのか、いずれとも言えないが、ある部分で内容の重なっていることは明らかである。

『大鏡』（同上）に見る安子は、女御芳子に激しく嫉妬する。嫉妬ゆえの行動のみならず、それによって天皇が安子の兄弟に下した謹慎をも撤回させてしまう。しかし、人柄は「おほかたの御心はいとひろく、人のためなどにも思ひやりおはしまし、あたりあたりに、あるべきほどほど過ぐさせたまはず、御かへりみあり」（『大鏡』師輔七四）と、後宮の中心としての心配りが出来る女性であったことが語られる。帝の寵愛は、女御芳子に移るのであるが、安子が亡くなった後は、「なかなかこよなく覚え劣りたまへり」（『同』師尹六二）と、芳子への寵愛が衰え、あれほど芳子を寵愛するのではなかった、という帝の言葉が記される。

芳子（90、91）

もろただのおほんこのむすめの女御

九〇　しるらめや　かきほにおふるなでしこを　君によそへぬ時のまはなし

この詞書は、后妃ごとに部類された標題のようなもので、歌の作者は、帝である。

垣根になでしこが咲いている。なでしこを見るたびに君を思うので、君を思わない時はないのだが、君はそれをわかっているだろうか。

と、女御芳子に贈る。

詞書にある「もろただ」は、当集107歌に見える「もろまさ」の読みが正しい*1。藤原師尹は、忠平の五男で左大臣まで務めた。その娘が、宣耀殿の女御芳子である。長子昌平親王出産の天暦九年（955年）*2以前に入内している。

「なでしこ」は、淡紅色で花弁の先端が裂けている花である。その姿ゆえか、非常に愛された。唐なでしこ（瞿麦・石竹）と大和なでしこ（河原なでしこ・常夏）とが存在し、『万葉集』では、唐なでしこ（石竹）が、平安時代、特に『後撰集』以降は、「常夏」「大和なでしこ」*3が詠まれる。

『万葉集』に「なでしこ」は26例（『新編国歌大観』を使用）見える。うち半数以上（14首）が家持と唱和相手の歌である。宴席で、男性から主人である男性を喩える題材にもなるが*4、家持は石竹（なでしこ）を庭に植え女性に見立てて賞翫している*5。その系譜に「あなこひし今も見てしか山がつのかきほにさける山となでしこ」（『古今集』695）があり、当歌は、この『古今集』歌を本歌にする。『後撰集』では、「常」の名を持つ花としての詞への興趣と、可愛がるべき「撫でし子」という発想に基づく歌につながっていく。

『古今集』でも当歌でも、なでしこは「かきほにおふる」身近な場所で目にする花である。「かきほ」（垣穂）は「垣」と同義であるが、「カキホト云者檣面也」（毘沙門堂注）、「垣ねのように春秋の花もさける」（「栄雅抄」）、人目によく見える辺りであるという*6「ほ」（穂）には目立つ意味が備わる。

「君」は、「村上御集」では、帝の視点に立った二人称の詞として用いられ、后妃が相手の場合は后妃を指す*7。「かきほにおふるなでしこ」は『古今集』の「かきほにさける山となでしこ」という一連の詞の作るイメージを享受するものであろう。「垣穂」の「穂」が確かな存在感を示し、なでしこに喩えられる女御は、確かな存在感をもって帝の目を引いている。なでしこを見ては絶えず君を思い出す、と言う。芳子に対する帝の寵愛は、『大鏡』（師尹六二）・『栄花物語』（巻第一）に伝えられる。

かへし

九一　ももしきを　人めかきほのなでしこを　我のみならずよそへてやみる

女御芳子の返歌である。

私にだけではなく他のお方をも、なでしこになぞらえていらっしゃるのではありませんか。

という歌で答えている。

「ひとめかきほ」は人目をひく垣の意味で、「ももしきを」は、宮中には人目をひくお妃が多くいらっしゃるものを、という意味である。同時に、『万葉集』での「かきほ」という詞のもつ、恋の障害が醸し出す不穏な空気も備えている*8。

「我のみならずよそへてやみる」は、私だけではなく、他のお方に対しても、なでしこのようだとなぞらえておられるのでしょうか、という意味である。帝からの贈歌の詞「かきほ・なでしこ・よそへ」を取り入れ、「君」に対して「我」という対義語で答える。帝の歌を丁寧に扱う返歌である。常套的で普遍的な取り扱い方で素直に愛らしく返歌している。

後世の『秋風集』に、「天暦の御時かきほにおふるなでしこのとある御返事に　ひろはたのやすむところ／ももしきのひとめかきほのなでしこはわれのみならずよそへてや見る」（『秋風集』841）が単独で採歌されている。「ももしきを」という詠嘆の調子は失われるが、意味は変わらない。また、同時代の「百首歌合」（建長八年（1256年）判者知家『夫木和歌抄』2084より）で「これも又たれによそへん百敷の人めかきほのやまぶきの花」の歌に関する判詞に「人めかきほのなでしこはと云古歌の侍るを、款冬の花に取りなされたるめづらしうをかしく侍ると云云」と引用されている。「人めかきほの」の用例は他になく、この芳子女御の歌を指していることは間違いない。鎌倉時代の初期には、既に歌人に知られた古歌になっていた。

右の『秋風集』では、当歌が別な女御、すなわち「ひろはたのやすむところ」（広幡御息所）の歌となっている。これは、『拾遺集』に影響されたためであろう。『拾遺集』では、こちらも単独で

天暦御時、ひろはたの宮す所ひさしくまゐらざりければ、御ふみつかはしけるに　御製

山がつのかきほにおふるなでしこに思ひよそへぬ時のまぞなき（『拾遺集』830）

の本文で採られるからである。その本文は、当歌の類歌である「村上御集」118と同じである。「村上御集」は右『拾遺集』の本文で118に追補した。『秋風集』では、「村上御集」の一首を採る際に、追補のほうではなく、当91歌の歌本文を採り、贈歌の相手を『拾遺集』に倣って修正したのかもしれない。歌は、当初か

ら、違う女御に贈られた歌として、二種類あったものと考える。

芳子（92、93）

又、おなじ女御

九二　しら露をわがしめゆひし花ならで　ほかにをきてはしづこころなし

前歌は、女御芳子に関する歌であった。当歌92に「おなじ女御」とあり、次歌93には女御名が記されないので、92、93ともに、帝から芳子へ贈られた歌である。

私が白露を置いて「しめを結」うたにもかかわらず、その露が他に置いているのでは、私の心は落ち着かず気が気でない。

と詠む。

「しめゆふ」の「しめ」は、もともと道しるべを示す「標」であったというが、転じて「人の立ち入り禁じるための区域*1示す目印の意味となった。特に「しめゆふ」は、注連縄を結う意味で、特別な区域を自分のものとして囲うことであった*2。男女の関係であれば、所有する側の男性の行為として示される。「しら露をわがしめゆひし」は、白露を置いて私が自分のものとした、の意味である。美しい花を自分のものとするのに、露を置いてそれと示したというのである。

「しづこころなし」（静心なし）といった、帝の心を乱す状況は、花が「ほか」つまり、帝の力の及ぶ範囲の外にあることによって作られる。当歌は、後の『続後撰集』で「宣耀殿女御さとにまかでけるに」の詞書を付され（『続後撰集』927）、帝の歌として採られる。芳子は帝の恩顧の及ぶ所にいない。それは里であると、この詞書の論理は明確である。「しら露」は、帝の恩寵として詠まれているのだろう。そういった歌は、伊勢の詠歌にもある*3　当「村上御集」と次の『続後撰集』とでは本文に異同がある。

しら露はわがしめゆひし花なれどほかにおきてはしづ心なし　（『続後撰集』927）

この「花なれど」は、「私の占有であることに疑いはないが」という意味である。説明的である分、読み手の予測がつき鷹揚な調べを呈する。初句（白露は）も、提示の表現で、「特別な恩寵ともいうべき「しら露」というもの」を強めた表現になっている。その提示表現に対し、当「村上御集」の「白露を」（白露であるものを）は、詠嘆の表現である。それは、私的な素朴な詠み方であり、また、より日常的な詠みであるといった印象を与える。「本来はここ宮中にあるべきものを」という、普段は身近にいて寵愛する芳子が、ここにいないのは寂しい、といった帝の詠歌が、当「村上御集」歌の形である。

　　春ごろ、わたらせ給へときこえさせ給ふければ、女御

九三　たれをかもまつにかあらむ梅のはな　この春の野のかににほふらん

詞書は、「春の頃、お渡り下さいませ、と申し上げさせなさったので。」とある。「きこえ」「させ」「給ふ」（「きこえ」「させ給ふ」）の敬語表現は、編纂者が用いている。女御と帝のいずれに対するものとも解釈が可能であるが、「きこえ」（申し上げ）を、女御から帝への敬意を示すととりたい。女御のいる御殿の庭に梅が咲いていたのであろう。帝に御覧頂きたいと、女御から帝へ歌が贈られたと解釈する。

　誰を待っているのでしょうか梅の花は。この春の野に香を放って匂っているようです。

と言う。

『万葉集』に梅は八十首近く詠まれているが、その香を詠む歌はほとんどない*4。すでに先行研究で指摘されるとおり、『万葉集』で梅の香りは詠まれない。『万葉集』で捉えられた梅の花は、実を採るために植えられていたのであろう、実を詠む歌もある。雪降り霜置く季節に花が咲くこともあったようであるが、花の散る姿が雪にまがえられ、逆に雪が梅の花に見立てられるのであろう。大宮人の髪挿にもなり、遊びに添えられた花でもあった。

しかし、『古今集』では香りが詠まれる。梅の香は人を誘う香であり、訪れのない家に人を招く香である*5。際立つ香りが薫香に通じ、人の香りとして認識される。それがまた、恋人の形象ともなり、恋人を想起させる*6。当女御の歌もまた、梅が香を放つのに触発されて、誰かを待っているのかと言う。もちろんそれは、帝を待っている、という挨拶である。

この歌に特徴的なのは、「この春の野の」という、他に例を見ない詞である。「この春」は、他とは違う、という意味で「春」を強調している。「この春ばかり」と限定の意味でも用いられるが、間接的に帝の治世を寿ぐ歌にも用いられる*7。

当歌で女御が「この春の野のかににほふらん」と詠むときの「この春」も、帝の治世への言祝ぎとは無関係であるようには思えない。帝のお出でを待つ女御が梅に仮託される。「この春の野のかににほふらん」というゆったりとした調べは、帝の庇護の下にある満ち足りた幸せを表現しているように読める。

この女御が芳子であるならば、ここでもまた愛らしい女性が造型される。お出でになることをただ喜びに満ちて待つ感情が素直に表現されているからである。

安子（94）

十二月に、藤の女御

九四　むつまじき心をしらでとし月を　へだつる名にも成にけるかな

いわゆる芳子の歌群に続けて置かれるが、詞書に「藤の女御」とあるので、藤壷女御安子に贈った帝の歌であると見る*1。

「睦まじい」といった状況になることもなく、間近に迫る新年は、年月の隔たりを知らせる名称になってしまったな。

と言う。

「むつまじき」は、親しく和合するという意味であり、「むつまじき」に、一月の異名「睦月」が暗示される。その理解を促すのが「十二月に」という詞書である。もうすぐ「睦月」と呼ばれる一月になろうというのに、睦まじさとは無縁であることだ、と言う。

安子の場合、たとえば応和二年（962年）の十月二十日に、御産のため弘徽殿より職曹司に移っている（日本紀略）。同年十二月二十五日に皇女を出産する（同上）が、皇女は、三日後に亡くなった（同上）。そのような時期を想定してもよいかと思う。そろって新年を迎えられない状況にあった折の、挨拶の歌である。

「むつまじき心をしらで」の「しらで」（知らないで）は、仲の良いという温かい状況から切り離された自らを、帝が客観視した表現であるが、和歌の世界では、女御とともに新年を迎えられないで、といった意味であったのだろう。「とし月をへだつ」も、長い年月を隔てるという本来の意味と、年が改まることを捉えた表現であると解釈する。

「むつまじ」を用いた同様な趣向は、「斎宮集」にも見える。年末の贈り物を詠んだ、「くもれどもよにむつましきかがみにはおもふこころをよそにてもみよ」（「斎宮集」西本願寺本183）には、「むつまじきかがみ」（睦月正月の鏡餅）という掛詞が用いられている。当歌も、技巧のまさる歌である。

計子（95、96）

ひろはたの宮すところにつかはす

九五　あふ事をはるかにみえし月かげの　おほろけにやはあはれとはおもふ

詞書に「ひろはたの宮すところ」とある。83に「あはせたきもの」の沓冠（折句）の逸話が見えたが、この95より98まで、帝と広幡御息所との贈答歌がまとめ置かれる。広幡御息所は、広幡中納言庶明の娘計子で、村上天皇との間に、理子内親王（第二皇女）、盛子内親王（第五皇女）を設けた（本朝皇胤紹運録）。

遙か彼方の月光はぼんやりとしているが、そのように逢瀬が遙かであっても、いい加減な思いで、かわいいものとは思っていないことだ。

と言う。

「あふ事をはるかにみえし」は、前回逢ったときからの時間の隔たりを言う。間遠な逢瀬であると、逢えない時間を大仰に言うものであろう。「はるかにみえし」（遙かに見えた）には、遙か彼方の月光の意味を重ねている。「おほろけ」は、月光に関しては力なく弱い月光であり、人事に関しては「いいかげんな」という意味になる。

遙かに見える月の光は、ぼんやりとした光であるが、私の思いはいい加減なものであろうか、いやそうではないと言う。相手に対する思いが決して弱いものではないのだとするのが、「おぼろけにやは」という反語の表現である。思いの強さのみではなく、誠意が提示されている。

帝の歌は、次のような歌に続く系譜にある。逢うことが難しいが、愛情はいいかげんなものではないという「逢ふ事はかたわれ月の雲がくれおぼろけにやは人のこひしき」（『拾遺集』784）や、空が曇る梅雨の季節の夕暮れ月光は見えるがぼんやりしている。しかし、恋人の訪れを待つ気持ちは強いという「五月雨のたそかれ時の月影のおぼろけにやはわが人をまつ」（『古今和歌六帖』292）や、恋人を求めて鳴く鹿の思いは強いことを「夜もすがらまちかね山になく鹿はおぼろけにやは声を立つらん」（『堀河百首』712　俊頼）と詠む歌である。いずれも「おぼろけにやは」で、それぞれの愛情が、いいかげんなものではないことを言う。当歌は、御息所を「あはれ」すなわち、しみじみといとおしく思っていると言う。

当歌は、『新古今集』に「あふことをはつかに見えし月影のおぼろけにやはあはれともおもふ」（『新古今集』1256　伝為相筆本結句「あはれとは思ふ」*1）の本文で収録される。第二句が「はつかに」と変わっている。こちらの「はつかに」（わずかに）の詞は、平安時代以降、わずかに垣間見た人への愛情を詠う歌に詠まれ*2、『新古今集』本文の「はつかに」は、逢瀬の時間の短かさを言うものであろう*3。弦月である「二十日月」の「はつか」を掛けているという指摘もあり*4、おぼろげな光に相応させるイメージの提示という、技巧面での工夫がなされていることになる。一方、「村上御集」の「はるかに」では、逢瀬の短さよりも、その後の逢えない時間に主眼をおく表現となる。

御返事

九六　月影に身をやかさまし　あはれてふ人の心をいかでみるべく

前歌の、帝の歌に対し、

それならば月光にこの身を貸しましょうか。「あはれ」とおっしゃる帝の心を何とかして見られるように。

と広幡御息所が答えた。

「貸す」の原義は、貸与の意味である。糸を供える意味の「架す」を掛詞とする歌が七夕関連の歌で見える以外、「身をかす」という詞を和歌の例に見ない。当歌では、「身を為す」「身が変はる」に近い意味であろう。「いかでみるべく」は、もし見られるならば、何とかして「あはれ」と言って下さる帝の心を見たい、というのが主意である。

当歌は次のように他出する。傍線部が当歌の本文と異なる箇所である。

おなじ御とき、はるかに見ゆる月かげの、とありける御かへりごとに　広幡御息所

月かげに身をやかへまし　おもふてふ人のこころに　いりて見るべく（『万代集』2279）

天暦御時、はるかに見ゆる月かげのとありける御返事に　更衣源訶子

月かげに身をやかへまし　おもふてふ人の心に　いりてみるべく（『玉葉集』1483）

恋の御歌中に、おなじ心を　天暦御製

月かげに身をやかへまし　あはれてふ人の心を　いりてみるべく（『新後拾遺集』947）

当歌を採録したものであることは「天暦」の詞から知られる。「更衣源訶子」は史料に見えず*5、作者を

天暦御製とすることにも問題はあるが、歌本文は、「村上御集」とはまた違うまとまり方をしている。すべて「身をかへ」「いりて」の本文である。我が身を何か別のものに為す、変えるといった変身的な発想は、歌では願望として表現されてきたからであろうか、「身をかへ」（身を変え）という用例は少ない*6。「身をかへ」「いりて」は、身を「変え」て、帝の心に「入」って「見る」という説明的な表現である。その「変え」に対し、身を「貸す」のほうは、より控えめな表現である。

本文異同には書写の問題も関わり、「かさまし」の「さ」（左）の一画目が「へ」に、「いかて」の「か」（可）が「り」に見誤られたという原因も否定できない。しかし、恐らくは、論理の整合性を求め、歌意を分かり易く変えたのが、右の複数の本文であるのだろう。

その異同は、当歌の特徴を消してしまっている。当歌の「あはれてふ」は、前歌の帝の詞をそのまま受けるために「あはれてふ」である必要があった。そして、それは、計子の返歌として「かさまし」「いかで」という婉曲的で柔らかい表現の中に置かれる必要があったのである。

計子（97、98）

おなじみやす所　久しくまいり給はざりければ

九七　から衣いまはなるべきほどにさへ　たえつつあはぬ恋はくるしな

詞書には、同じ御息所（広幡御息所、源計子）が久しく参内なさらなかったので、とある。

唐衣の裾が合わないではないが、病ゆえに逢えないという状況の下でさえ、逢えない恋は苦しいことだ。

と言う。

先の贈答は逢瀬の間遠なことが背景になっていた。当贈答では、逢瀬のない原因が、何らかの帝の病にあったらしいことが分かる。「いまはなるべきほど」は、文芸上の誇張はあるにせよ、臨終あるいは重篤な状況であろう。ここでは病に伏せっていた帝の気弱な詞と解釈したい。

「から衣」は、第四句の「あはぬ」と関連する。『万葉集』に「からころもすそのうちかへあはねどもけしきこころをあがもはなくに」(『万葉集』3482)として、衣の裾が合わないことと恋人に逢わないことが、既に掛詞として用いられている。ただし、この掛かり方を後世の例に見つけられない。日常的な衣に比して舶来の華やかな「唐衣」は、歌の修辞に好んで用いられたのであろう、「なれ」(馴れ)、「たつ」(裁つ)、「そで」(袖)、「き」(着)を導く修辞の詞として詠まれる*1。衣が共寝の寝具でもあった当代では、「唐衣」も逢瀬の歌の題材となり、当歌でも、逢瀬を想起させる修辞として用いられている。

「さへ」は、御息所に久しく逢っていなかったことに加え、重篤な状況下でさらに逢えないことをいう。

「あはぬ恋」の歌題は、平安時代前期の「民部卿家歌合」(仁和朝期)に見えるが、「恋」は古代より多く詠われており、出会わないゆえに募る感情として見える。姿を見ないことが増えれば、親しく思う気持ちは比例して募る。そのような歌が男女を問わず詠まれている*2。「あはぬ恋」は逢瀬に至らぬ状況であり、恋が成就するまでの過程は苦しいものであった*3。「あはぬ恋」は当代にも詠まれ、徽子の歌にも、「あはぬ恋」の「あはぬ」を琴の音が調和しない意味に重ねる歌がある*4。

絶対的な上下関係にある帝と御息所との関係に、帝の片恋という「恋」は無縁のはずである。それが帝の病という障害によって「あはぬ」状況になっている。関係が途絶えがちで逢瀬のない「たえつつあはぬ」状態になって、帝は「恋」を体感し、恋は苦しいと言っている。

御返し

九八　かくしてもきたるぞつらきからころも　たゆるたもとをたれかむすばん

病に伏せってお目にかかれないと知っても、参内いたしましたことが辛いことです。この袂を、共寝の際に重ねたように誰が結んでくれるでしょうか。

と言う。

「かくしても」は、このような状況（前歌の「いまはなるへきほど」）を受ける。「きたる」は「来たる」すなわち参内したことを意味し、「着たる」が唐衣の縁語になる。

「からころもたゆる」という表現は例がない。衣の縁語は「絶ゆ」ではなく「裁つ」である。すでに『万葉集』に詠まれ*5、「唐衣」と「裁つ」を結びつける趣向は、後世に受け継がれる。もっとも、唐衣に象徴される逢瀬に「絶ゆ」イメージは付随する。帝の前歌において「からころも」は、同衾のイメージを添え、逢瀬が途絶えたことを「たえ」と表現していた。そのように、「からころも」の意味を拡大すれば、「たゆる」と結びついていく。

「たもとを」「むすぶ」という直接的な表現は、例を見ない。花薄を袂に見立てて「むすぶ」と詠む歌はみえるが、花薄や紐や露を介在させず、袂を「むすぶ」という例を見ない。『万葉集』の「そでさしかへて」*6に近い表現なのであろう。当歌の「そでをむすぶ」も、同様に逢瀬の機会を言うと考える。

下句「からころもたゆるたもとをたれかむすはん」の「たゆ」は、結ばれていた袂がほどけていることを示している。前の帝の歌と照合させれば、関係が絶えることを示す。当歌は、ほどけた袂を誰が結ぶのかと言う。すなわち、どうして絶える逢瀬が再び持てましょうかと言うのであろう。

参内しても辛いのは、帝に会えないからであって、それは帝の歌にあった「いまは」に繋がる病状ゆえであろう。95～98を一つの歌群と見たい。95で帝は広幡御息所に「おぼろけにやはあはれとはおもふ」(95)という詞を贈っていた。帝の病を背景にする場合、帝から御息所に向けられた詞は、「あはれ」である必要があったのであろう。美しい唐衣と「あはれ」とが、あわせ詠まれる時、たとえば唐衣が紅葉の比喩であっても、悲哀の感情が底流する*7。

歌の主意は異なるが、『後撰集』に、やって来た男性を帰してしまったことを「あはれ」と詠う歌がある。「唐衣きて帰りにしさよすがらあはれと思ふをうらむらんはた」(『後撰集』529)は、来ただけで逢わずに帰してしまい怨んでいるだろう、と言う。この「あはれ」と、95歌の「あはれ」は通じる感情である。95歌で、広幡御息所への思いを表す詞が、しみじみとした思いの「あはれ」であった理由が、当歌で明かされることになる。

正妃(99、100)

あぜちの更衣

九九　冬のよの雪とつもれるおもひをば　いはぬと空にしりやしぬらん

あせちの更衣(按察更衣)に、帝が贈った歌である。按察更衣は、左大臣在衡の娘の正妃であり、第三皇子致平親王、第九皇子昭平親王、第三皇女保子内親王を、村上天皇との間に設ける(本朝皇胤紹運録)。と言う。

私の並々ならぬ思いは口に出しては言わないが、この積もる雪を御覧になれば分かることであろう。

「いはぬと」*1は、「いはぬとも」の意味にとるには無理があり、「いはねど」（当歌を収録する『新勅撰集』1015の本文*2）が妥当である。

按察更衣に対する思いを、降り積もる「冬の夜の雪」に喩える。積もる雪の量を自らの愛情に比し「つもれる思ひ」と詠っている。これは、新しい表現であった。

『万葉集』に降り積もる雪の歌を見つけられない。雪は自然の景物であり、妻とでは楽しく見られるもの（『万葉集』1658）であり、寒いと感じ朝戸を開けてみても、「庭も薄太良《ハダラ》にみ雪ふ」（同2318）*3っている。「山木毎に」（同2319）降り、「昨日の暮《クレニ（ゆふへ）》ふりし雪」（同2324）は、積もる雪であるが、それは「あしひきの山に白きは」（同上）という遠景である。身近な積もる雪を詠まない。恋歌の題材にもなる雪は、その消えやすさが、一目見た人への恋の思いに喩えられている（同2340）。

『古今集』の恋歌にも、募る恋情が重ね詠まれる。「あは雪のたまればかてにくだけつつわが物思ひのしげきころかな」（『古今集』550）は、高まる感情が満たされずに、打ち消されてはまた繰り返し高まっていく、という思いを詠むが、降り積もった雪の量を自らの愛情に比するわけではない。あるいは、また、消えやすいという雪の性質を、死に匹敵するような恋情と見る歌（同551）もある。己の思いを雪のようだと提示しても、君の思いは雪のように積もるので当てにはできない（同978）と否定され、そうではない、越路の白山であるので、雪が消えることはない（同979）といった贈答歌もある。それもまた、近景の積もった雪を詠んでいない。

しかし、やがて、「つもる（つもれる）思ひ」という成句ができる。

　白雪のけさはつもれる思ひかなあはでふる夜のほどもへなくに

（『後撰集』1070、「兼輔集」79初句「白雪と」）

は、「ふる」（降る・経る）を掛詞にし、積雪を自らの愛情の量と比較する。この内容は、当歌に通うところがある。

「つもれるおもひ」（積み重なっている思い）を口に出しては言わないが、それはおわかりだろう、と言う。「空にしりやしぬらん」の「空に」は、雪が降り来る空を見れば、ということであり、また、実態のない心中の思いとして、という意味でもある。「しりやしぬらん」の「や」の助字は、疑問に思う心情を示すのではなく、「お分かりになるだろうに」という詠嘆の表現であると解釈する。

御返し

一〇〇　冬の夜のねざめにいまはおきてみむ　つもれる雪のかずをたのまば

前歌の帝の歌は、雪降る日の挨拶であったのだろう。同じ初句を用いて按察更衣が答える。

冬の夜の寝覚めに、今は起きて見てみます。降り積もる雪の量を当てにできるのでしたらと言う。

「たのまば」（頼まば）は、文法的には仮定の表現で、「私が仮に頼りに思うとすれば」の意味である。「いまは」とは、そのようなお言葉を頂いた今は、という意味である。「寝覚めに」すなわち、起きているのも寒いため臥している冬の夜であるが、起きて外を見ると言う。

「雪のかず」という表現は特異である。「かず」という詞は「ひかず」（日数）、「としかず」（年数）に類する表現で見え、無数の「まさごのかず」（真砂の数）であっても、数えられる物質に対して用いられる。積雪を前提とするならば「かさ」とすべきところである。しかし、あえて数えられるような、点在する雪の様相を提示し「かず」と表現した、という見方も出来る。予測されるのは、雪の「かさ」といった堆積ではなく雪の「かず」といった点在であり、期待外れなものではないでしょうか、ということになる。「つもれる雪のかずをたのまば」は、否定的な心情を提示し、切り返したというよりは、自らにかけられる愛情を低く見積もるような控えめな心情の提示であるように読める。

帝は更衣への愛情を、冬の夜に降り積もる雪のようだと言う。按察更衣（正妃）は、そういう歌を受け取った。帝は、空に降る雪を見れば、口に出して言わずとも気持ちは分かるだろうと言う。夜中に歌の贈答があったと考えなくても良いのだろう。帝は「冬の夜の」と詠う。按察更衣も、「雪が積もっているのを当てにできるのでしたら」と、帝の提示する世界を受け容れる。雪降る冬の夜のことであり休んでいるでしょうが起きてでも見ましょう、と素直に返答する歌である。

按察更衣の歌は、他に見えない。清原元輔の歌（『拾遺集』）の詞書*4と、天徳四年「内裏歌合」の記事とに名前が見え、天徳四年内裏歌合では「念人」に挙がる*5。判に対して意見を加えられる立場が「念人」であったようである。

第一章　第四部　増補部Ⅰ

女房（101）

みやす所の、しるく夜ごとにましましければ

一〇一　君だにもおもひいづなるよひよひを　ひとりある人のいかでへぬらん

此歌は、みや[す]所にくるる夜ごとにとの給はせたりければ、きこえさせけるとも

御息所が目立って毎夜毎夜、帝の部屋に上られたので

寵愛を受ける君でさえも、夜は恋しい方を思い出されるであろうに、独りでいる人はどのように夜を過ごしていらっしゃるのだろうか。

此の歌は帝が御息所に、毎夜参内するようにとおっしゃったので、申し上げなさったとも言う。

として、詞書と左注とが付されている。

「村上御集」において、当歌101からも一つの増補部であるものと考えることについては、構成試案として提示している。当歌の作者は帝と女御更衣以外の第三者であって、后妃の心情を代弁する歌として「村上御集」に入ったと解釈する。

左注の「みや所」の欠損は、底本でも「ママ」と指摘されているが、「みや[す]所」であろう。「村上御集」において「御息所」と呼ばれていたのは広幡御息所であるので、ここでは帝の広幡御息所に対する寵遇を意図しているのかもしれない。左注末「きこえさせける」（申し上げなさった）の主語は、歌の作者である。直接帝に申し上げずとも、たとえば何らかの方法で間接的に帝へ届いた歌であるので、「きこえ」（申し上げ）と記され、「村上御集」に入ると推測する。

帝が毎夜、御息所を召される一方で、寵愛を受けない女御更衣がいる。左注「くるる夜ごとにと」とは、夜毎にの意味であるが、「毎夜」では伝わらない意味合いが生じる。「暮るる夜」であるので、今夜はどなたが召されるのかと皆が思い遣って日が暮れ、今夜もまた特定のお方が召された、そういった日々の繰り返しが「くるる夜ごとに」である。

詞書は、御息所が「しるく」毎夜帝の寝所へいらっしゃったので、と言う。「しるく」は著しく、目立ってということである。毎晩のことなので自ずと人々に知られた。

少なからぬ后妃のいる後宮で、帝が一人を寵愛すれば、他の后妃は自ずと「ひとりある人」となる。その方々は、どのような気持ちで夜を過ごしているだろう、というのが歌の主意である。

「君」（きみ）は、「村上御集」で少なからず用いられる二人称の詞で（91歌注7）、当歌も、寵愛を受ける御息所を指し示すと見たい。

では当歌の作者とは誰か。実頼の私家集「清慎公集」に次の歌がある。

君だにもおもひいでけるよひよひをまつはいかなる心ちかはする

（「清慎公集」79）

男女の贈答が続く場面で、男が逢えない時間を嘆く歌を贈った。男の歌に対し、あなたでさえも私を思い出してくださる宵という時間に、毎夜待っている*1私の心がお分かりですか、と女が答えた。右はこの女の歌である。『新古今集』1235にも採録されるが、「清慎公集」から、この歌の作者は中務であることが知られる。実頼も伊勢の娘中務も当代の歌人である。

中務の歌は周知の歌であり、それを利用して編者は当歌をここに入れたのであろう。「ひとりある人」は、当歌のみではそれが誰かは特定されないが、この後102から106まで再度「斎宮集」に入る歌が載せられるので、あるいは、徽子を想定して置かれているのかもしれない。

徽子（102〜106）

民部卿宮の女御

一〇二　秋の夜のあやしきほどのたそがれに　おぎふくかぜのをとをきくかな

後に掲げる他集への採録状況から、斎宮女御徽子の歌であると推測され、102より106まで、徽子の歌が続くと見る。ただし、徽子の父は中務卿あるいは式部卿と称されるはずの重明親王であるので、「民部卿」は誤りである*1。題は、その女御に関する歌ということで、徽子の歌であると解釈する。

秋の夜の不思議なほど寂しい黄昏に、荻の葉に吹く風の音を聞くことだ。

と言う。

「荻」（をぎ）は水辺に生息するイネ科の植物である。古代から水辺の景物として詠まれていた*2。当代の『後撰集』では、さらに秋風とともに詠まれる景物と見なされ*3、その音が取り立てられる。イネ科の固い茎や葉と、薄のような穂をもつ植物であるので、風に吹かれると、かさかさ音がしたのであろう。物の衰退を想起させる「秋」という季節の、その寂しさを増幅させる音として、「荻」の葉音は歌に詠まれる。

「あやし」とは、理性で捉えられない感情である。秋なる季節の、さらに人恋しい夕暮れに人を待ち人を思う。心が理性を離れ遊離して行く。「黄昏」は、そのような時間であり、遊離する心をさらに「荻」の葉音がかきたてる。

当歌は、『大鏡』（道長下　雑々物語一七二）ならびに、歌集では、「斎宮集」諸本と『後拾遺集』319、『続古今集』1917に伝えられる。歌本文は、次の四種に分類できる。

秋の夜のあやしきほどのたそがれにおぎふくかぜのをとをきくかな
（「村上御集」、『続古今集』1917　異本歌）

秋の日のあやしきほどのゆふぐれにおぎふく風のをとぞきこゆる
（『大鏡』、「斎宮集」書陵部本、西本願寺本、小島切）

秋の日のあやしきほとのたそかれにおきふくかせのをとそきこゆる
（「斎宮集」正保版本系）

さらでだにあやしきほどのゆふぐれにをぎふく風のおとぞきこゆる
（『後拾遺集』319、『御裳濯和歌集』327）

当歌の初句と第三句について、「秋の夜の」「たそがれに」では、「夜」と「たそがれ」が、和歌表現としては重複する。黄昏が強調されていると考えられなくもないが、「斎宮集」のように「秋の日の」「夕暮」が本来の形ではなかったかと思う。『後拾遺集』が、初句を「さらでだに」とする。秋の持つ普遍的情趣すなわち衰退していくものへの悲哀感、さらに夕暮れの孤独を前提とし、「さらでだに」（そうでなくとも）と言う。詞書に「八月ばかり」と記すとはいえ、初句を変えて「斎宮女御」徽子の歌として採録したというのは、初句に対する再考の必要性があったのかもしれない。『続古今集』の本文は、異本歌として載せられている歌のものであるが、この本文が、「村上御集」と等しい。

当歌には、『大鏡』に物語があり*4、他の歌集には「村上御集」には見えない長い詞書を伴う。帝のお出でが途絶えていたころ、秋の夕暮れに（『後拾遺集』は「八月ばかり」とする）徽子が琴を弾いていた。それを聞きつけ、帝が「いそきわたらせ給」（急いでお出でになって）とするのは、『大鏡』、「斎宮集」（書陵部本、西本願寺本、正保版本系）である。「しのびてわたらせ給」（こっそりおいでになり）とするのは、『後拾遺集』である。徽子は気づかない様子であったというのであるが、「人やあるとも思したらで、せめて」［帝がいるともお思いにならないで、続けて］（『大鏡』）、「人おはしますともしらせ給はぬけしきにてことに」［帝がいらっしゃるともご存知ない様子で、とくに］（「斎宮集」書陵部本）、「人のおはするともみ入れさせたまはぬけしきにて」［帝がいらっしゃるということで、そちらを御覧になることもなく］（同西本願寺本）、「人のおはするにも見入れ給はぬけしきにて」（同　正保版本系）弾いていたという。『大鏡』の「せめて」は、「なおも、つづけて」と口語訳されているが、「斎宮集」（書陵部本）の「ことに」に当たる箇所であり、「ことに」という表現は、『後拾遺集』の「ことにひき侍りける」とも同じ言葉である。「ことに」変った様子もみせず、ということで、「せめて」同様、徽子が、演奏を止めなかったことを言う。

『大鏡』は、徽子が琴を弾きながら、「秋の日の」の歌を詠じているのに対して、

　と弾きたりしほどこそせちなりしかと御集に侍るこそ、いみじうさぶらへといふは、あまりかたじけなしやな（と弾いていた時は、感慨深いものであったと、「御集」にございますのは、あまりに恐れ多いことである）　　（『大鏡』道長下　雑々物語　一七一）

と、感想を記している。「御集」には、帝の感慨が記されていて、一女御に対しての、もったいないお言葉だと言うのであろう。帝の感慨は、徽子の見事な琴の音とともに、古歌を踏まえた歌を詠み、秋の夕暮れの情趣を壊さずに演奏し続けた、優雅な振る舞いにあったのだろう。

「斎宮集」（西本願寺本、正保版本系）には、「上しろき御ぞのなえたる（なよよかなる）をたてまつりて」と、帝の着物が白い萎えたものであったことが添えられる。くつろいだ日常の光景であることと、風情をひき立てる背景が記される。

秋の夕暮れに恋しい人を待つ女性は、古歌の世界に見えた。けなげな女性が登場する。『万葉集』では、

「額田王が近江天皇を思い作る歌」*5と題され、待つ女性が描かれる。また、帝の訪れを待つ「衣通姫」の歌*6は、『古今集』真字序で六歌仙の小野小町の歌へつづく系統とされる。その小町の歌には、

こぬ人をまつとながめて我が宿のなどかこのくれかなしかるらむ　（「小町集」47）

いつとても恋しからずはあらねどもあやしかりける秋の夕暮　（同　101）

が見える。

当歌102以下、106までの歌群に見える徽子の歌は、前半部の日常的なうちとけた歌から成る歌群とは異なる。増補部は、他集の、特に勅撰集から採られているのであるが、歌内容では、寵愛をうける女性にふさわしい后妃であったことを示す歌が見える。徽子の歌群が当箇所に加えて載せられ（あるいは、残され）たのも、そういった観点からであろう。

おなじ女御、つぼねのまへをわたらせ給て、こと御方にわたらせ給ければ

一〇三　かつみつつ　かげはなれゆく水のおもに　かく数ならぬ身をいかにせん

「おなじ女御」は、前歌の「民部卿宮女御」（誤りであれば、正しくは式部卿宮女御で斎宮女御徽子）を指す。

（帝が）女御の局の前を素通りして他の妃のところにお渡りになったので、同じ女御が詠った歌

お姿を目にしながらお姿が遠ざかって行く。水面に書いた数が書くと同時に消えてしまう、その水の上に数を書くではないが、そのような、ものの数にも入らぬ我が身をどうしようか。

と言う。

『拾遺集』879に、ほぼ等しい詞書と、同一の歌本文で載る。

「かげ」（影）は姿である。書いてはすぐに消える文字を、「かつ見つつ影離れゆく」と表現している。「かつ」は、一方では、の意味であり、お姿を目にしながらお姿は遠ざかっていく、と二つの状況を並列させる。我が殿舎へではなく、他の后妃の部屋へわたって行く帝について、人づてに聞いたのではなく目にしたのだというのが、「かつみつつかげはなれゆく」という上句になっている。その特異な状況が詞書で説明されることになる。初句を「かはとみて」とし、「河とみてかけはなれゆくみつのおもに」（「斎宮集」資経本）*7とする本文もあるが、そういった、流れ行く河の水ゆえに映る姿が離れて行くとする本文では、当歌に見る詞書の世界は形成されない。

歌は、帝の寵愛の衰えた我が身のはかなさを嘆く。「水の面にかく数」は、揺らぐ水面に文字を記してもすぐに消えてしまうものとして、古代より歌に詠まれている*8。その「数」は「数ならぬ身」（ものの数にも入らない身）の詞に掛ってゆく。この詞は、愛情の薄れを詠い、『古今集』*9以降の歌に見える。

ところで、詠歌の場について、『拾遺集』（『拾遺抄』）の詞書では、次のように記す。

天暦御時承香殿の前をうへのわたらせたまひてことかたへおはしましければ奏して侍りける

徽子女御（『拾遺抄』310）／天暦御時、承香殿のまへをわたらせ給ひて、こと御方にわたらせたまひければ

斎宮女御（『拾遺集』879）

『拾遺抄』の詞書は、「おはしましければ」とあり、「けれ」と、間接的に知ったことを示す。また、傍線部「奏して侍りける」（申し上げてございました）と記す。これは、斎宮女御の述懐が、なぜ「村上御集」に入るのかの説明であろう。

「斎宮集」（正保版本系）の本文に異同があることは先に述べたが、その詞書は、「いかなるおりにかあ

りけん、御すずりに入給たりける」とする。帝には伝えられた歌であることは前提になっている。「入給たりける」の「たり」を用いるので、いつ入れたのかは不明であるが、硯に添えてあったもの、という意味である。批判的な歌がどのようにして伝えられたのかを説明し、直接申し上げることへの顧慮のうかがわれるのが、こちらの詞書である。

夢に見たてまつり給て

一〇四　みる夢にうつつのうさはわすられて　見るになぐさむほどぞかなしき

徽子が帝を夢に見た。詞書は、夢に見申し上げなさって、と言う。「給」(なさって)は、編者から徽子への敬意を示す。

見る夢に現実の辛さは忘れられて、見ることによって心が慰んでいる、その時が悲しい。と言う。

「うさ」は思うようにならず晴れない気持ちであるが、『古今集』には、人間世界での鬱屈した感情が詠まれ、『後撰集』では、自然の移ろいや恋愛に関する思いが詠まれる*10。「うつつ」(現実)と複合した「うつつのうさ」という詞は、用例を見れば、この徽子の歌が先駆けのようである。

「うつつのうさ」が何を言うものか、「斎宮集」では、夢を見たのは、久しく参内しなかった頃(「斎宮集」書陵部本)であり、里に下がっていた頃(同　西本願寺本)であるとする。忌中で退出していた頃の思いなのか、あるいはまた、宮中での人間関係によるものなのか不明ながら、「村上御集」102以下の配列から、帝の寵愛が衰えたことへの晴れない思いと見たい。この歌を採録する『新古今集』1384は「恋歌五」

の部立に、詞書を付さず、後に掲げる本文で収録する。収録の位置は、恋の衰退を詠む歌であることを示す。

「うつつのうさ」（現実の辛さ）が、夢に帝を見ることで慰んだ。慰んだにもかかわらず「かなしき」と言う。『斎宮集』*11や『新古今集』では、結句を「ほどのはかなさ（ほどぞはかなき）」とする。現実の憂さが忘れられて心が慰む、しかし所詮は夢であるので「はかない」。

『村上御集』は、初句と第四句に「見る」が重出する。しかし、他集は初句を「寝る」にしたり第四句を「思ひ」にしたりして、同じ詞が重ならないようにしている。たとえば、

ぬる夢にうつつのうさもわすられておもひなぐさむほどぞはかなき　（『新古今集』1384）

は、傍線部が当『村上御集』の本文とは異なり、洗練された形になる。「ほどぞはかなき」の「ぞ」が、それ以前の詞すべてを集約し、結句の「はかなき」に掛っていく。「見る」という説明的な詞もない。結末にある目覚めの「はかなき」思いに向けて、対極にある「寝」から静かに詠み出され、静かに終結される。

もっとも、「見る」という詞が重出するゆえに、誤写であったとは言えない。『村上御集』の当本文は、「見る」を重出させることによって歌を二分する。「ほど」は時を示す。二分された歌の上句は夢の最中であり、下句は、夢を見て心慰むことを自覚した現実である。そして現実に戻るその瞬間が「ほど」である。結句の「悲しき」は、目覚めた時の悲しさを言うものであり、夢に現実の辛さを忘れて心慰んでいるなどとははかないことだ、と客観的に捉える。帝を夢に見た、という強い恋情を根底に持つ。

おなじ人

一〇五　わびぬれば身をうき草になしつつも　おもはぬ山にかからずもがな

「おなじ人」という詞書なので[*12]、これも徽子の歌と見る。

行き詰まった状況なので寄る辺ない辛い思いをしているが、このような辛い仕打ちがなければ良いのに。

と通釈したい。

上句に詠む水辺の「うき草」と、下句の「山にかか」るとでは、情景が合わない。上下句では、ある程度の統一性が求められるのが和歌なので、誤写であるという見方がなされたのであろう。「斎宮集」諸本は「うき草」の詞を、山にかかる「うき雲」とする。

「わひぬれは身をうき草の」という詞は、「わびぬれば身をうき草のねをたえてさそふ水あらばいなむとぞ思ふ」(『古今集』938　小野小町)を本歌とする。一方、「うき雲」に関する古代の歌の用例は、漢詩に想を得た言葉が見えるのみである[*13]。「身を浮雲」とする「斎宮集」の場合でも、「わびぬれは身をうき」という詞だけで、小町の「古今集」歌の歌想を重層させる働きをしていたであろう。

「わびぬれば」の詞は、小町の歌以外にも、行き詰まった思いを言う詞として「古今集」歌に詠まれている[*14]。小町の歌は、歌一首としては、新しく誘ってくれる人がいればついて行こうと思う、という新たな生活を望む点で積極的な歌であったが、当歌は、「わびぬれば」という初句の沈鬱した調べを、一首を貫く調子に有する。

『注釈』(137歌)は、「かかる」を寄りかかると見、この歌を、帝の心が他の后妃に向かっていた時の歌で、自分を思ってくれない帝には頼らない（よりかかるようなことはしたくはない）と詠う歌であるという。行き詰まった生活を捨てようとする点では、小町の歌と同じ歌想だということであろう。
当歌には次のように類歌があり、『注釈』（同上）は、それらの「山」と「雲」（霞）を、同様に、帝と徽子であると見ている。

かくばかりおもはぬやまにしら雲のかかりそめけむことぞくやしき
（「村上御集」45、「斎宮集」書陵部本39、西本願寺本109）

わひぬれは身をうき雲になしつつも思はぬ山にかからすもかな
（「斎宮集」書陵部本149、正保版本系、西本願寺本137　西本願寺本結句「かかるわさせし」）

いかにしてはるのかすみになりにしかおもはぬやまにかかるわさせし
（「斎宮集」西本願寺本148、正保版本12　正保版本初句第二句「いかてなを春ひかすみに」）

たしかに、「かくばかり」歌の場合など、「かかり」は、帝に頼り始めたことを言うように読める。しかし、後の二首の結句は、「かからずもがな」「かかるわざせじ」と打ち消している。「雲」（または霞）は、山に寄りかかる存在とは異なるのではあるまいか。
三首目の「いかにして」歌は、「ちち宮うせ給て、さとにおはする内侍のかみの御こころのおもはすなりけるを」（「斎宮集」西本願寺本148）という特別な詞書が付される。内侍は、貞観殿の内侍で、安子の妹であり、徽子にとって義母でもあるところの、登子であった。『大鏡』（師輔　七九）や『栄花物語』（巻第一）にも取り上げられる。その尚侍登子が、父重明の死去の後、公然と村上天皇と交際し始めることを、詞書は示す。「おもはずなりける」（意外なことであった）と記される。右歌の「おもはぬやまにかかるわざせし」（思いがけずこのような仕打ちをした）は、仕打ちを受けて思いをした、ということであろう。「思はぬ山」とともに用いられる「かかる」には、「このようなひどい仕打ち」という意味が暗される。

当「村上御集」で「かかるわざせじ」は、「かからずもがな」(このようなことがなければよいのに)と婉曲的な表現になっているが、上句で小町の歌のような、寄る辺ない辛い状況が呈示され、さらにその上にまた辛い仕打ちである、と言っているように読める。

第二句が「うき雲」であっても、小町の歌の寄る辺ない寂しさが底流するのは同じである。力ない徽子の歌が、「村上御集」のこの箇所にまとめられる。表面的には、「山」「雲」「かかる」で、『注釈』(同上)が解釈されるように、帝に頼る存在が詠まれたような歌である。しかし、当歌は、寵愛から遠ざかり、いくら落ちぶれてはいても、このような仕打ちはないのではないか、という歌であると考える。

春ごろまかで給て、久しくまいり給はざりければ

一〇六　春ゆきて秋までとやはおもひけむ　かりにはあらずちぎりし物を

帝の歌である。「(徽子が)春頃に退出なさって、久しく参内なさらなかったので」

春が過ぎて、退出が秋までになろうとは思ったことであろうか、春に去り秋に戻る雁ではないが、かりそめに契った仲ではないものを。

と言う。

徽子に関する「春ごろ」が、どのような史実に対応するのかは不明である[*15]が、歌に「雁」を登場させる背景としては必要な情報である。「春ゆきて」には、春という季節が去ることと、徽子が春に退出したこととを掛ける。また、「かり」に、かりそめの「仮」と秋に飛来する鳥「雁」を掛け、春に去った雁は、

秋には戻ることを前提として提示する。「かりにはあらずちぎりし物を」は、仮初めではない深い契りで結ばれた仲であるのに、という意味である。「雁のように半年も離れている一時的な仲ではなく、本式の仲」「すぐ戻ってくることをさす」（『新日本古典文学大系　新古今和歌集』1417歌）という注解がある。

当歌は、「斎宮集」諸本や『新古今集』1417に、類似の本文で伝わり*16、歌本文では、「斎宮集」（正保版本系）に第三句「契けん」と結句「契りしものを」に「契り」を重出させるという特徴があるが、他本は、「村上御集」と同じである。詞書で見れば、「村上御集」の詞書は、「斎宮集」諸本ではなく、『新古今集』の詞書に近似する。

なお、「斎宮集」（書陵部本）だけが、当歌に続けて、また別の返歌である「はるやこし」の歌を持つ。書陵部本は、次のような贈答歌になる。

　　はるまかて給て秋とやきこえ給けん
春ゆきてあきまてとやは思ひけむかりにはあらすちきりし物を　（「斎宮集」書陵部本152）
　　御返し
はるやこしそらのゆくゑもおもほえす秋とはかりをきくそかなしき　（同153）

帝の歌が、春が過ぎて、まさか秋までとは思ったことだろうかと言ったのに対し、返歌は、そもそも春は来たのかと受けている。「春は来たのでしょうか、空の様子はそれとも分かりませんのに、それを秋だと聞くのも悲しいことです。」と言う。春がきたのかどうか、空の様子はそれとは分からない、と言う。

ここには、春の空が詠まれる。はっきりとはしない茫漠とした空は、自らの判然としない身のあり方にも似る、と言うのではあるまいか。そのような折に「あき」（秋・飽き）という言葉を帝から聞くのは悲しいことだ、と言う。「秋とばかり」とは、贈られた帝の歌からは、「あき」の言葉だけが心に掛ると言うのであろう。何らかの参内出来ない理由で鬱屈していることを示すのが、判別出来ないという「春」の空であり、飽きられる「あき」以上に、当歌では重要な題材である。

「はるやこし」の歌が「村上御集」に採録されなかったのは、内容的には、先の歌で述べたように、増補部の、女御更衣の美点に焦点を当てて採録する歌群にふさわしくなかったからであろう。帝の歌を論理の根底から覆して否定するような歌は、必要なかったものと推測する。また、本の伝来的には、「はるやこし」の歌が「斎宮集」（書陵部本）にのみ収録されていることと、何か関わりがあるのかもしれない。

「村上御集」の当歌の主眼は、「かり」（雁・仮）の効果的な表現にある。詞書もその背景を演出するのにふさわしい過不足のない内容が置かれている。『新古今集』に採られている本文である。仮に校合の機会があったとしても、完結している一首に「はるやこし」の歌を入れる必要はないとの判断であろう。

芳子（107、108）

もろまさの朝臣のむすめの女御に

一〇七　いきての世しにての後ののちよりも　はねをかはせる鳥となりなん

この女御の歌は、90から93にも載る。左大臣師尹の娘で、宣耀殿の女御と呼ばれた藤原芳子である。「なでしこ」に喩えられ、帝からは「わがしめゆひし」と詠われ、寵愛の様子がうかがわれた。

生きている現世、そして死後のその後も、白楽天が『長恨歌』で詠った契りの深い鳥のように、

羽を交わしている鳥となりましょう。

と言う。

当歌と次歌の贈答は、『大鏡』（師尹　六二）、「和歌童蒙抄」、『万代集』2193、『玉葉集』1555等*1に採録される。「はねをかはせる鳥」とは、二羽でともに羽を交わしてのみ飛べるという「比翼の鳥」であり、男女の契りの深いさまに喩えられる。当歌の「比翼の鳥」と次歌の「連理の枝」は、白楽天の「長恨歌」（『白氏文集』）*2に典拠がある。当歌の理解を、平安時代後期の歌学書「和歌童蒙抄」で見ると次のようになる。

長恨歌の「天にあらばねがはくは比翼の鳥となり、地にあらばねがはくは連理の枝とならん」を典拠とする。「比翼」とは、その羽で飛ぶことができない鳥で、其の名を「兼々」という。「兼々」は、注によれば無色のオシドリである。それぞれが一つの目と一つの翼を持つゆえに、二羽がそろって飛ぶという云々。「連理」とは、唐書によれば、貞観年間に、山の南の木を献上した、その木は、枝が交差していて透き通るように美しく輝いていた。交差する枝の中には、一つにつながるものもあった。一丈の幹から出た二枝がつながっている箇所は、二十箇所余りあった。また、同、貞観年間に太宗の離宮である王花宮で李（すもも）の枝が、谷を隔てて枝を合わせていた。

（「和歌童蒙抄」第四）*3

結びつきの強い男女を喩える言葉が「比翼連理」であったが、二人の将来を、このように詠む歌は、他の后妃に対しては存在せず、当歌でも、帝の深い思い入れが詠われている。

帝の、同女御に対する思い入れは、『栄花物語』（巻第一）に「みかども我御私物にぞいみじう思ひきこえ給へりける」と「私物」（秘蔵物）として大切にしていたと記される。『大鏡』（師尹　六二）では、芳子の容姿が、まず取り上げられる。豊かな黒髪はみちのく紙の上に置くと、透き間無く長く豊かであったと言う。そしてこの贈答を載せるのであるが、愛らしい容姿は次のように記される。

御目のしりの少しさがりたまへるが、いとどらうたくおはするを、帝いとかしこくときめかさせたまひて、かく仰せられけるとか（目尻が少しお下がりになっているのが、いっそうかわいらしくいらっしゃるのを、帝は大変寵愛なさってこのようにおっしゃったとか）。

同書には、帝はとても寵愛なさり「かく仰せられける」（当歌を詠まれた）のだ、と記される。

御返し

一〇八　秋に成ることの葉だにもかはらずは　われもかはせる枝となり南

秋になって帝のお言葉さえ、木の葉が移ろうように変わらなければ、私も連理の枝になりましょう。

深い思いを詠う帝の歌に、宣耀殿の女御、芳子が返歌する。

と言う。

「ことの葉」（言葉）には、木の「葉」のイメージが重ねられる。秋になり、木の葉の色も姿も変わり散っていく。そのような移ろいを、帝の心変わりと重ねる。当歌には、上句を「秋契る言の葉だにも」とする本文（「和歌童蒙抄」第四）が存在する。「秋ちぎる」（秋契る）は、秋になれば必ず移ろいが生じることを意味する。「秋になる言の葉」は、摂理とも言うべき自然界の理法である。上句「ことのはだにもかはらずは」は、そうではあるが、せめて帝のお言葉だけでも変わらなければと言い、「だに」が、帝の心変わりさえなければ、という最低限の条件を提示している。

前歌で「和歌童蒙抄」の一部を通釈し掲げたが、同書には、この贈答について「御返事いとめでたし」と、女御の答歌を称賛する。「比翼の鳥」を提示されて「連理の枝」を詠み込んだ歌にして返歌したことを、この贈答歌の特徴と見るものであろう。

「比翼連理」は、白楽天「長恨歌」末尾のクライマックスに見える楊貴妃の言葉である。反乱で命を落とした楊貴妃の魂を、道士が天空に求め、ようやく楊貴妃に出逢う。そして楊貴妃から帝へのことづけをたのまれる。長文の詩は、楊貴妃の言葉で閉じるのであるが、その言葉「比翼連理」は、玄宗皇帝と楊貴妃にしか分からない、宮中で深夜に交わした「私語《ささめごと》」であり、誓いの言葉であった。

「長恨歌」を踏まえて、答歌が為される。宣耀殿の女御芳子が寵愛された后妃であったことは述べた。容姿の他にも、帝が『古今集』の上句を示して下句を問うたところ、見事に答えた話（『大鏡』師尹　六二）や、帝が特別に箏の琴を教えた話（『栄花物語』第一、『大鏡』同上）等、教養のある女性としても描かれている。当歌の漢籍の理解もその教養を示す。歌の内容は、贈られた歌を全面的に受け容れたものである。今世も来世もずっと比翼の鳥でいよう、という歌を贈られた芳子は、自然の摂理には逆らえないが、私も連理の枝でありたいと思う、とまっすぐに愛情表現をしている。

徽子（109）　＊81類歌
なやませ給けるに、しげあきらのみこの女御
一〇九　かかるをばしらずやあるらんしら露の　けぬべきほどもあはれとぞおもふ

81歌に考察

底本では、当109歌の頭に「此歌ニ忘貝歌次相似歟如何詞同」（この歌に忘貝の次歌が互いに似ているか、

詞が同じだがどうであろうか）が、歌末に「可除也」（集より除くべきである）として切り出し記号が付されている。「忘貝」の歌とは、「いかにぞやなのりそれともとはむにも忘れがひをやあまはつげまし」（「村上御集」80）であり、その次歌とは、81歌である。詞書は類似するが、歌の結句は異なる。詳細については、81で述べた。

第一章　第五部　増補部Ⅱ

天暦九年正月（110）

同九年正月四日、故太后の御ために、弘徽殿にて御八講おこなはせ給けるに、わかなの籠につけさせ給へる

一一〇　いつしかに君にとおもひしわかれをば　法のためにぞ　けふはつみける

故太后すなわち、「村上天皇母藤原穏子のために、弘徽殿で御八講を行わせなさったときに、若菜の籠に付けさせなさった」歌であると言う。「せさせ給ふ」は尊敬の表現であるが、「させ」という使役表現の原義が残る。歌本文の「わかれ」は、後述するように、「わかな」の誤りである。

あなたの長寿を祝うために摘んだ若菜を、供養のために早くも今日は摘むことです。

と言う。

本来、算賀のための、さらなる長寿を願うはずの若菜であったが、それも叶わなかった。早くも一年が経ち、今は「法」（のり）すなわち追善供養のために供える物になってしまった、と言う。

当歌は次の形で『拾遺集』に収録される

天暦御時、故きさいの宮の御賀せさせたまはむとて侍りけるを、宮うせ給ひにければ、やがてそのまうけして御諷誦おこなはせ給ひける時　御製

いつしかと君にと思ひしわかなをばのりの道にぞけふはつみつる　（『拾遺集』1338）

「村上御集」で「同九年正月四日」とあるのは、天暦九年のことで、前年同日に穏子が七十歳で崩御している（扶桑略記*1）。御八講は追善供養で、この時、法華経が供えられ（同上）、経が読み上げられる（「御

諷誦」『拾遺集』1338詞）。当日の「わかな」（若菜）は、殿上人からの捧げ物としてあった。殿上人が捧げ物を持って王卿の前に立ったようで、蔵人が薪と若菜の籠を担った。捧げ物は五位以上の殿上人が行った。そこで御製の和歌が詠まれたという（西宮記）*2。

「いつしかに」は、早くも、の意味であるが、若菜は、「故きさいの宮の御賀せさせたまはむとて侍りけるを」（『拾遺集』同上）とある前年の算賀（七十歳の祝い）の準備物であった。長寿の祝いをしようと思っていたのに亡くなってしまった母后や祝いのことを、若菜は思い出させる物であった。

例を見ない「いつしかに」であるが、初句を「いつしかも」、「いつしかと」、とする当歌の異同本文がある*3。「いつしかも」（早くも）は詠嘆の心情を、「いつしかと」（いつかはと）は期待を込めた、それぞれの表現となる。

当歌の「わかれ」は「わかな」である。崩し字（「礼」と「那」）に拠る誤写であったと考えるが、底本は、明らかな「礼」の崩し字になっている。「いつしかも君とわかれし」（早くもあなたと別れることになった）という心情にひきずられた異同本文が残ったのであろうと推測する。

応和三年三月（111）

応和三年三月三日*1、御前のさくらのさきはじめたるを、ことしより春しりそむるといふ題を、御

一一一　さきそむる所からにぞさくらばな　あだにちるてふ名をたつなゆめ

御前の桜が咲き始めた頃、花宴が催されたのであろう。「今年より春を知り初むる（桜）」という題で帝

が詠んだ。歌は次のように言う。

咲き始めたのは、ここ帝の御前である。所が所だから、浮薄にも散ってしまうことで、決してよからぬ噂をたてることのないようにせよ。

応和三年（963年）は、二月二十八日に皇太子（憲平親王）が元服している。二月も三月も、父村上天皇の御製が散見しているが*2、花宴の記録は見えない。詞書の年号「応和三年三月三日」の史実は、北辰祭の「御燈」（日本紀略）であるので、花宴が行われたのではなさそうである*3。康保三年の誤りであるかも知れない。康保三年は、村上天皇崩御の前年である。「巻第三北山抄」（花宴事）には、三月三日に曲水宴があったという記事が載る。

「御前」の意味は、帝の眼前・座前であるが、広く内裏を指し、「御前の桜」は、紫宸殿の前にある桜がイメージされていたのかもしれない。

当歌は、次の『古今集』歌を本歌とする。

人の家にうゑたりけるさくらの花さきはじめたりけるを見てよめる　つらゆき
ことしより春しりそむるさくら花ちるといふ事はならはざらなむ
（『古今集』49）

今年初めて花をつけ、春というものを初めて知った桜花であるので、「ちる」ということもまだ知らない。どうか「散る」ことを聞き知らないでほしい、と桜を擬人化して呼びかける。

当歌は、この貫之歌の歌意に加え、桜にまつわる「あたにちる」こととも無縁でいてくれと言う。当歌の「あだ」の第一義は、桜がはかなく散ることである。天皇の長寿と対照させる意図はないものと考える*4。満開の花が華麗で壮大であればあるほど、そのうつろいは、人にはかなさを感じさせる。日常生活で目にする桜が人の心と比較され*5、人の心の特に愛情の移ろいが、桜に重ねられる*6。浮薄な愛情のあり方が「あだなり」として「名にたつ」（噂になる）。『古今集』62に採られる業平の歌「あだなりと名にこそたてれ桜花年にまれなる人もまちけり」は、そのような桜の性格を詠んだ歌の一であり、「散る」「あだなり」「あだなりと名に立つ」という性格が決定されていく。

帝の歌は、「あだにちるてふ名をたつなゆめ」すなわち、そのような性格を「ゆめ」（決して）身につけるな、と言う。帝の歌の特異なところは、理由を「所からにぞ」と詠むところである。帝の御前という特別な場所であることを言い、君王の威厳を示すところである。

承保八年八月（112）

承保八年八月廿八日、御遊あらむとて、女蔵人の、秋の夜きりぎり[す]をよめと仰られて、おほとのごもりにけるあしたに、その心の歌とも御覧じて、うへ

一一二　秋の夜のあかつきがたのきりぎりす　人づてならできかまし物を

詞書の年号「承保八年八月廿八日」には問題がある*1。また、詞書本文「女蔵人の」は「女蔵人に」、「きりきり」は「きりきりす」と見ておく*2。八月二十八日、管弦の遊びを催すということで、女蔵人に「秋の夜きりぎりす（をきく）」の題で、歌を詠むよう仰せがあった。お休みになられて翌朝、歌を見た帝は、昨夜詠ませた歌内容の歌であるとお気づきになり、（詠まれた歌である。）

秋の夜の明け方に鳴いているきりぎりすよ、人づてでなく聞きたかったものだ。

と言う。

「秋の夜の暁方のキリギリス」とは、帝が翌朝目にした歌の中で詠まれていたキリギリスである。「人

づてでなく」とはどういうことか、その事情が詞書に記される。

「御遊あらむとて」は、帝が宴を発案されたのであろう。宴の規模は分からないが、宴席で披講される歌を予め用意しておくといった大がかりなものではあるまい。そもそも女蔵人は、下級の女官である。「御遊」は、秋たけなわの風情に誘われて、宴を思い立ったというのであろう。当歌を収録する『新古今集』の詞書にあるように、「秋の夜のきりぎりすを聞く」という題で、侍臣に詩を作らせていた折、たまたま居合わせた女蔵人に歌を命じた。女蔵人の存在は、その場で歌が出来なかったことを強調する。帝がお休みになり、翌朝帝のところに女蔵人の歌が届けられていた。「その心の歌とも御覧じて」は、「その心の歌」すなわち、帝が仰せになった題の歌とお気づきになって、という意味である。

当歌は『新古今集』『和漢兼作集』に、本文異同なく収録されるが、詞書は、次のように簡略なもので「女蔵人」は登場しない*3。「秋夜きりぎりすをきく（秋夜聞蛬）」は歌題である。

秋夜きりぎりすをきくといふ題をよめと、人人におほせられて、おほとのごもりにけるあしたに、そのうたを御覧じて　天暦御歌（『新古今集』1800）

秋夜聞蛬といふ題をよめと人人におほせられてあくるあしたにその歌を御覧じて（『和漢兼作集』609）

当時のキリギリスは、鳴き声の美しい今日のコオロギである。秋のさびしさを掻き立てる歌として古歌に多く詠まれ*4、鳴き声そのものを賞美する歌は少ない。しかし、当代の『後撰集』では、キリギリス（コオロギ）の歌は二首しか見えないものの、その声を楽しむ歌になっている。たとえば「物やかなしき」という詞を用いても、鳴き声への興趣が詠まれている*5。

当歌で、女蔵人がどのような歌を詠んだのか、その歌は不明であるが、女蔵人の歌を御覧になった帝が、「人づてならできかまし物を」と言ったのは、キリギリスの声をであり、昨夜の宴で歌が聞けなかったことを掛ける。そこにも、キリギリスの鳴き声への賞美がうかがえる。

帝の歌は、機知を前面に押し出した歌である。女蔵人の歌を翌朝目にし、昨夜の自らの言葉を思い出したことを詠歌の背景とする。上句「秋の夜のあかつきがたのきりぎりす」という説明的な詞は、帝の機知を示すのにどうしても必要な表現であった。現実ではない「暁方のキリギリス」が、歌の中に存在したのである。それを見つけたのが、帝の機知である。秋の宴の余韻を高めるために、当集では、この物語的な詞書が付されている。

離別歌（113～116）

天暦御時、小弐命婦豊前へまかり侍けるに、大ばん所にて餞せさせ給ふに、かづけ物たまふとて

一一三　夏ごろもたちわかるべきこよひこそ　ひとへにおしきおもひそひぬれ

通釈は次のようになる。

天暦、村上天皇の御代、小弐命婦が豊前へ下るということがありました折に、大盤所で送別の宴をおさせになりましたが、餞別の品をお与えになるということで詠まれた歌
夏衣を裁つ、ではないが、立ち別れる今宵は、夏衣の単衣ではないものの、ひとえに名残惜しく、このかづけ物に、その私の心が寄り添っていることを忘れないでほしい。

と言う。

小弐命婦については、「小弐乳母」かとされる*1。四位、五位の位階を持つ女官（『新訂女官通解』）す

なわち「命婦」で、太宰府の事務を取り扱う次官すなわち小弐（『新訂官職要解』）の妻であったのかもしれない。村上天皇にとっての近しい存在で、「小弐乳母」と呼ばれていた。その女性が、太宰府との何らかの関わりにより、詞書の「豊前へ」下って行くのであろう。

大盤所は、食物を載せる台大盤を置いてある部屋で、女房の詰め所にもなっていた、という。餞別の歌が某の女房から「大盤所より」として贈られている。清涼殿の場合は、昼の御座の西隣の部屋で、女房のみならず帝と殿上人とを取り次ぐ場所でもあったのだろう*2。「村上天皇の御代には、「康保三年八月十五夜大盤所にて前栽合させたまふ」（内裏前栽合　康保三年）とあり、大盤所で歌合が行われている。

小弐命婦が、豊前という遠い土地へまかるので、「餞」すなわち餞別の機会が設けられ、帝が贈り物をした。これまでの労をねぎらうような意味合いが「かづけ物」という言葉には備わる。品物は、歌にも詠まれる衣であったのだろう。

歌の「たち」という詞には、衣を「裁つ」の「裁」と立ち別れの「立」とが掛けられ、「ひとへ」には衣の「単衣」が掛けられている。「たち」「ひとへ」は衣の縁語でもある。また、初句「なつごろも」（夏衣）は、古来「薄さ」とともに詠まれてきた。単衣の薄さであるが、薄いことが人の愛情の薄さに喩えられることが多い。一方で、その薄さゆえに身に沿うものでもあった*3。この餞別の歌にみる結句「おもひそひぬれ」にも、薄さゆえの「沿」いが詠まれている。当歌は、ほぼ同様の詞書で、歌本文には異同もなく、『拾遺集』305、『拾遺抄』198に収録されている*4。

天暦御時、九月十五日、斎宮くだり侍けるに

一一四　きみが世をなが月とだにおもはずは　いかにわかれのかなしからまし

「天暦（村上天皇）の御代の九月十五日、斎宮が伊勢へ下りました時に」の詞書が付される。

あなたの御代が長く続くためと思わなければ、どんなに別れの悲しいことであろうか。

という、天皇が斎宮について詠んだ歌である。

斎宮は伊勢神宮に奉仕する未婚の女性であり、皇女または皇胤の女子から選ばれる。村上天皇の治世（天暦御時）には、二人の斎宮が立っているが*5、この歌は、村上天皇第六皇女の楽子内親王が斎宮として伊勢へ下る時の歌である、と見るのが通説である。当歌の「斎宮」が楽子内親王だと見られるのは、『拾遺集』309ならびに『拾遺抄』201が当歌を所収し、とくに、その時期が、『拾遺抄』201に「天暦十一年九月十五日」と記されるからである*6。したがって、通説では、楽子内親王の下向に際する歌だと特定される。

楽子内親王の母は、代明親王女で、麗景殿の女御と呼ばれた荘子女王である。楽子内親王は、十年後、父村上天皇の崩御によって退下している。当詞書の日付（九月十五日）に該当する記事は見えず、同年九月五日（日本紀略）に「発遣」の記事が載る*7。前代の斎宮群行の記事（天暦三年九月二十三日）の「九暦抄」の記事は、やや詳しい。八省院で、天皇が斎宮を発遣する儀式が行われる。八省院は朱雀門の正面に位置する正殿であり、朱雀門は、大内裏の出口となる。内親王は、夜中（戌の刻）に野宮を出て、西河（桂河）で禊をする。同じ時刻、天皇が八省院に入る。丑の刻に、斎王も八省院へ入る。寅の一刻に、進発する、という。

「きみがよ」（君が世）の「君」は、直接的には、村上天皇から見て娘の斎宮を指す。斎宮が任を解か

れるのは、第一に天皇が交替する時であり、第二に神に仕えられない服喪等の事情が生じた時である。斎宮の奉仕は長ければ長い方が良い。斎宮の御代が長く続くことは、間接的には治世の平安が続くことを意味するからである。それは、斎宮としての娘の人生の安寧でもある。斎宮を発遣する時期である「なが月」（長月）に在世の期間の久しさ「長」が掛けられる。

しかし、皇女を斎宮として送り出す都の側の思いは寂しく、長月は別れの時節でもある。別れの悲しさは、この世の平安が続くためだとでも思わなければ堪えられない、という歌である。

当歌は、『拾遺集』に載るが*8、同書には同群行時の次の歌も収録されている。

天暦御時、斎宮くだり侍りける時の長奉送使にてまかりかへらむとて　中納言朝忠

よろづ世の始とけふをいのりおきて今行末は神ぞしるらん　（『拾遺集』263）

中納言であった朝忠は、長奉送使として斎宮に同行し、見送る。天子の御代が幾久しく続く、その始まりの日が今日である。祝うべき今日の日であるが、「よろづ世」（万世）は神意に委ねられるべき性格のものであるので、祈ると言う。

この歌は、同集では、「賀」の部立の巻頭歌として置かれる。一方、当村上天皇の歌は、「別」の部立に置かれる。朝忠の歌が賀の歌であったように、帝の歌も、本来は祝意の歌でなければならないので、「別れ」「悲し」という言葉を用いても直接的な表現ではない。つまり、「いかに別のかなしからまし」（どんなに別れが悲しいことであろうか）という、そういった仮想でなくてはならない。それでも「別れ」「悲し」を詠む歌だとして享受され、「別」の部立に収められてきたのが当歌である。

ともまさの朝臣、肥後守にてくだり侍けるに、妻の肥前がくだり侍ければ、つくしぐし御ぞなど給ふとて

一一五　わかるればこころのみぞつくしぐし　さしてあふべきほどをしらねば

ともまさの朝臣が、肥後の守として下向することになり、妻の備前も、伴い行くということがあった。その際に、帝が御衣などを与える、ということで、

別れるとなると、心を尽して思う、その「尽くし」ならぬ筑紫櫛を贈ろう。櫛を挿すではないが、それと指し定めて逢う時がいつになるか分からないので。

と、詠んだ。

113より、離別に際し帝の詠んだ歌が続いている。これも『拾遺集』320に採録され、本文異同のない歌である。「ともまさ」（共政か）の出自は未詳で、他出もあるが他集では「為政」との異文もある*9。共政が肥前守として、妻（肥前）とともに下向することになった。その際、帝が、「つくしぐし御ぞ」（筑紫櫛、御衣）をお与えになって詠んだ歌であると言う。

筑紫櫛（筑紫の櫛）の名称は、櫛の素材が暖地で生育する柘植であったためか、筑紫の名が冠せられる。筑紫は狭義には現在の福岡県に当たるが、九州地方全般の古称でもあった。「ともまさ」は肥後守に任じられ、現在の福岡県に下向した。「筑紫より挿櫛を」という言葉は、後に掲げる『後撰集』1103の詞書に見えるものの、「筑紫櫛」という和歌の詞は、村上天皇の当歌が古い。「つくし」（尽くし・筑紫）、「さす」（挿す・指す）が掛詞となり、「挿す」は櫛の縁語でもある。

第二句「こころのみぞつくしぐし」は「さまざまに物思いをして、心ばかりがいたむことだ」と口語訳

されるという。*10。『拾遺集』では「別」の部立に置かれており、「心を尽くす」は、物思いによる心の痛みを示す

『後撰集』に見える筑紫櫛の歌は、「女ともだちのもとに、つくしよりさしぐしを心ざすとて」の詞書で「なにはがた何にもあらずみをつくしふかき心のしるしばかりぞ」（『後撰集』1103）と詠まれる。「みをつくし」（澪標・身を尽し）の掛詞で、悲しみは暗示されるが、歌の目的は贈り物であることを示す。詞書の「心ざす」は、好意の感情で物を贈るという意味の言葉である。当村上天皇の歌も、帝が悲しみを提示したというより、餞別の品に添えて、その真心を提示したと見るのがよいのであろう。筑紫櫛は、深い思いを表し、「深き心」が、贈り物と関わっていく。

別れることになるので、真心から餞別の品を贈るというのが歌の主意である。その思いが、掛詞といった和歌の修辞とともに、贈り物に沿う形で提示されている。

斎宮の御くだりに

一一六　おもふ事なるといふなるすずかやま　こえてうれしきさかひとぞきく

詞書は、斎宮の「御くだりに」（伊勢への下向時に）と記すのみであるが、「村上御集」114歌と同時期の歌であることが、『拾遺集』494、『拾遺抄』443より知られる*11。村上天皇の歌である。

思うことが成就するという鈴鹿山を、伊勢へはその嬉しい国境の山を越えて行くと聞く、と言う。

都から伊勢へ下る際に鈴鹿山を越える。鈴鹿山は、現在の三重県と滋賀県との県境にある。鈴は、古代

より、空間を浄化する霊的な音をたて、その名を冠する山の名は人々の興味を引いたであろうが、詞への興趣が歌に詠まれるのは村上朝以降のようである。「おともせずなりもゆくかなすずか山」(『後撰集』1040)や、また「もみぢしぐれもいまぞふるなる」(「能宣集」452)、「とほくなるともおとはせよ」(「重之集」158)等、鈴を振る、音、鳴るが掛詞として詠み込まれる。

帝の歌にも、「なる」(成る・鳴る)が掛詞にされ、「鳴る」「聞く」が「鈴」の縁語として詠み込まれている。「おもふ事なる」とは、すなわち国の平安であり御代の安泰の実現である。それが、国を護る神に、奉仕する斎宮を送り出す、帝の「思い」である。

当歌は、『拾遺集』494で雑歌の部立に置かれる。「鈴鹿山」という地名にちなむ歌として扱われるからであろう。同書の詞書は、記録性を重視するためか、「天暦十一年九月十五日」という詳細な日付とともに、歌には直接関係しない、餞別の品「すずり」の記述を入れる。「内よりすずりてうじてたまはすとて」(『拾遺集』494)(帝より硯を調達して贈られるということで)詠まれた歌だという。

しかし、当「村上御集」には詳細な日付と硯の記述が見えない。硯の記載がないのは、硯が歌の技巧に関与しないからであろう。歌に詠み込まれる品であれば、帝の他の歌のように、詞書には必ず入る。硯の箱に歌を入れるということは、他にも例があり、当歌は、本来は餞別の硯に添えた歌であったのだろう。

詠歌の内的な契機を、先の114歌に同じくするものと見たい。当歌は『拾遺集』が分類するように修辞が特徴的であるが、帝の葛藤する心情が表現された歌である。鈴鹿山は、斎宮にとっては、いつ戻れるともしれない異国への結界とも言うべき山であるために、「わかれのかなし」(114)い下向の、道途の山と詠まれる。しかし、斎宮は国の平安のために下向するのであると、そうでも思わなければ堪えられないと詠ったのが114歌であった。当歌もまた、「鈴鹿山」を「こえてうれしき山」と思わずにはいられないという心情を、内的な契機にすると見たい。「なる」も「きく」も掛詞であるが、「おもふ事なるといふなる」の「なる」（という）や、「とぞきく」（と聞く）という伝聞の重出表現からは、自らに言い聞かせるかのような心情がうかがえる。

御碁（117）

天暦御時、一条摂政蔵人頭にて侍けるに、おびをかけ物にて御ごあそばしける、まけたてまつりて御かずおほくなり侍ければ、おびかへし給ふとて

一一七　白浪のうちやかへすとまつほどに　はまのまさごのかずぞつもれる

村上天皇の天暦の御代に一条摂政藤原伊尹が蔵人の頭として仕えていた。その伊尹が帝と、帯を賭けて碁を打った。「まけたてまつり」（負け申し上げ）、すなわち伊尹が負け、帝の勝ちが多くなって、帝は賭物を「かへしたまふ」（お返しになる）。その時の帝の歌である。

白波が岸に打ち返すではないが、いつ伊尹が打ち返してくるかと待っているうちに、浜の真砂は波にさらわれていくどころか、積り増えていくことだ。

と言う。

「はまのまさごの」（浜の真砂の）は、浜辺の砂のように多数、多年であることを言う*1。一首は海辺の光景として作られ、「浜の真砂」、「打ち返す」には、浜に波が寄せ返す意味を重ねる。そのイメージに照応させて、初句を「白浪の」と詠む。「打ち」に碁を打つことを、「返す」に取り返す意味を掛ける。「うちやかへすとまつ」の「打ち返す」のは伊尹であり、それを「待つ」のは、帝である。待っているうちに

帝の勝ちが、賭物の数も積まれるほど多くなった。そこで帝は多くなっていく掛物の帯を、伊尹に返してやったという歌である。

当歌もまた、先の歌同様に『拾遺集』552等に収録される。「村上御集」と『拾遺集』の本文は、ほぼ同じである。「一条摂政御集」56では、賭けた品が笛になっている[*2]。本文の異同は、次のとおり、第三句と結句に見える。

第三句　／　結句

まつほどに／つもれる　…「村上御集」117、『拾遺集』552

おもふまに／まされる　…『拾遺抄』532、「一条摂政御集」56、「六百番陳状」49

おもふまに／つもれる　…『古事談』61（醍醐天皇の逸話）

「まつほどに」であれば、取り返すのを帝は待っていたとして、伊尹の劣勢が明らかになるが、「おもふまに」では、いずれが劣勢であったたか不鮮明になる。また、結句「まされる」は、帯のように積み重ねる状況ではない賭物の笛に照応していると言え、文学的表現ながら、論理的に矛盾のない本文が用いられている。また、説話の『古事談』（巻六の七四）[*3]の本文は、当詞書とほぼ同じである。同巻六の七三に醍醐天皇の囲碁賭物の話が並べ載せられる。

計子（118）　＊90類歌

一一八　天暦御時、ひろはたの宮す所、久しくまいらざりければ、御ふみつかはしけるに

やまがつのかきほにおふるなでしこに　おもひよそへぬ時のまぞなき

「広幡の御息所が久しく参内しなかったので、お手紙を遣わした時に」とある。手紙に添えて帝から歌が贈られた。

山賤の垣穂に生えるなでしこになぞらえて、君を思わない時はない。

と言う。

「やまがつ」（山賤）は、木樵など山で暮らす身分の低い人々の意味であり、「かきほ」（垣穂）は、垣根のよく見えるところである。そのような粗末な場所に咲くなでしこに、御息所を喩える。「やまがつのかきほにおふる」（山賤の垣穂に生ふる）は、なでしこを修飾する詞として置かれているのであって、実質的な意味を持たないものと解釈する。広幡の御息所の居所を粗末な場所であると見る必要性に欠けるからである。当歌では、「なでしこ」を修飾する語句として、『古今集』*1等に見える成句「山がつのかきほ」をそのまま取り入れ、そして、人目を引く淡紅色の優しい色の花が粗末な家の庭ゆえに引き立てられ咲いているという、慕わしい花のイメージを添える。

広幡の御息所は、広幡中納言（源庶明）の娘の計子であり、村上天皇との間に、第二皇女理子内親王、第五皇女盛子内親王をもうけている。当歌は次の90歌に類似し、底本の「代々御集」でも、「此歌宮人次歌相似か」（此の歌は「宮人の」の次の歌に相似るか）と指摘する書入が付される。

しるらめやかきほにおふるなでしこを君によそへぬ時のまはなし　（「村上御集」90）

この90歌の詞書では、「もろただのおほんこのむすめの女御」（宣耀殿女御の芳子）への歌であることが示されていた。しかし、当108歌は広幡御息所に贈られた歌であり、『拾遺集』830にも、「村上御集」118と、まったく同じ本文で載る。類似する歌が異なる后妃の関連歌として伝わるのは、誤写というよりも、上句の一部を変えた歌が、異なる后妃に贈られたということなのではあるまいか。

「しるらめや」は、『古今集』では、秘めた恋の思いを言う詞として用いられる*2。「しるらめや」という直情的な初句を用いる90歌は、恋情を露わに提示する。一方、当108歌「やまがつの」の初句になると、本歌取りの効果によって、「あなこひし」という恋情は背面に隠れる。

安子（119）

富士の山のかたをつくらせ給て、藤つぼの御方へ

一一九　世の人のをよばぬものはふじのねの　雲井にたかきおもひなりけり

富士山の形を作らせなさって、藤壺の御方へ歌を添えて

世の中の人の及ばないものは、雲井高くそびえる富士の嶺の火ならぬ私の「思ひ」である。

と言う。

帝から藤壺の后である安子に、「富士の山のかた」にちなむ歌が贈られた。

「富士の山のかた」の「かた」は「形」であるが、「描かせ」ではなく「つくらせ」とあるので、何か州浜等の造型物のような、富士をかたどった物を造らせた。『拾遺集』891にも、ほぼ同じ詞書で*1、まったく異同のない歌が収録される。「おもひ」（思ひ）には、富士の嶺から煙を立ち上らせる「火」が、「雲井」には、宮中と大空の意味が掛けられ、雲井遙かな宮中で、誰よりも強く思っているというメッセージとなる。

富士山は、和歌の世界ではまず高くそびえる山として詠われた*2。それは、恋情の強さにも喩えられ*3、『古今集』以降、恋歌の比喩としていっそう多く詠まれる。駿河にあるため「人しれぬ思ひをつねにする

がなる」（『古今集』534）等の掛詞や、当歌のように恋の思いを、「火」に寄せ*4、あるいは甲斐のない思いが「煙」に寄せて詠まれる。当代の歌集『後撰集』の富士の歌六首は、すべてそれらの趣向である。帝の歌も、「思ひ」（安子への愛情）を詠み込む。富士の高さを取り上げ、壮大な富士に対する畏敬という側面*5を取り上げて詠うところに、当歌の特徴がある。世人は富士を及ばぬものとして仰ぎ見る。自らの「思ひ」を人々の畏敬の対象である富士に喩えるのは、一見、帝の歌としてふさわしいようにも見える。

しかし、次のような類歌が、「清正集」に伝わる*6。

天暦御時中宮歌合のかちわざに、ふじの山ぢんしてつくりて、いただきよりいだせるけぶりのしたに、うちの御方に

よに人のおよびがたきはふじの山ふもとにたかきおもひなりけり（「清正集」90）

ここには、「中宮歌合」の歌である旨の詞書が付されるが、『拾遺集』歌と「同歌とすれば、天徳二年（九五八）以前に催されたという中宮安子歌合の折の、藤原清正の代作歌となる」と解釈されている*7。「清正集」の詞書からは、富士の山を沈香で形作り、それに火を付けて薫りを楽しんだことが分かる。その富士の山に添えて、宮中の「御方」に贈った歌だと言う。

こちらの本文は、「村上御集」の当歌とは異なり、「ふもとにたかき」として見上げる視点を採る。天皇および侍臣方と、中宮および女房方との歌合であったかとされる「中宮歌合」であるが*8、当歌が代作で、天皇側に与する清正が中宮方へ贈る歌を帝の代わりに詠んだということであれば、その「おもひ」は、帝の心情を代弁する意味合いを持つ。すなわち、「まったく世人にとっては足下にも及び難いお心を、帝はお后様に対してお持ちでございます」と言っているのだと解釈すべき歌となる。もっとも、主役は勝ちわざに用意された贈り物であり、歌はそれに添えられた二義的なものである。

述子（120）

左大臣女御うせ給にければ、父おとどの許につかはしける

一二〇　いにしへをさらにかけじとおもへども　あやしくめにもみつなみだかな

左大臣の娘の女御がお亡くなりになったので、帝は、

昔のことを決して思い出すまいと思うけれども、不思議なことに目に満ちる涙である

との歌を、娘の父親である大臣のもとにお遣りになった。

左大臣女御は、左大臣である藤原実頼の娘で、弘徽殿女御（述子）である。入内の翌年、天暦元年（947年）十月五日に亡くなった。疱瘡に罹患している間の出産時のことで、十五歳であった*1。『拾遺集』991にも、勅撰集の統一的な表記に一部変えられてはいるが、同内容の詞書で載る。実頼が左大臣であったのは、天暦元年より康保四年の間であるので、詞書は、村上天皇の即位から崩御までの期間を視点にしている。

「いにしへを」「かけ」とは、昔の事を心にかけ、思うという意味である。「伊勢集」に「をみなへしをりもをらずもいにしへをさらにかくべきことならぬかな」（「伊勢集」347）という歌がある。心のどこかにひっかかって呼び起こされるというのが、「いにしへを」「かく」であり、女郎花をめぐる贈答が載る。

「いにしへをさらにかけじ」の「いにしへ」は、昔のこと即ち女御述子のことであり、述子との生活である。悲しみを誘うために、意識を向けないように思っていると言う。そう気をつけているにもかかわらず涙が目にあふれる。意図しない出来事であるので「あやしくも」（なぜか不思議なことに）と言う。

『拾遺集』1274には、述子の死を悼む実頼の歌*2が載る。逝去の翌年、「花ざかり」の、のどけさとは対

照的に、「なき人をこふる涙ぞまづは落ちける」と詠む。「家の花を見ていささかにおもひをのぶ」という題で詠まれたと詞書にあり、咲き誇る桜のことよりも何よりも、「まづ」娘に先立たれた悲しみの涙が落ちると言う。『拾遺集』では、「村上御集」の当歌は恋歌五の部立に置かれ、一方、実頼の歌は、哀傷の部立に巻頭歌として置かれている。

述子という女御の存在が、父実頼のみならず村上天皇においても、いかに大きかったかということについては、第一部で述べた。

七夕扇（121）

一二一　七夕まつりける御扇に、かかせ給ける
たなばたのうらやましきにあまの川　こよひばかりはおりやたたまし

「七夕まつりける御扇」とは、七夕まつりを題材にした絵の描かれている扇であり、その扇に七夕にちなむ歌を帝がお書きになった*1。

棚機姫がうらやましいので、今夜ばかりは天の河原に下り立ってみようか。

という歌である。

「たなばた」は、棚機姫（織女星）のことで*2、「うらやまし」いのは、今夜が年に一度の逢瀬であることによる。したがって、天の河の河原に下り立ってみようか、という気になった。この「おりやたたまし」（下りや立たまし）は、「普段は玉座から離れることがない帝が」玉座から下り立たれること*3、と解釈されている。

天の河原は、棚機姫にとって、七月七日の一夜が過ぎれば、長い嘆きの時間を過ごす場所である。「秋風の吹きにし日より久方のあまのかはらにたたぬ日はなし」（『古今集』173）は、秋風が吹くや七月七日が待ち遠しく、天の河原に立たずにはいられない心情を詠む。また、そうではない日々の、「天の川に立つ」時の心情は、「ゆゆしかるべき」（嫌うべき）の詞で捉えられる。「あすよりはゆゆしかるべきたなばたのあなうらやましこよひばかりは」（「高光集」27）も当歌も、七月七日以外の、嘆きの時間を背景にする。しかし、七月七日の今夜、天の河原は喜びの場となる。だから、平生は忌避されている天の河原に下り立ってみる、と言う。

七月七日には詩宴が催されたようで、七夕の詩題*4以外にも、帝の詠詩の記録が御製の題として見える。当歌のような和歌は、披講された文芸ではなく、先述のように「玉座から下りてみようか」という帝の意思を伝える、その場の意思伝達の言葉として働いている。「天の河の河原に下り立」つことは、「徒歩で渡る」*5という意味までは、意図されていないのではあるまいか。ただ、七夕の扇を契機に生じた思いを、その場の状況とともに、歌で上手く伝えたのであって、織女星へ関わっていく（徒歩で渡っていく）という意味までは、詠まれていないであろう。

家集御召（122、123）

伊勢が集めしければ、たてまつるとて、中務

一二二　時雨つつふりにしやどのことの葉は　かきあつむれどとまらざりけり

帝が「伊勢が集」（伊勢の歌集）を求められたので、献上に際して中務が詠んだ歌である*1。

時雨降る古びた家の庭の落葉ではありませんが、親の歌を集めようと致しましても、大した歌は残っておらず、集められないことでした。

と言う。

中務は、醍醐天皇の弟敦慶親王と伊勢との娘である。村上天皇勅撰の『後撰集』には、伊勢の歌が六十首程度載るが、その資料として求められた際の歌であろう。

「ふり」には、時雨「降り」と、家「古り」とが掛けられる。「時雨つつふりにしやどの」の「やど」を、「中務集」では「あと」とする。「あと」（後）の場合、「時雨が降った」という現象に相応するような出来事は、伊勢の死ということになる。「中務集」という私家集には「あと」となるが、『拾遺集』1141や当「村上御集」では、「やど」とする*2。「あと」と比較して、「やど」の詞には、中務が伊勢の家を代表する立場で、母親の和歌を献上するという意識が、うかがえる。

古びた「やど」（家）に降る時雨は、初冬の暗い色調を呈する。「時雨つつ」の「つつ」は、幾たびもの時雨を経て、時の経った家であることを示す。時雨はまた、涙を暗示し、母である伊勢への追慕の念に、幾度も涙の流されてきた時間を想起させる。家の庭にかき集められた落葉を時雨が散らし流してしまう。結句を『拾遺抄』423は「たまらざりけり」とし、『拾遺集』1141・「村上御集」122・「中務集」（二類本）172は「とまらざりけり」とする。暗示する涙との関連で言えば「とまらざりけり」がふさわしい。

「ことの葉」（言葉）は、「葉」（当歌では「落葉」）を想起させる。伊勢の歌を所望されて、帝に献上すべき立派な歌を十分には集められないという、謙遜の歌である。

御返し

一二三　むかしより名だかきやどのことのはは　木のもとにこそおちつもりけれ

帝の返歌である。帝の歌は、中務の歌が呈示する伊勢の「やど」（家）を、同様に描く。

著名な歌人である伊勢の家である。歌を掻き集めても集められないと言うが、時雨降る後の木の葉が木の下に落ち積もるように、木の下ならぬ子の所に、残ったことだな。

と言う。

村上天皇は、初代の勅撰集『古今集』に倣い、『後撰集』の勅撰を始めた。伊勢は、『古今集』を代表する歌人の一人である。詠歌は公の場に残されているが、それ以外にも残っているだろう、娘である中務が大切に残しているはずだ、謙遜するには当たらない、というのが、帝の歌の主意である。中務の秀歌に答えるように、帝の歌も、和歌の修辞を用いて装う。

「木」（こ）には、「子」が掛けられ*3、子供である中務のところには残っているはずだと言う。結句は、「おちつもるらめ」（『中務集』二類本173）、「おちつもるてへ（といへ）」（『拾遺集』1142、『拾遺抄』424）と、異同がある*4。「おちつもるらむ」の「らむ」（だろう）という推量に対して、「おちつもるてへ」は、「てへ」すなわち「といへ」（と言う）という伝聞で、中務のところにあるというではないか、そう聞いているが、という意味になる。

一方、当「村上御集」の「おちつもりけれ」では、献上された歌への感慨が主となる。昔から名高い歌人の歌は、子のところに伝えられたものだなという感慨が主意で、いわゆる「家集」*5の成立が知られる。他の本文が、中務の歌に沿って答える帝の姿を見せるのに対し、当「村上御集」の「おちつもりけれ」は、贈歌から切り離された帝の思いを表している。

当「村上御集」で、后妃でもない者の歌が贈答相手の歌として載せられるのは、稀である。ただし、結句の異同からは、いわゆる贈答歌であることを重視しようとするものではないことが分かる。帝の歌の卓越性を提示するために、中務の巧みな歌が必要なものとして置かれているのである。

芳子（124）

神いたくなりける朝、せむゑう殿の女御の御もとにつかはしける

一二四　君をのみおもひやりつつかみよりも　心の空になりしよひかな

雷がたいそう鳴った朝、宣耀殿の女御のもとに遣わした歌

君のことを思いながら、雷が鳴るではないが、私の心のほうが空になっていた宵であった。

と言う。

夜に雷が激しく鳴ったのであろう。その翌朝、宣耀殿の女御に届けられた歌である。宣耀殿の女御は、師尹の娘の芳子であり、他にも、寵愛されたことを示す歌が残る女御であった。『拾遺集』1241に、詞書も含め同様の本文で載る。

「君をのみ」は、「君」を強調する表現で、用例は数多く*1、「思ふ」に続けて「きみのことばかりを」という意味で用いられている。

「空になり」には、雷が「空に鳴り」響く意味と、心が「空に成り」という意味が掛けられている。「心の空」という詞は、すでに『万葉集』に見え、「こころそらなり（心空在・情空有）つちはふめども」*2

という成句が、他に心を奪われた上の空の状態の、現実感がないという意味で定型化している。当代の『後撰集』には、大空を眺めやるように心虚ろな状況を「こころ空」で表現する歌が見える*3。

当「村上御集」の「心の空」は、『万葉集』の例に近く、当歌は、激しい雷鳴に心奪われることなく、現実の雷鳴は上の空であった、と言う。当歌の「雷が「空に鳴る」のを重ねる」趣向は、「ながめしてふればなるべしあまつ空かみも心のそらになりつつ」（『古今和歌六帖』808）に類似することが指摘されている*4。

これは、帝より宣耀殿の女御への見舞いの歌である。それも、古典的な和歌の用法を用いて愛情表現の形を採る。詞書は、宣耀殿の女御への特別な愛情を示すが、当歌の意味は、帝の和歌の秀逸さを提示することにあると考える。

白菊（125）

一二五　こころもて霜のをきけるきくの花　千代にかはらぬ色とこそみれ

自らの意志で、霜の置いた菊である。その白菊の花の色は永遠に変わらない色と見る。と言う。

前歌とは続かない。当歌を採録する『続後撰集』の採録もそれを示している。

同集では

天暦七年十月、きさいの宮の御方に菊うゑさせ給ひける日、うへのをのこども歌つかうまつりける

ついでに　　天暦御製　　（『続後撰集』1346）

のように記され、当歌が置かれる。

「九暦逸文」*1の「殿上菊合」の記述には、天暦七年十月二十八日に、殿上の侍臣が左右に分かれて、各々残菊三本を献上した、昨日に此の花を献じようとしたが、村上天皇の母、中宮（藤原穏子）のお加減が悪かったので、菊花を献上するのは取り止めた、とある。穏子は、翌天暦八年正月（扶桑略記）に、昭陽舎（梨壺）で崩御している。

『続後撰集』1346では、「きさいの宮の御方」（中宮穏子）の殿舎に、賞美すべき残菊を植え、殿上の侍臣が歌を詠み、いわゆる「菊合」が行われたことが記される。その折に、帝が「ついでに」詠んだ歌であると言う。

花は開花によって命の盛りを示し、後に衰える。菊の盛りは、霜が損なう*2。菊の場合は、それにも価値を認めようとする見方が生まれる。菊に霜が置くことによって色が「かへり」（変へり）、薄い紫色に変わる。これを愛でようとする*3。盛りの状態を損なわれつつある菊が「残菊」である。『後拾遺集』以降、「残菊」という題が和歌に見える。

また、『続後撰集』の直後には、同様に菊の歌が続く。

おなじき十三日、庚申夜、女蔵人御前に菊花たてまつりけるに、みこたち上達部まゐりつかうまつりて、夜もすがら御あそびありてろく給はせける時、いまだ侍臣にてさぶらひけるが、菊をかざしてよみ侍りける　　大納言重光

時雨にもしもにもかれぬ菊の花けふのかざしにさしてこそしれ　　（『続後撰集』1347）

時雨にも霜にも枯れない菊の花であることは、今日の佳き日の髪挿に挿してみて分かり、時雨にも霜にも枯れずにいると言う。

る白菊である。

当、帝の歌は、白菊を詠う。時雨にも霜にも枯れずにいる菊でも、残菊でもない。霜が、そうさせてい

霜は「こころもて」置いているのだというのが、帝の当歌である。初句「こころもて」は、『続後撰集』では「心して」となる。「こころもて」は、「その心でもって」という意味*4と、「自らの意志で」という意味*5で用いられことがあるが、後者の意味と見たい。霜は自らの意志で白菊の花に置いた。それは、永遠に変わらぬ白い色を意図したがためである。『続後撰集』1346や「九暦逸文」の記事をあわせ考えると、霜の「こころ」は、とりもなおさず帝の中宮穏子を思う心なのであろう。当歌は、千歳を寿ぐ歌である。「千代にかはらぬ色とこそみれ」（千代に変らない色と見る）は、菊の美しさを称え、中宮の命を寿ぐ。

「九暦逸文」の同記事では、延喜年間の菊合のことが話題になっている*6。それとは示されないが、該当する「醍醐菊合」は伝存し、いわゆる「残菊」の歌が二十五首載る。中に、霜の白い色が白菊を永遠のものにしているという趣向も見えるが*7、それでも衰えは前提とするものである。しかし、御前の菊は異なる。永遠の命を有することを明確に肯定するのが、当帝の歌であると言える。

離別歌（126）

一二六　からころもなれぬる人のわかれには　袖こそぬるれかたみともみよ

慣れ親しんだ人との別れには、唐衣の袖が濡れることだ。それを形見と思って見てほしい。

と言う。

前歌同様「村上御集」には詞書がなく、『続後撰集』1275に

藤原助信しなのへゆあみにまかりける時、御衣たまはすとて　天暦御製　（『続後撰集』1275）

の詞書を付して、歌本文に異同なく採録される。離別歌の巻頭歌として置かれる歌で、詞書からは「藤原助信」が下ることになった折に、村上天皇がこの歌を詠み、御衣とともに餞別として与えた歌であることがわかる。

歌は、「唐衣きつつなれにしつましあればはるばるきぬるたびをしぞ思ふ」（『古今集』410　業平）の『古今集』歌（『伊勢物語』にも採られる）を本歌とする。「からころもなれ」は、衣が着慣れて身体に沿うように馴れてくる衣と人とを想起させる。多くの歌に詠まれ、「唐衣」「なれ」という詞は、慣れ親しんだものの不在や、また、慣れ親しむことが出来なかったことへの嘆き*1さらに、これから訪れる別れの悲しみを取り上げる歌となる。哀しみは、袖を濡らす涙と結びつき、「そでこそぬるれ」「先ぞほちけり」「たもとのつゆけき」といった詞があわせ詠われる*2。帝の当歌は、その要素をすべて備える。

藤原助信という人物は、帝の近くにいた。天徳の内裏歌合の記録には、右近少将として州浜の和歌を脂燭で灯す係をし、右方の念人になる*3。また、その折の殿上日記には、助信が清涼殿と後涼殿をつなぐ渡殿の庭を趣向をこらし飾りつけをした様子が述べられている。一面クヌギの垣に青葛で杉原のように仕立てたとある*4。

応和二年（962年）の内裏歌合は、五月四日庚申の夜に行われ、助信も出詠している。「蔵人右近権少将助信」として歌を詠み、「よもすがらまてどきこえぬほととぎすけふぞあやめのねにもなりぬる」（夜通し時鳥の声は聞えなかったが、日の変った今日はその鳴く音も聞えることだ。なぜなら、今日は根（「ね」）の長い菖蒲を挿す五月五日端午の節句に当たる日なのだから。）と詠う。「持」ではあったが、五日を控え、時鳥を待つという題（同　歌合御記）を見事に詠み成した。『定家八代抄』164には、「助信が母身まかりて後、かの家にあつただの朝臣まかりて、花のちりける木のもとに侍りければ」という詞書も見える。

また、備中守になって下向する際には、承香殿の女御から扇、ぬさなどを下賜され、それを聞いた冷泉院との贈答がある。その贈答は『万代集』3309、3310と『新続古今集』とに同本文で採られる。

藤原助信朝臣備中守になりてくだりけるに、承香殿より扇、ぬさなどたまはせけるよしきこしめして　冷泉院御製

我にあらぬ人のたむくるぬさなれど祈りぞそふるとくかへれとて　（『新続古今集』909）

御返し　藤原助信朝臣

君ひとりをしむ思ひにくらぶれば八十氏人の手向なにぞも　（同910）

冷泉院が別れを惜しんでくださる、その思いに比べれば他のあまたの餞別は何の意味があるでしょうと、冷泉院から惜しまれる別れに、感じ入る返歌をしている。

以上の記事からは、助信が宮中の帝近くに仕えて、歌も詠める親しまれた人物であったことがうかがえる。『続後撰集』1275の詞書が正しければ、当歌は餞別の衣に添えて下賜された歌である。もっとも、同時代の類歌が、「清正集」に見える*5ので、作者が清正で、帝がそれを利用したという可能性がないではない。しかし、真の作者が他者であっても、それを受け入れ利用した帝の、助信への心情は変わるものではない。

同詞書は「しなのへゆあみに」とある。単なる遊山ではなく、あるいは老齢で病によって湯治に行くことになったのかもしれない。再び会えるかどうか分からないといった事情が歌の背景にあったのだろう。

七夕（127）

一二七　こよひさへよそにやきかむ我ためのあまの川原にわたるせもなし　＊18類歌

18歌に考察

「村上御集」18の重出歌であると見なされたのであろう、底本には「可除也」という書入がある。18歌とでは、結句が異なっている。こちらの「わたるせもなし」とする結句は、「天暦御製」を単独で載せる『続後撰集』916歌の本文とほぼ（『続後撰集』第四句「あまのかはらは」）同じである。「斎宮集」に載る答歌（19）は切り離し、ここでは、帝が「七夕」に関して詠んだ歌として置かれているものと見る。

哀傷歌（128～130）

一二八　**夏、ははその紅葉の散のこりたりけるにつけて、女御のみこのもとに**

時ならではははその紅葉ちりにけり　いかに木のもとさびしかるらん

「夏、散り残った柞の紅葉につけて女御の親王のもとに」贈った歌であると言う。「女御のみこ」は「女五のみこ」の誤りである。

その時節でもないのに、柞の紅葉は散ったことだ。木の下ならぬ子供であるあなたのもとは、どれほど寂しいことであろう。

と、帝が娘に贈った歌である。

当歌は『拾遺集』1284に、詞書・歌ともにほぼ同一の本文で収録されるが、同集の詞書では「女五のみこ」と記される。生没年が明確ではないものの、母親に先立たれた幼い皇子（皇女）を検討すれば、村上天皇の後宮においては、やはり第五皇女が妥当であると考えられる。「御」と「五」との崩し字が見誤られる可能性は低く、いつかの時点で「女ご」と書かれた本を「女御」であると理解し、書写したものかもしれない。

「女五のみこ」（女五の皇女）であれば、計子（広幡御息所）所生の盛子内親王であり（本朝皇胤紹運録）、また、「子」に幼さを見るとすれば、当歌は、天暦末年より康保二年（965年）裳着の頃*1までの詠歌であると推測される。

「ははその紅葉の散のこりたりける」とは、枝に残っていた紅葉ではなく、地面に在ったものであろう。夏であるにもかかわらず、紅葉が柞の木の下に落ちていた。「木の下」には、「子の許」を掛け、「柞」（ははそ）は、「母」に音を通わせる。

当歌の特徴は、柞の紅葉を『万葉集』に詠まれた捉え方で詠んでいるところにある。柞（ははそ）は、コナラとも呼ばれるブナ科の高木である。細長いドングリの実をつけ、秋に黄色に紅葉する。『万葉集』には三首見えるが、一首は「ははそのはら」（母蘇原）という、ナラの木々が自生していたのであろう野の地名として詠まれる*2。「蘇」とあるので、目の覚めるような、再び蘇るような鮮やかな色をもち、「母」は、その親指状の実の形状から名づけられた名ではなかったか。他の二首は、「ははそばのはは」のように、柞を「母」の枕詞として用いている*3。

『古今集』でも「柞」は、三首見えるが、「母」の枕詞としてよりも、その紅葉への興趣が詠まれ、「佐保山」の景物であった*4。『後撰集』に見えるのは一首であり*5、『拾遺集』でも、当「村上御集」の一首が見えるのみである。また、『古今和歌六帖』には、「紅葉」「まゆみ」「かへで」「松」と並び、「ははそ」の部類に歌が四首載るが、『万葉集』のように「母」と音を通わせて詠むものではない。それらは、紅葉の鮮やかさを詠む。「堀河百首」「永久百首」といった院政期の百首歌でも同様である。

以上のような時代的な傾向と比較してみれば、「村上御集」の当歌が『万葉集』に見られた「母」への字義を重ねる稀少な詠歌であることが分かる。『万葉集』の訓読が進められたことと何か関わりがあるのかもしれない。

中宮かくれ給ての年の秋、御前のせんざいに露のをきたるを、風のふきなびかしけるを御覧じて

一二九　秋かぜになびく草葉の露よりも　きえにし人をなににたとへん

和歌の第四句「きき（きゝ）にし人を」は、『拾遺集』（1286）にある「きえにし人を」が正しい*6。詞書に見える「中宮」は、師輔の娘で村上天皇の中宮、安子のことである。その崩御は、応和四年（964年）四月二九日、選子内親王を出産後五日目のことであった（日本紀略）。「中宮かくれ給ての秋」と記されるので、応和四年（康保元年）秋の詠歌ということになる。詞書は

中宮がお亡くなりになった歳の秋、帝の御前の庭の植え込みに露が置いていたが、風が草葉を吹きなびかしていた。それを御覧になって

と言う。

秋風になびく草葉に置く露であるが、それ以上にはかなく消えてしまった人を何に喩えようか。

清涼殿の中庭であろうか。朝の露が庭の植え込みの下草に置いていたのであろう。露が風に吹かれ、散り消えていく。最も長く親しんできた皇后であった。露よりもはかなくこの世を去ってしまったと、そのような比較が断定的になされていたであろうか。はかなく消える「露のような」という言葉がある。いやしかし、安子の死は、そのようにも思えない。それでは、何に喩えれば良いのか、という歌である。常套的な比喩では収められない思いが詠われている。

この歌の特徴は、「秋かぜになびく草葉の露」という上句の具体的なイメージにある。露の置いた草がある。草葉が風になびき、露が消えるということなのであるが、「秋風になびく」という詞が、秋風に払い落とされる露のイメージを喚起する。詞書も、そのように解釈している。しかし、そういった歌を他に見つけられない。

尾花に置く露が散るのを見たい、という歌はある*7。露が契機となって女郎花を散らし、あるいはまた萩を散らすという歌もある。露は、その形状から玉と見られ、貫く糸が切れたゆえに露が散ると喩える歌もある*8。しかし、露を、散る存在ゆえにはかないとは見ない。露は散るものではなく消えるものとして詠まれるからである。秋風とともに露が詠まれても、露を秋風が散らすとは詠わない*9。

露は秋の景物であり、秋風と露とを詠む歌は当然多く見える。秋風は訪れる寒さ・侘びしさを象徴する題材であるが、しかし、露に働きかける存在としては詠まれない。草葉に置かれる露は、『万葉集』以降も、はかないものとして詠まれているが*10、すべて静的な捉え方である。三代集以降も同様である*11。露の存在が消えることを、乱れ散る動的な光景の描写を以て喩え、上句に成した点が、当歌の特徴である。

朱雀院うせさせ給ひけるほどちかく成て、皇太后宮おさなくおはしましけるを、見たてまつらせ給て

一三〇　くれ竹のわが世はことになりぬとも　ねはたえせずもなかるべきかな

詞書は、朱雀院のお亡くなりになる時が近くなって、幼い娘を見て詠んだ歌である、と言う。朱雀天皇は村上天皇の前代、第61代の天皇である。崩御は天暦六年（952年）八月十五日であり、三十歳であった。幼い娘とは、一人娘の昌子内親王ということになるが、長保元年（999年）十二月一日に五十歳で薨去とある（本朝皇胤紹運録）ので、このころ昌子内親王は、まだ八歳である*1。

『拾遺集』1323・「朱雀院御集」16・『大鏡』（道長下　雑々物語　一六八）にも、類似する詞書で採録される。当「村上御集」の底本「代々御集」にも「有朱雀院御集如何」（「朱雀院御集」に有。どうであるか。）と疑問を呈す書入があり、素直に読めば、作者は村上天皇ではなく朱雀院ということになる。「朱雀院御集」は、「延喜御集」とも混淆しており、直前の「延喜御集」の巻末部に朱雀院関係の歌が六首まとまって入る*2。「延喜御集」（延喜の帝の御歌集）として、延喜の帝の名が冠されていても、実質は、その皇子たちの歌を緩くまとめ入れた歌集であることも指摘されている。

当歌を所収する複数の詞書はすべて、昌子内親王を「太皇太后宮」としているが、当「村上御集」のみ昌子内親王を「皇太后宮」と記す。昌子内親王は、冷泉院の皇后で「太皇太后」として亡くなっている（本朝皇胤紹運録）。「皇太后宮」「太皇太后宮」ともに、村上天皇崩御後の呼称であるが、朱雀院の崩御は、村上天皇の存命中であった*3。朱雀院の歌が、当「村上御集」に置かれるのは、歌集の未分化による混淆が契機となったのであろう。しかし、これは、朱雀院と村上天皇が同じ視点に立ち、村上天皇が朱雀院の

心情に共感して置かれている歌であると位置づけたい。

私はあの世へ行き、住む世界は変わってしまっても、呉竹の根ならぬ親子の契りとも言える「根」は絶えることがない。そうは思うものの声をあげて泣くことだ。

という歌である。下句「ねはたえせすもなかる」に「深い契りは絶えることがない」という意味と「音に泣く」すなわち声に出して泣くという意味を掛けている。

帝の、幼い我が子を思う悲しみがあの世でも続くことに主意をみて、「私が亡くなってこの世を去っても、あの世から幼い皇女のことを思って、声を絶やさずに泣かれてたまらないことだろう」とする通釈*4もある。

この歌の特徴は、声を上げて泣くことが途絶えないという意味の「ねはたえせずも」の詞にある。竹の「根」に、朱雀院の我が娘とのつながりが強く示される。「わが世はことになりぬとも」という上句を受けるのは、「たえ」ない「根」である。

竹は、身近な生活の場にあった。自然の景物として詠まれ*5、枕詞として用いられるようになる。「さすたけの」は、枕詞として宮廷関係の語に掛り、竹を用いた神事が宮中で行われことが指摘されている*6。地下茎の広がりは、この世の繁栄を示す。

竹は「よ」(節・世・代)や「ね」(根・音)という掛詞を以て詠まれる。「音」の「ね」は、当歌のように、人の声と笛の音に関連づけられ*7、やがて節と節との間(よ)から「世世」にも関係し、俗世の憂いに繋がる「世」としても歌は展開していく。

しかし、一方ではやはり、万葉の時代より認められる生命力への着目*8から、御代を寿ぐ歌の題材であった。『古今集』では「くれ竹の世世にもたえず」(1002)・「くれ竹の世世のふること」(1003)と詠まれ、以下『後撰集』にも見える*9。

当歌の特徴は、「ねはたえせずも」にあるが、「音に泣く」(声に出して泣く)に「根」を掛ける掛詞は、ないといって良い*10。生え始めた時から保証されている竹の生命力は、生え広がる竹の「根」に拠る。そういった血のつながりが、朱雀院の歌の主意として歌を成立させている。朱雀院の心情は、とりもなおさず村上天皇の心情でもあったので、当集に置かれているのであろう。

白露（131）

一三一　おぼつかな野にも山にもしらつゆの　なに事をかはおもひをくらむ

はっきりと分からないことだ。野にも山にも白露が置き、何を「思ひ置」いているのか。と言う。

『新古今集』465に天暦御製として、同一の本文で載るが、同集でも詞書はない*1。秋下の巻に置かれ、露を詠んだ秋の詠歌として取り上げられている。白露が「置く」ことに、「思ひ置く」(心をとめる)の言葉を重ねる。

「おぼつかな」(おぼつかなし)は、ここでは、「はっきりそれと定めがたい」の意味である。『万葉集』には「おほほしく」とともに「悒鬱」「鬱」の訓として見える。晴れやらない心情は、死者に会えないという挽歌に詠まれ*2、見ぬ人への恋、実感のない恋に詠まれ*3、ぼんやりさせる題材である夜や霞*4とともに詠まれる。『古今集』に見えるのは二例であるが、「斎宮集」でも少なからず見える*5。当「村上御集」の歌も、広義にはその系譜にある。ただ異なるのは、言葉の連想から求めた、擬人化の興趣を主とした歌になっている点である。

「露」は涙を暗示する。したがって、「露を涙と見立てて深い嘆きを思いやってのことであろう」という解釈がある*6。そうであれば、何が原因で泣いているのか、と原因に思い致すことを読者に求めることになる。野にも山にもいたるところに置かれる露の多さは悲しみの深さであろうが、何にそれほど悲しんでいるのかという解釈である。

挽歌にみる、あるいはまた恋情に伴う悲哀にみる、理解できない事象を「おぼつかなし」という詞で詠う歌も、たしかにある。しかし、当歌は深刻な歌ではない。自然の景色を掛詞と擬人化という技巧でうまく詠んだ歌である。当歌の主意は、野にも山にもいたるところに置かれる露の光景にある。「露」「思ひ置く」の取り合わせは、新しい趣向であったのだろう「伊勢集」「朝忠集」*7に見える。

人間社会のルールを当てはめて見立て、その見立てに対し、さらに疑問を提示するのが当歌である。夜であるのに、「菖蒲」（あやめ）ならぬ、物の道理の「文目」（あやめ）が見える*8、音無しという山から流れ出る水なのに音をたてて流れて行く*9、山里の卯の花の垣根が雲のように見える*10と見立て、それらに対して、「おぼつかなし」（どうにも分からないことだ）と詠う。当歌もまた、そういった機知をもって自然の光景を詠んだ歌である。

横川（132）

一三二　宮こより雲のやへたつおくやまの　よ川の水はすみよかるらん

都から遠く離れた、幾重にも雲のかかる奥山の、横川の水は澄んでいて住みよいことであろう。

と言う。詞書はない。『新古今集』では、次のような贈答歌になるが、当「村上御集」に、高光の返歌は見えない。

少将高光、横河にのぼりて、かしらおろし侍りにけるを、きかせ給ひてつかはしける

天暦御歌

都より雲の八重たつおく山の横河の水はすみよかるらむ　（『新古今集』1718）

御返し　如覚

百城《ももしき》の内のみつねに恋しくて雲の八重たつ山はすみうし　（同 1719）

如覚は少将高光の法名である。高光が横川で出家したことを聞いた帝が、高光に歌を遣わした。村上天皇が高光の出家のことを伝え聞いたのは、応和元年（961年）十二月六日のことだと言う[*1]。高光は宮中にあって少なからぬ歌を残している。姉は、村上天皇の皇后安子でもあり、帝にとっては親しい存在であったのだろう。『大鏡』（師輔　八〇）にも、九条殿（師輔）一門の栄華の話題とともに、この贈答歌が収録されている。

帝の歌は、高光が出家後に住むことになる俗世を離れた清幽な境地を、清澄な川の水によそえ、「すみ」に、「澄む」と「住む」を掛ける。また、「宮こより」の「より」は、都から遠く隔たったという起点を示すとともに、都以上にという比較の言葉でもある。一方、高光の歌は、都こそが一番であるという主意で、都以上に「すみうし」（住みよいことはない）と打ち消している。したがって、高光の返歌が置かれていれば、帝の歌の「より」には、都以上に、という比較の意味が強く表現されることになる。しかし、高光の返歌が備わらなければ、帝の歌は、高光の出家後の暮らしを寿ぐ歌となる。

歌書に歌の異同はないが、物語や説話には「みやこよりくものうへまでやまの井の」と、都とのへだた

り、および、その地の清らかさが、「山の井」で表現される*2。

横川は延暦寺の三塔の一の呼称であり、川の名ではないとしても、横川という呼称からの連想で歌が作られることに問題はなかったはずである。「澄む」水ゆえに、川よりもさらに清らかな水を湛える「山の井」が提示された。さらには、「みやこより雲のうへまで」という詞で、帝の、高光の出家を惜しむ心情を表現したのかもしれない。都を離れてそんな雲の上まで行ってしまうのかという心情が「まで」という詞になっているとも読める。

『新古今集』では、都よりは住みよいのだろうなという帝の歌に対し、高光の返歌は、「百城《ももしき》の*3内のみつねに恋しくて雲の八重たつ山はすみうし」と答えている。「そのようなことはありません。宮中が常に恋しくて、雲の立ちこめる山は住みにくいことです」と言う。逆説的に帝のいます都での暮らしを称えている。

白菊（133）

一三三　影見えてみきはにたてるしら菊は　おられぬなみの花かとぞみる

当歌集に詞書はないが、『新勅撰集』313では「康保三年内裏菊合」の歌とする。菊の美しさを競うことが主体であった「菊合」の際に、余興として詠まれた歌のようである。

水際の白菊が水面に姿を映している。その水面の白菊は、折り取れない浪の花かと見る。と言う。

「浪の花」は、水際に立つ波が白く泡立つ様子を花にたとえる詞であるが、『万葉集』には見えず*1、漢詩が契機となって和歌に取り入れられた詞なのであろう。大江千里の翻案歌に見え*2、同じ宇多朝に催された「寛平御時菊合」には、『古今集』272にも入る菅原道真の歌が見える。特に次の道真の歌は、当歌に類似する。

秋風の吹きあげにたてる白菊は花かあらぬか浪のよするか
（『古今集』272）

「ふきあげのはまのかたにうへたりけるに」という詞書があり、吹き上げの浜（和歌山県和歌の浦の浜）の州浜を象った模型「すはま」に植えられた白菊を詠んだ歌である。吹き上げの浜に立っている白菊は、花なのかそれとも浪がよせて見える浪の花なのか、と言う。

道真の歌は、水際の白菊を遠景で捉え、浪の花に見立てている。それに対し当、帝の歌は、近景の視点になっている。当御製は、先行する和歌の趣向をとりまとめて詠むが、趣向を取り入れ過ぎた感がある。

「折られぬ花」（手折ることのできない花）という見立ては『古今集』の伊勢の歌「春ごとにながるる河を花と見てをられぬ水に袖やぬれなむ」（『古今集』43）に拠る。水面に映る姿（かげ）に手を伸ばしても、梅の花―詞書に記載―は手折ることが出来ない、と言う。虚像としての花は、歌の世界ですでに「お（を）られぬ花」と認識されていた。白菊の白さと浪の花の白さを結びつける捉え方も、漢詩の趣向により、『古今集』に見える。凡河内躬恒の歌「心あてにをらばやをらむはつしものおきまどはせる白菊の花」（『古今集』277）は、白菊が月光と紛うかのように白いことへの驚きを詠んでいる。

道真の歌にはなかった当歌の「影みえて」・「おられぬ」の詞は、水面に姿を映す「しら菊」を「浪の花」に喩えていると解釈せざるを得ない。「水に詠ずる花」という虚像を「浪の花」という虚像になぞらえ、屋上屋を架す。すでに「浪の花」と見る際に遠景の視点が働いているので、水面に姿を映す近景の視点とも合わない。それらは、趣向を取り入れすぎたところに起因するものであり、当歌の特徴とも言える。

郭公（134）　＊37類歌

一三四　かくばかりまつちの山のほとゞぎす　心しらでやよそになくらん

37歌に考察

第二部「歳序二」に、帝と徽子との贈答歌（35—37）の一首として置かれていた、帝の歌の類歌である。詞書はない。底本の「代々御集」では、37歌の頭に「上句有奥如何」（上句（を同じくする歌）が（当歌）の末にあるがどうであろうか）の書入があり、134が37の類歌（あるいは重出歌）であるといった認識が示されている。当歌134および「斎宮集」（書陵部本、西本願寺本）、『続古今集』『万代集』に収録される形は、次のように下句に「山」の名を重出させない本文である。

「村上御集」134は、詞書なく単独で収録されるが、「斎宮集」では、「とひがたき」の歌（徽子）と贈答歌になる。

かくばかりまつちの山のほとときすこころしらてやよそになくらん

（「斎宮集」書陵部本30、西本願寺本100）

とひかたき心をしれはほとときすをとはの山になくにやあるらん

（同　書陵部本31、西本願寺本101　西本願寺本第二句「こころをしれる」）

傍線部、すなわち二首の上下句をつなげると、「村上御集」で「山」の詞が重なっていた37になる。右のように「斎宮集」で続け載せられる二首の上下句が誤って一首になり、「村上御集」37として収録されたのか、それとも「村上御集」37のような形が先にあり、「斎宮集」の贈答歌二首に分解されたのか。必ずしも前者であったとは言えないであろう。一首の内に同じ山の名が入ることを避けるのは詠作上自然なように思われるが、しかし、より打ち解けた場で詠まれた歌ならどうか。音羽山とホトトギスの結びつけられた歌が詠まれる歴史は、当代からすればまだ浅い。親しい関係の贈答で山の名が重出する歌が作られ、「村上御集」37に本文として残っているのではないかと考えたい。

後世、右「斎宮集」の本文を正しいとする解釈があり、「村上御集」134に、その正しい本文の歌を補入したのかもしれない。答歌である「とひがたき」の歌が「村上御集」に採られていない直接的な要因は、補入の資料が『続古今集』（あるいは『万代集』）の撰集であると推測される。

山の名が重出しない本文（「村上御集」134）の場合、それは

これほど心待ちにしているのに、私の心を知らないでどこか他所に鳴いているのだろう。

という、「よそ」（他所）を呈示した歌になり、『伊勢物語』に見える、女性の浮気を示唆する意味合いも生じる。そして、「斎宮集」では

参内しがたい（とひがたき）真意を知っているので、ホトトギスは帝の待つ「まつちの山」ではなく、声をあげて鳴くと詠まれてきた「おとはの山」で鳴いているのでしょう。

という徽子の歌に続いていく。

「村上御集」には載らない「とひがたき」の歌は、参内を待っているという帝に対し、参内しがたい理由があるのだと詠む歌である。この歌は「村上御集」には不要のものと判断されたのだろう。山の名が重出せず、和歌として自然な詞続きの134は補入されたが、「斎宮集」で答歌にされていた「とひがたき」の歌は、存在は知られていたであろうが内容的な判断を以て追録されなかったと考える。

離別歌（135）

御乳母の、遠き所にまかりけるに、装束給はすとて

一三五　たびごろもいかでたつらんとおもふより　とまる袖こそ露けかりけれ

天皇が乳母であった女性に衣服を与えられた時の歌であるという。これより前に「小弐命婦」（113詞書）への餞別の歌が置かれていた。当歌の乳母と同一であるかどうかは、不明である。年老いたからであろうか、宮中を離れて遠いところ行ってしまうというので、餞別を贈られた。これまでの労をねぎらう意味もあったのであろう。『続古今集』821に、詞書・歌ともに本文の異同なく載る。

旅に出るというので、衣を賜ぶ。出立するの「立つ」ではないが、旅のための衣はどのようにして「裁つ」のかと思うやいなや、私の袖は別れを悲しむ涙で濡れることだ。という意味の歌である。

「たび」に「旅」と、与える意味の「賜び」を、「たつ」に出立の「立つ」と、衣を裁断する意味の「裁つ」とを掛ける。そして、「とまる」が「たつ」との関連を、「つゆけし」が涙を連想させる、といった修辞が施されている。強い心情が三十一文字の和歌に凝縮され普遍化されるというよりも、ある状況に臨んで、詠者の心情をも含めたその場の状況が一首に整えられ呈示されている。状況を集約するためには修辞技巧が必要であり、修辞技巧がうまく施されて一首が成立している。

「出立」するという情報があって、餞別に贈る衣があり、「立つ」ならぬ衣を「裁つ」ことであるという発想が生じる。そして「旅の衣はどのように裁つのか、誂えるのか」という考えに至る。出立するのは帝に近く仕えていた乳母であり、その歌の主情は離別の悲しみである。衣の袖は当然涙と関連づけられる。

村上天皇が臣下に衣服を与えるという主意の離別の歌は、126にもあった。離別の品にちなんだ歌を、特に臣下に与えるといった歌は、他集にも見える。

　あるくらひと、かうぶり給はりて、おやのはかをがみに信濃へなむまかるときこしめして、
　御ぞ、なほしたまはせけるに、御使、あふさかになん、おひつきたりける
ふるさとのもみぢをりくるたび人はにしきをきてやひなはこゆらん
（「延喜御集」22、『続古今集』820　第二句「見にゆく」結句「ひるはこゆらん」）

　命婦乳母とほき所へまかりけるにかがみをたまはすとて　上東門院
思ひいでよ雲井の波《月カ》はへだつともかたみにそふる影ははなれじ
（『新千載集』735）

これら二首と村上天皇の歌とでは、餞別の品も状況も異なる。延喜御製は、墓参りに都を離れて行く臣下に別れの挨拶をしているので、離別の悲しみは前面に出されていない。上東門院の歌は、贈る鏡とともに心も従っていくという名残惜しい心情が詠まれている。餞別の品も状況も異なるが、しかし、このようにして日々の出来事に対する心情が、詠者の立場にふさわしい集約のされ方で整えられていったのである。

徽子（136、137）　＊9類歌

女御徽子女王、まいらむとてまいり侍らざりければ

一三六　あふ事はいつにかあらんあすか川　さだめなき世ぞおもひわびぬる

　女御徽子女王が、参内しますと言って参りませんでしたので
逢うことはいつになるのであろうか。明日であろうか。それが明日であったとしても、明日香川の

ように定めなきこの世を思いわぶことだ。

と言う。

『続古今集』1091および『万代集』2070にも採られる歌である。「村上御集」の詞書で、女御が「まい(ゐ)りたまはざり」とする詞書は他にも六例あるが、「まい(ゐ)り侍らざり」とする詞書はなかった。これは「侍り」を用いる「女御徽子女王まゐらんとてさも侍らざりければ」(『続古今集』1091)の詞書と同じで、『続古今集』の本文が「村上御集」に入ったと推測される。

「あすか」に翌日の「明日か」と、「明日川」の「明日」を掛ける。明日香川は、藤原京址を北西に流れる実在の川であって、『万葉集』にも詠まれるが、『古今集』の歌によって和歌における意味が定着していくことが指摘されている[*1]。「昨日といひけふとくらしてあすかがは流れてはやき月日なりけり」(『古今集』341)、「世中はなにかつねなるあすかがはきのふのふちぞけふはせになる」(同933)の、とくに後者の影響が大きく、「淵瀬」という詞を用いなくとも「明日香川」だけで、人の世の変わりやすさの喩えとして用いられるようになったとされる。

当詞書は、徽子の名を挙げるが、『万代集』2070詞書の「女御」の下には、「藤原述子」と、細書きで注記される。「村上御集」のなかで、女御が「参内しなかった」と記す詞書は、他の后妃の例[*2]に比して徽子のものが多い[*3]。詠歌の絶対数が多いこともあるが、「……れいの　内の御」(「村上御集」31)等、「れいの」(いつものように)という表現で、徽子の参内の途絶えることが常習化していたことを暗示する表現もある。したがって、「参内すべきところをそうしなかった」状況にある女御といえば、斎宮女御徽子である、と考えられ、勅撰集である『続古今集』が徽子の歌だ、とするのも自然であった。

しかし、当歌は、徽子が帝を避ける行為に関する一連の歌とは異なるのではあるまいか。当歌の結句「おもひわびぬる」（悲しいことだ）という詞を、同状況下に見つけられない。当歌の主情は「おもひわび」である。「わび」（わぶ）という詞が、そもそも帝の歌にほとんどない。「わび」（わぶ）は行き詰まった感情であるので、権勢を欲しいままにする帝には不要の詞であるように見える。一般には、例えば『古今集』の例は、いずれもが力の及ばぬことを詠む*4。「村上御集」で帝が「わび」を詠むのは、当歌以外に「墨染めのみちむつまじくなりしよりおぼつかなきはわびしかりけり」（「村上御集」38）という一首のみである。これは院の崩御に関わる歌である。他に帝の家集、たとえば、「奈良御集」や「延喜御集」の歌に「わび」を詠む歌は見えない。三代集でも『後撰集』に一首見えるが*5、帝の直接的な感情表現ではない。

女御が誘いに応じて参内しなかったことに対し、「おもひわびぬる」とは詠われなかったものと考える。それは、『万代集』の書入が「藤原述子」と記すことと関連するであろう。述子については別に述べているが、若くして逝去した妃であり、帝に愛された女性である。述子は出産が原因で逝去したとされ、このような歌を帝が贈っても不思議ではない。女御の参内できない理由が、死に瀕した状況にあるとする見方である。そう考える時、歌に見る悲哀と「述子」という記名とが関連するように思える。

明日川のように定めなき世を思ひわぶと言う。帝にとっての「思ひわび」は、死に関わる思いであったと考える。

女御まうのぼり給へと有ける夜、なやましとて、さも侍らざりければ、又の日つと
めて給はせける

一三七　ねられ[ね]ばゆめともみえず　春のよをあかしかねつる身こそつらけれ

9歌に考察

右本文は、二箇所を校訂している。底本「代々御集」には、「まうののほり《ママ》」「ねられは《ママ》」と記され、本文が乱れていたようである。また、「事前如何」（前にも歌があるがどうであろうか）との書入れがあり、切り出し記号も付されている。

当集においては、9歌の重出ということになるが、関係する歌を概観すれば、「村上御集」9、同137、「斎宮集」（書陵部本、西本願寺本）、『続古今集』1202、『万代集』145が類歌である。

『続古今集』には、次の本文で載る。

女御まうのぼりたまへとありけるよ、なやましきとてさも侍らざりければ、又の日たまはせける　天暦御歌

ねられねばゆめとも見えずはるのよをあかしかねつる身こそつらけれ　（『続古今集』1202）

「村上御集」137は、詞書の傍線部に「つとめて」が入る点が異なるだけで、ほぼ等しい。歌の傍線部は、9歌でも述べたが、詞書に照応しない特殊な形で、その特殊な形が、当137歌と共通している。他本の第二句は、二分される。「ゆめにも見えず」（「村上御集」9、「斎宮集」西本願寺本7、『万代集』145）と、「ゆめにもあはず」（「斎宮集」書陵部本4）とである。

詞書の異同は、「又の日」「つとめて」の有無にわずかな差異がある点と、「きこえ給」の有無である。「きこえ」（天皇に申し上げ）の言葉を入れないのが、「村上御集」9、137、『続古今集』である。一方、「きこえ」の入る「なやましときこえて、まゐりたまはざりければ」といった本文になると、はっきりと意思表示をしたことになる。

作者の表記に関しては、次のような違いがある。

御　…「斎宮集」（書陵部本4、西本願寺本7）／天暦御歌…『続古今集』1202

記入無し…「村上御集」9、同137　／斎宮女御…『万代集』145

当歌を、『万代集』145は、斎宮女御の歌とする。当歌の結句「つらけれ」の表現で、徽子の歌であると見なされたのかもしれない。「つらし」という心情表現は帝の歌には見えない。男性が女性の立場にたって詠う歌は一般的に存在するが、当「村上御集」で、そのような詠み方をしている例はない。また、「村上御集」のうち「つらし」を詠むのは、当歌137（9）と、「長月の」歌（20）、「かくしても」歌（98）であるが、ここにも該当しない。98は徽子の歌であることに諸本は異同がなく、次の「長月のあり明の月はすぎゆけどかげだに見えぬ君がつらさよ」（「村上御集」20）のみが、「つらし」と詠んだ歌だということになる。徽子が参内しないことを嘆いた歌であるが、この「つらし」（つらさ）は、帝の直接的な感情の表現ではない。「君が」とあるので「君のひどい仕打ちであることだ」の意味となるからである。したがって、「つらし」の詞は、当「村上御集」の帝の歌とは異質である。

しかし、「斎宮集」（書陵部本4、西本願寺本7）の詞書には「御」とあり、「村上御集」詞書の文脈からも帝と考えられ、『続古今集』も「天暦御歌」とするので、当歌に関しては帝の歌と考えざるをえない。

十五夜（138）

八月十五夜、宴せさせ給けるに

一三八　月ごとにみる月なれどこのつきの　こよひの月ににる月ぞなき

現存する「村上御集」の巻末歌である。この歌も『続古今集』1595に載り、歌本文の異同はない。八月十五日中秋に宴が催された折の歌であり、

毎夜見る月ではあるが、今夜の月に似る月はないことだ。

と言う。

八月十五夜の月は格別だと詠んでいる。他出の詞書を並記してみる。

八月十五夜月宴せさせ給ひけるに　（『続古今集』1595）

八月十五夜に、翫月といふことをよませたまける　（『万代集』995）

『続古今集』が、雑歌上（巻十七）に載せるのに対して、『万代集』は秋上（巻四）に載せる。前者が宴席での歌であることから行事の歌としての性格を重視したのに対し、後者が月を賞美するという個人的な感傷を重視していることに拠ろう。

この歌には、類歌が複数見える。

八月十五夜

つきごとにあふよなれどもよをへつつこよひにまさる影なかりけり　（「貫之集」488）

秋のよの月

としごとにみる月なれどよをへつつこよひにまさるをりなかりけり　（「公忠集」42）

大殿　九月十三夜

月ごとに見るとはすれどながづきのこよひのつきにしくつきぞなき

（「江師集」96）

貫之や公忠は、村上天皇とは接点があろうが、「江師集」は大江匡房の家集で、匡房は村上天皇より後の時代の人物である。九月十三日は八月十五夜に次ぐ名月が見られるという。「大殿」の御殿で月見の宴が催されたのであろう。

これらの歌は、「村上御集」の当歌に似る。「貫之集」の歌は、名月を詠いながら、逢瀬を想起させる歌になっている。「毎月出会う月ではあるが、幾夜も経て今宵にまさる月光はない」と言う。「あふ」「よをへつつ」「影」で、毎月は逢っているが、幾夜も隔てて今宵逢うその姿にまさる姿はない、といった恋情を暗示する。公忠の歌も、次第にみごとになってゆく月を称える。匡房の歌は、第三句が詞書と同じ「長月」に変えられ、結句も当歌と同意の「こよひにしく」（今宵に及ぶ）月はない、とする。

「貫之集」の歌を貫之の歌だとすれば、村上天皇は、貫之の歌の類歌を宴席で詠んだことになる。それは、帝自身も周りの者も周知のことであったのであろう。帝の歌からは恋歌の要素は消え、名月の歌となっている。

当歌は八月十五夜に詠まれたと言う。毎月満月が出ているが、この十五夜には、秋という季節の澄んだ空気の中で見える月が、大きく鮮やかに輝く。八月十五夜の月は物理的にも他の月とは異なる。しかし、そういった物理的な現象を契機とする感傷を詠ったただけではあるまい。八月十五夜の宴は、毎年行われる。年ごとの行事のなかでも、月の存在は宴の主役である。宴では、詩歌管弦が催され酒宴となり、有名な古歌も詠じられたのではあるまいか。村上天皇やその周囲の者達は、貫之や公忠の歌をよく知っていたのであり、その上で村上天皇の歌を享受したのだろうと考える。

匡房の歌もまた、和歌の伝統の上にたつ歌である。過去の詠歌の存在の上に詠まれている。類歌と本歌取の識別は困難であるが、ここでは独自性を歌に求めるのではなく、古歌を楽しんでいたのであろうと考える。

第二章　解説

第二章　解説

1　作品「村上御集」

作品の主題

村上天皇は、平安時代中期の天皇（在位946年～967年）で、先代の和歌文芸再興の機運を引き継ぎ、『後撰和歌集』を撰集させた。また、『万葉集』の読み（訓釈）を行わせた。後宮では后妃たちに歌会を開かせてもいる。村上天皇は、そういった文芸活動の主導者であった。

「村上御集」は、私的な歌集である。宮中の宴席で漢詩が詠じられていた時代にあっては、和歌という文芸形態そのものが私的な、褻《け》の性格を有した。ここで「村上御集」が私的な歌集であると言う時のそれは、さらに内容的なものでもある。まず、斎宮女御徽子《きし》（よしこ）との歌のやりとりに、その顕著な特徴が見られる。そして、「村上御集」に収録される天皇の歌は、全般的に、当時注目されていたであろう『古今集』が創り上げた和歌の詞をうまく詠み込み、秀逸を誇るような様子を伝えている。村上天皇の御集が、私的な場での歌遊びとして残されているところに、当集の特徴がある。

登場人物と背景

村上天皇について、『栄花物語』は、「よろづに情《なさけ》あり、物のはえおはしまし」と称え、複数の后妃には心配りをしたゆえに「みなかたみに情《なさけ》かはし、おかしうなん存《をは》しあひける」と、後宮が平和であったことを記す。

成明親王（後の村上天皇）の元服は、天慶三年（940年）二月十五日（日本紀略）で、同年四月十九日に、安子を最初の妻として迎えている（同上）。立太子は天慶七年で、その二年後、天慶九年（946年）四月に村上天皇が即位する。安子は女御となり、昭陽舎（梨壺）で暮らしたようで、「梨壺女御」と呼ばれている（「日本紀略」天暦二年正月）。天慶九年十一月二十九日には、述子が入内する（貞信公記）。しかし、述子は、翌天暦元年十月五日に、疱瘡に罹患して出産したことが原因で亡くなった。弘徽殿女御と記される（日本紀略）。述子の父藤原実頼は、同年左大臣になっており、その弟である安子の父師輔は、右大臣になっていた。安子の祖父は、時の太政大臣忠平である。

天慶八年の正月、伊勢の斎宮として奉仕していた徽子女王の、母寛子が亡くなる（日本紀略）。それによって伊勢斎宮を退下した徽子は帰京し、天暦二年（948年）十二月三十日に入内する（吏部王記）。徽子の父は、醍醐天皇の第八皇子、重明親王（中務卿のちに式部卿）であった。そのため、娘の徽子は女王と称される。また「斎宮女御」、「承香殿女御」とも呼ばれる。

徽子が入内した年の四月、安子は「梨壺女御」として皇女を出産しており（「日本紀略」天暦二年四月十一日）、翌年には「藤壺女御」と呼ばれている（同　天暦三年三月二十二日）。安子はその後、第二皇子（後の冷泉天皇）ならびに第五皇子（後の円融天皇）をもうけ、天徳二年十月には皇后になった。

『大鏡』（師尹六二）において、寵愛されたエピソードを残す后妃に「宣耀殿女御」芳子がいる。天徳二年十月に女御となっている（日本紀略）。父は、実頼や師輔の弟にあたる師尹《もろまさ》である。師尹は左大臣まで務めるが、芳子が女御になった時は中納言であった。徽子の母寛子も、同じ兄弟であるので、村上天皇の主な后妃である安子、徽子、述子、芳子はみな、従姉妹どうしということになる。

源計子は、「広幡御息所」と呼ばれる。『栄花物語』では、天皇の意図をすばやく汲み取った才知が評価されている。父は、広幡中納言源庶明である。内親王を二人（理子内親王・盛子内親王）もうけている。

藤原正妃も、更衣の身分で、「按察更衣」と呼ばれた。父藤原在衡は、後には師尹の後任で左大臣になるが、正妃が保子内親王をもうけた天暦二年ごろ（本朝皇胤紹運録）は、中納言であった。致平親王、昭平親王も正妃の所生である。

詞書に見る登場人物

最初に登場するのは、実頼の娘述子である。「さねよりの大臣のむすめ」（2）、「左大臣女御」（120）と記載される。「弘徽殿女御」という呼称は、当歌集にはない。

次に見えるのは、重明親王の娘徽子女王である。「しげあきらのみこの女御」（6、109）、「女御徽子女王」（136）と呼ばれる。本著で云うところの第二部は、徽子との贈答であることが前提となっているためか、そういった呼称は見えない。徽子が里居をした一つのきっかけは、父親王の薨去であったが、「こ宮・故宮」（55、62）は、父親王を指す。「斎宮集」に入る歌で「民部卿宮の女御」（102）と記された歌が見える。重明親王は中務卿のちに式部卿であったので、誤りであろう事は既に述べた。仮に、「民部卿」に関係する后妃であれば、藤原元方の娘祐姫が存在するが、祐姫は更衣であった（一代要記）と伝わるので、やはり誤りであろう。

左大臣師輔の娘で、皇后になった安子は、「中宮」（86、87、129）と呼ばれている。「藤の女御」（94）、「藤つぼの御方」（119）も、安子と見たい。

「もろただのおほんこのむすめの女御」（90）、「もろまさの朝臣のむすめの女御」（107）は、読みが異なっているが、師尹《もろまさ》の娘の芳子である。「せむゑう殿の女御」（宣耀殿の女御）（124）とも呼ばれている。

また、「広幡の宮す所」（84）、「ひろはたの宮す所」（95）は、広幡中納言源庶明の娘、更衣計子である。同じく更衣の「あぜちの更衣」（按察更衣）（99）が見える。後の左大臣藤原在衡の娘正妃である。

離別歌では、天暦十一年に伊勢へ下る楽子内親王を示す「斎宮」（114、116）や、豊前へ下る「小弐命婦」（113）、肥後の守として備前に下る「ともまさの朝臣」と妻「肥前」（115）の名前が挙がる。「中務」（122）は、母親である伊勢の歌集を天皇に求められている。また、「一条摂政蔵人頭」（117）すなわち、右大臣師輔の長男であり安子の兄でもあった藤原伊尹は、天皇と囲碁を打っている。その他、第五部では、勅撰集には詠歌の場や作者が明記されているにもかかわらず、それらの詞書を省略されている歌がある。藤原助信への離別歌（126）、少将高光に関する歌（132）である。

歌数と歌序

「村上御集」は、連歌一首と同集における類似歌とを含め、一三八首から成る。顕著な特徴は、「村上御集」の歌7〜81（全体の約54パーセント）が、后妃の一人であった斎宮女御徽子の家集「斎宮女御集」（以下「斎宮集」と記す）と、何らかの形で重なっていることである。「斎宮集」の伝本は系統が整理されているが、Ⅰ類（書陵部蔵本）やⅡ類（西本願寺蔵本）と、歌の有無や歌序が部分的に一致する。Ⅰ類本の親本は、藤原定家の書写に関わる「斎宮女御集（定家監督書写本）」であり、Ⅱ類本は、西本願寺蔵『三十六人集』中の一冊である。本著巻末に、「斎宮集」の代表的な伝本と「村上御集」との、歌番号対照表を載せている。

徽子との関連歌（「村上御集」7〜81）を挟むように、前後に「御遊の歌」（『和歌大辞典』）*1や、徽子以外の后妃たちと村上天皇との贈答歌などが置かれている。7〜81の前後に、徽子関連の歌は八首（うち五首は一部の「斎宮集」に所載）しか見えない。1～6と82～138には、天皇を主体にした歌が集められ、他の后妃との贈答その他、後宮で詠まれた歌が置かれる。一見して明らかなのは、この箇所に見える年月日の詳細な詞書である。また、従来指摘されてきた、『拾遺集』との関係の深い歌が見えることである。『拾遺集』との関連では、「村上御集」巻末の113から121までに、『拾遺集』所収の歌が、『拾遺集』に収録される先後の順に逆らわず、また詞書以外は、『拾遺集』と歌本文に異同もなく並んでいる。それほどに密接な関係が見られる。

構成の概観試案

本著では、全体を五部に分けた。第一部から第三部は、后妃たちとの贈答を主とした本体部分であると見る。第四部、第五部は、増補（追補）部分として、村上天皇の治世に詠まれた歌が置かれたものと考える。本著の巻頭に「「村上御集」の構成」を載せている。

第一部（1～6）は、「斎宮集」に関係する歌群までの箇所である。巻頭歌は、「天暦元年七月七日」という書式で、110以下の詞書にも見られる詳細な日付を詞書に記すが、この第一部は、后妃の一人であった、弘徽殿女御述子への思いでまとめられたものと見る。

第二部（7～81）は、天皇と斎宮女御徽子との贈答歌を中心とした箇所である。これをさらに細分化し、入内当初の「蜜月」と、詞書における歳末の記述を目安に「歳序」一～四に分けた。「歳序」の箇所は、詞書に月の名が見え、歌が、ほぼ時系列に並んでいるように見える。「手習」は、「斎宮集」でも一部類似の扱いをされている箇所で、徽子が手習《てならい》（遊び・気慰み）風に書いた詠歌をめぐる歌群である。「歳序三」の「手習」1が、宮中での遊びの箇所であったのに対し、「歳序四」の「手習」2〜4は、徽子が里邸（実家）に下がっていたころの歌群である。天皇の求め（「手習御召」）があったのであろう、徽子は歌を奉る。それに天皇が歌を書き加えるといったやりとりがある（「手習」2、3）。そのやり取りの残る手習が再び徽子に届けられ、徽子が述懐を詠む。その歌群（「手習」4）には、天皇の歌が入らない。

第三部（82〜100）には、他の后妃たちとの贈答歌が置かれる。

第四部以下は、后妃たちとの贈答歌や、その他、村上天皇に関する歌が雑纂的に収録される。これを「増補部」と暫定的に名づけた。増補を示す記載や史実の裏付けがあるわけではない。しかし内部徴証からは区分出来るものと考える。まず、第四部（101〜109）は、第二部には見えなかった徽子の歌が、呼称を誤って収録され、また、第五部（110〜138）では、『拾遺集』の収録状況と密接に関係する歌が置かれるからである。

2　作品対象に内在する問題―伝本と伝来―

はじめに

本著では、「村上御集」を、編者の意図が反映された作品と見ている。しかし、編者は誰なのか、編纂の時期はいつなのか明らかではない。校合の跡は見えるものの、現存本が、同じ筆で書写し直された一冊本として宮中に伝わる本だからである。書写に関する奥書はない。また、当集に見える書き入れは、数次にわたるのであろう作品形成の最終的な痕跡の一部ではあるが、そこから得られる情報も少ない。

「村上御集」とともに「代々御集」に合冊されている他の御集について、合冊されている御集のうち、同じような校合の痕跡が見える「延喜御集」や「仁和御集」には、同系統の本が伝わる。後に述べているが、先行研究では、本文の用字や古筆切れの傍証より、平安時代の成立が示唆される。しかし、そのことが「村上御集」にどこまで援用できるかは言えず、新出資料を待つ必要がある。

「代々御集」には、歌数や規模の著しく異なる御集が混在する。勅撰集に載る当該天皇の歌を広く収集しているものと、そうでないものとである。それを「成立」における段階と見、成立段階の異なる御集が残されていると見たい。「村上御集」を収めている現存の「代々御集」という合冊本には統一性がない。

御製の収集、増補、編纂といった生成過程における作業を、合冊の各御集がどのくらい経てきているのか、「村上御集」において、編纂と呼べる作業がいつどのように行われたのか、また、現存本の書入が、その編纂の契機にどの程度関わっているのか、これは、当集に内在する問題である。

孤本「代々御集」

「村上御集」は、江戸時代初期の書写とされる写本「代々御集」中に収録される。はやくに、その翻刻と解説が『八代列聖御集』や『桂宮本叢書』において成され、また、私家集として『私家集大成』や『新編国歌大観』にも翻刻が収録されている。

「代々御集」は、霊元天皇（1654～1732年）宸筆の題簽が付された近世の書写本*2であり、今日宮内庁書陵部に一冊（宮内庁書陵部蔵五〇一・八四五）で伝わる。「二八・一×二〇・五糎」というので、四半本よりも一回り大きい、近世の禁裏本である。

「代々御集」には、平安時代中期までの八帝、すなわち内題の表記を用いれば「奈良　仁和　亭子　延

喜　朱雀　村上　冷泉　圓融」の御集を収めている。御集によっては、同系統の写本において書写や用字に古態の存する本もあり、また伝顕昭筆切れ（延喜御集）や伝公任筆切れ（仁和御集）といった古筆切れの伝わるものがある。したがって、「古筆切の存在から各御集はおそらく平安期に編集されたもの」*3とされてきた。

もっとも、「代々御集」の各集を一律に論じられないのは、先述のとおりである。「村上御集」に関する古筆切は、現在のところ見えない。また、同系統の本が知られているわけでもない。「代々御集」そのものは孤本であるが、一部の御集には、同一の、あるいは同系統の本が知られている。

合綴本「奈良御集」（宮内庁書陵部蔵五〇六・七五）と、一冊本「亭子院御集」（宮内庁書陵部蔵五〇六・七六）である。合綴本「奈良御集」には、「奈良御集、仁和御集、寛平御集」が収録される。親本は、冷泉家所蔵の同書（『平安私家集九』所収）で、書風や書入までが忠実に書写されている。さらに一冊本「亭子院御集」は、これも親本は冷泉家蔵の同書（『資経本私家集一』所収）であるとされる。こちらの資経本は、書入を含む本文が書陵部所蔵の同書とで完全に一致しない。それでも、内題、歌数を等しくする同系統の本である。したがって、都合、宇多法皇には三種類、奈良帝、光孝天皇にはそれぞれ二種類、醍醐、朱雀、村上、冷泉、圓融各帝には、各一冊の御集が伝わることになる。

生成に関わる書入

「代々御集」における各御集には、「ある時点における研究本文」*4とみなされているところの書入も見える。未収録の御製を取り入れ、あるいは、類歌に関する付言（勘案）を記し、あるいはまた、当歌を収録する歌集名の略号を集付として歌の頭に記すといった、後世の書き込みもある。同じ天皇に関して複数の伝本が存在する御集においては、「村上御集」のみでは知られない形成過程の一端がうかがえ、数次の校合が形成に関わっていることがわかる。詳細は別に論じたいが、細字の書入や巻末に増補された歌が本文化されている様子も見える。

そういった数次の校合が想定できることからも、現存する孤本であるところの狭義の「代々御集」は、最終的な姿を呈しているものとそうでないものとが混在していることになる。霊元天皇宸筆の題簽は、「代々御集」の整理と確認を示すものであろう。

禁裏御本と「代々御集」

霊元天皇は、焼失した禁裏文庫の復興を引き継ぎ、冷泉家所蔵の歌書を大量に書写したという。禁裏から仙洞御所へ移った後も積極的な書写活動が行われ、『新類題和歌集』の計画が、書写活動の要因であったことも指摘されている*5。

「代々御集」は、「禁裡御蔵書目録」（大東急記念文庫所蔵）において、万治四年（1661年）正月十五日に焼失したと記される書物のうちの一冊である。霊元院の崩御後に職仁《よりひと》親王に渡った書目を記した「西面御文庫　宸翰古筆並和漢書籍総目録」翻刻*6に、「御製集上許　一冊」が見え、損失が知られる。御製は和歌のみとは限らないが、「上」は分冊による呼称であって、あるいは、時代的な区分で分けられており、平安中期までの現存する「代々御集」のことであったかもしれない。

「禁裡御蔵書目録」は、江戸時代前期、慶安二年（1649年）九月の成立かとされるが*7、「代々御集」は、その「春御櫓子目録」に「代々御集　雅康卿筆　一冊」として見える。「雅康」は、飛鳥井雅康で、文明十年（1478年）四月に、後土御門天皇の下で、『後撰集』を書写している（実隆公記）。『後撰集』は依拠すべき冷泉家の証本が文明期に確定していた。だが、「二十一代集」の殆どは当時も伝本が多く、必ずしも底本が定まっていなかった」*8ので、禁裏では、書写校合が組織的に行われたという。

「代々御集」も、そのような中で書写されている。その後、『実隆公記』延徳二年（1490年）閏八月十五日の条には、実隆が伏見宮家五代邦高親王が所蔵する「古筆」を借用して返却した際の記録に、「天暦二巻　伏見院令写給」が見える*9という。

さらに遡れば、中世から近世、万治四年の禁裏炎上以前で、「代々御集」に関し次の記事が見える。中世の御文庫に関する研究では、火災や擾乱の度に移動する書物の一冊に「代々御集」の存在したことが指摘されている。文和三年（1354年）、観応の擾乱で仮置き・預け置きしていた書籍・文書類を天野行宮（金剛寺）から、「洞院殿御所」内の御文庫に収め戻したという記述があり、「杉櫃一合　代々集」がその目録に見えるという*10。この「代々集」が「代々御集」と同義であったのか、あるいは勅撰集等を含む歴代の書に対する暫定的な呼称であったのかは分からない。しかし、元和七年（1621年）六月五日の『時慶卿記』には、「予ハ代々御集抜書候」の記載があり、「虫払と並行して「逍遙院ノ百首」や「代々御集」などの歌書の抜書が行われ、五日には御文庫に収納された」*11という。「後陽成院の段階の禁裏文庫」の充実していたことが指摘されている。

冷泉家と「代々御集」

霊元天皇の下で書写された「代々御集」が冷泉家所蔵のものであったのかどうか、少なくとも「村上御集」に関しては不明である。

「村上御集」の記録をさらに遡れば、鎌倉時代前期の藤原定家（1162-1241年）真筆「集目録」（『冷泉家時雨亭叢書　平安私家集一』所収）に至る。そこには、「代々御集」と同範囲の御集が「光孝天皇　亭子院　延喜　朱雀院　天暦　冷泉院　円融院」等と記載される。

定家の真筆で言えば、「伝公任筆仁和御集切」、「伝顕昭筆仁和御集切」に付された集付も、定家の筆跡であるという（同書解題）。伝公任筆、あるいはまた伝顕昭筆の「仁和御集」に、後世の定家が、所載の歌集を略号で書き入れた、その一部が残っているという。冷泉家には、「奈良御集　仁和御集　寛平御集」の合冊（『冷泉家時雨亭叢書　平安私家集九』所収）が伝わるが、この「集目録」には、「奈良（御集）」が記されない。

同じく冷泉家に伝わる宇多天皇の「亭子院御集」は、「藤原資経（生没年未詳）の手にかかる」資経本であるという。資経本には、鎌倉時代後期、永仁元年（1293年）あるいは同二年といった年号の奥書を持つ歌集がある。「村上御集」と関係の深い「斎宮集」資経本は、永仁二年の奥書を有している。しかし、資経本とされる「亭子院御集」に奥書はない。資経の書写本として伝わる歌集の一部には、このような書写年号の見えない家集も複数存在するが、「亭子院御集」の場合は、宇多法皇に関する巻末略伝が付されるのみである。巻末略伝までが資経の書写であるとするなら、「代々御集」の第一次編纂の時期は、鎌倉時代後期、永仁年間以前ということになる。

平安時代の「村上御集」

そもそも「村上御集」の記録が見えるのは、すでに指摘されてきたとおり、平安時代後期で、藤原通憲（1106-1159年）の「通憲入道蔵書目録」[*12]に「天暦御集一帖」とあるのが最初である。同時代の歴史物語である『大鏡』（道長下一七二）では、村上天皇女御である徽子の歌「秋の日の」歌（村上御集102）を取り上げる際に、「御集に侍るこそ」として出典に言及している。斎宮女御徽子の「斎宮集」では、「とこそ御日記にはあなれ」（西本願寺本15左注）など、「御集」「御日記」と呼ばれるところの、歌をも含む「村上御集」の存在が推測される。歌学書でも、沓冠（折句）の技巧にすぐれた歌である「あふさかも」歌（村上御集83）を説明する際に、「此歌在村上御集」（奥義抄）と記される[*13]。

3　先行研究と本著のまとめ

編纂方針の想定

「村上御集」では、斎宮女御に関連する大部のまとまった歌の前後に、詳細な年次を記す詞書のある歌や、他の女御、更衣の歌が置かれる。とくに、6～81には「時間的な配列意識」[*14]があり、年次の配列や月次の配列、そして「斎宮女御との出会いを待ち望む村上天皇の御製で始まり永訣と思われる御製で終わる」[*15]という時間意識が指摘される。

また、巻頭歌（1）と本体部分末（112）とは、「御遊び等の公的色調の濃い歌」であり、「単なる私的な歌の集成ではない公を志向した世界を形成しようとした編纂者の意図が窺われる」ともいう。さらに、徽子の歌は、102～106にも置かれるのであるが、この点についても、「特定の女性に係る歌でありながらも、明記しないことにより連接上もっとも効果的な箇所に配するという編纂方針」[*16]であったと解釈されている。近年の研究は、「配列の乱れ」に意図的な分散配置等の「編纂の意図」を見ている。編纂方針である「編纂の意図」の内実には見解の相違する部分もあるが、本著でも同様に「村上御集」には編纂の意図があったものと考えている。

后妃を取り上げる本体部分

「村上御集」の本体部分は、「勅撰集によって後人が補った」[*17]ところの113以前である、というのが定説になっており、近年の論[*18]にも見える。しかし、本著では歌内容の考察より、后妃との贈答をまとめ掲げる100までを本体部分と考える。より祖本に近いところで「斎宮集」を取り込むことを「増補」と見るなら、二部構成の観点にされた82歌[*19]は構成の内部徴標ではある。しかし、「斎宮集」に関連する82までの徽子関連の歌をなくしては「村上御集」が成立しないのと同様に、82以降にまとまる他の后妃関連の歌（100まで）もまた「村上御集」を形成する重要な要素であると見る。

「村上御集」は、編纂意図をもって、巻頭と巻末を意識している。後宮の后妃毎に歌がまとまるよう整えられ、治世の歌を採るという方針でまとめられてもいる。巻頭歌は、乞巧奠に君臣が集う喜びの歌のように見えるが、歴史的な背景は暗鬱としたものがある。決して明るくはないが、それが天暦治世の幕開けであると宣言するかのような歌である。その後、述子、徽子等女御の歌群が続く。

従来、「村上御集」（6）は、天皇が徽子の入内を待ち望む歌であるとされてきた。しかし、本著では、述子に関わる思いを背景に持つ歌であると考えている。年月日を記す七首中の1や5は前後と内容的につながらないとして内容的には公的な歌であると解釈され、構成を考える際には特別視されてきた。しかし、后妃との贈答関連の歌が置かれるにあたっての序奏あるいは間奏的な働きをしている。特に、冒頭歌（1）は天皇の治世の初めを表現する歌であるとともに、述子への哀惜歌を導き、5も、徽子との関連歌群へつなげる働きをしている。

「村上御集」の冒頭には、後宮において村上天皇が寵愛した述子にまつわる歌が置かれる。徽子の入内を待ち望む歌であるとされてきた6も、述子を失った哀しみの続きにある。村上天皇にとって、女性への愛情も含め後宮という私的生活が、歌の場になっていたことが示される。「村上御集」の本体部分は、後宮の后妃ごとにまとまりをもっていた100までの部分であると考える。本体部分に他の資料からの増補が行われていくが、本体部分が后妃との贈答にあったことは、「村上御集」の特徴である。

徽子の歌の必要性

なぜ、斎宮女御徽子の歌群が、「斎宮集」の性格を残しながら「村上御集」の中心に置かれているのかについての、歴史的な生成の事情は、先行研究のようであったと考えている。すなわち、村上天皇の崩御後間もない時期に、その御集を編纂しようとした時、「述子と安子は既に他界、荘子と祐姫は出家、正妃と芳子は天皇の後を追うようにして没する頃になり、そのとき依然として現役で活躍していたのは徽子のみ」で、「徽子方では、女房によって整理された」補遺が天皇方の資料に加えられ、現在の歌序を作成していったのではないか、という推論*20である。

そのような歴史的な契機とは別に、村上天皇の詠歌活動において、徽子の存在は内的な契機になっていたと考える。斎宮女御徽子は、文芸に関心の高かった天皇にとって、安子以上に私的な場で歌のやりとりの出来る存在であったのだろうと思う。先行研究が指摘されるように資料が豊富に存在したことも要因であろうが、村上天皇の後宮の記録を残さんとした時には最優先に徽子の歌が取り上げられるべき意味はあったと考える。

徽子以外の后妃と天皇との贈答では、調和的で優雅な贈答歌が伝えられる。歴史物語にも取り上げられる。そのような贈答を優先的に配置してもよかったはずである。しかし、現存の「村上御集」は、徽子との贈答歌を中心に据えた。あるいは、中心にあることを許容した。それは、天皇の詠歌（とくに和歌）活動が、日常生活において成されていたからである。打ち解けた関係の中で詠出された歌に、編者は村上天皇の和歌を見たからであろう。病の時に歌（81）を贈った相手は徽子であった、あるいは、そのように設定されている。手習の歌群にもまた、打ち解けた贈答歌が残される。天皇の作歌活動において、日常の贈答相手である徽子の歌の存在は不可欠であった。

村上天皇と徽子との打ち解けた贈答を優先させようとする編者の視線が存在すると思う。「村上御集」における年月日の詳細な歌に、「公的な「晴の場」の歌である」*21、「お遊び等の公的色彩の濃い詠歌である」*22、「私的な歌の集成ではない公を志向した世界を形成しようとした編纂者の意図が窺われる」*23とされ、それらは「天皇の公的晴の歌」*24、「公的な場での詠歌」である*25と、「公的な詠歌」の性格を見ようとする論が通説のようになる。

たしかに、「日本紀略」のような歴史書に「御製」「奉和歌」といった記載のある場合は公的な場での詠歌であると言える。本著の注記でも取り上げているが、村上天皇の「御製」の記録は多く、「献和歌」といった記事も見える。しかし、それらと「村上御集」における詳細な日付との関連を見つけられない。本著の読解では、同集それぞれの年月日に該当する史実を検討しているが、歴史書に該当するものが見えない。仮に、その年月日に実際に公的な行事が行われていたとしても、当集に見える歌の主意や連関が、改まって披講されるといった「公的」な性格を持つようには読めない。

では、それらの詳細な年月日はなぜ付されているのか。御集としての体裁を整えようとしたとも考えられる。歌内容と史実を総合させて体裁が整えられたという見方である。しかしながら、前歌と続かない「同」の記載は、そのような作為の結果と矛盾する。編纂の未徹底は他にも見える（［**76〜79補注**］）。それらの年月日は個々の詠歌情報ではなく、あるいは禁裏における何らかの保管資料に付された記録の名残だったと見るべきではないかと思う。保管に際しての記録の残存と見るものである。

各歌から見えてくるのは、編者の視点が、より「私的」な場での御製の秀逸さに向けられていることである。徽子は天皇にとって、よき和歌の相手であった。「村上御集」には、私的な歌の場ゆえに成立した天皇の楽しみとしての和歌が残されている。

村上御集の歌遊び

一首一首の歌本文を、「斎宮集」に収められたそれらと対照させて読む時、天皇の関心が、『古今集』で培われた和歌の詞にあったことが分かる。女御、更衣の歌は、天皇の歌を引き立たせるために置かれているように見える。

女御の個人名が出されないような歌、あるいは、斎宮女御徽子関連の歌群（6〜81）とは別にして置かれる徽子の歌の意味が問題にされていた[*26]。それが編纂の意図で故意に行われた「配列の乱れ」であるのかどうか。本著では、意図的なものではなく、歌の主意が重視されたと考えている。「連接上」の効果をねらった（同上）という視点は同様であり、結果的に、102〜106には、好ましく洗練された振る舞いの后妃の逸話として、徽子の歌が載ることになっている。編纂の意図があったとすれば、82以降の女御、更衣の歌を、宮廷にふさわしい優雅な言説でまとめようとしていることであろう。

しかしながら、連接への意識が、それほど細部にまで働いていたかどうかは疑問である。「村上御集」の典拠となった「斎宮集」の歌は残存し、「段階的・つぎあて式」*27に拠る不整合な性格は残っているものと見たい。主役は村上天皇である。「村上御集」が后妃歌群を介在させて村上天皇の和歌を提示している歌集であることは歌集編纂の大前提としてある。

平安時代中期の私家集の一形態

「村上御集」における、その編纂の不十分さ、「配列の乱れ」は、直そうとはされなかったと思う。本著で「増補」と記した箇所は、そのことを示す。追補が追補のまま置かれている。差し込むことはあっても、解体してまとめなおすということはされない。重出や類歌があっても、後世の書入に「ママ」と記されるように削除されなかった。広く取り込もうとするのは、他の私家集にも見える傾向である。百首で区切ってみたが、本体部分の原初の生成に関して、先行研究*28が原初形態について考察されているような対校を想定すると、「段階的・つぎあて式」ということになり、それは、現在の「村上御集」にも、痕跡として残るものであると考える。

本著では、平安時代中期の私家集生成の視点を取り入れてみようとした。『古今集』や『後撰集』あるいは『伊勢物語』『大和物語』から歌を抜き出し、それに増補がなされるといった「業平集」や「小町集」の或る本の形成のあり方と、その結果が「村上御集」にも見られるのではないかと考えた。「小町集」についてては、小論をなしている。先行研究*29が、「延喜御集」に見られた『後撰集』から『拾遺集』にかけての時代に盛んであったと言われる家集の物語傾向」の時期があり、そのころ個人の歌集（家集）を代表する「三十六人集」が制作される。しかし、物語と和歌の伝存は異なり、まずは宮中ならびに歌の家に管理されて伝わる。

三代（醍醐・朱雀・村上）の「歴史を後宮関係の歌を集めて要約した」『代々御集』は、「平安時代中期に女房によって編集された形態がそのまま伝えられる」*30とされるが、平安後期にいちおうの形を整えた「村上御集」は、「三十六人集」がそうであったように、歌集としての増補（追補）が行われていったと考える。先行研究*31は、「村上御集」の二次的な成立を、勅撰集の所収歌との関連から、「続古今集後、玉葉集成立まで」とされた。第二次の成立は、鎌倉時代後期までということになる。これは、「三十六人集」の校合がさかんに行われた時代と重なる。本著では、その校合の痕跡を当集に見、構成の試論とした。

「延喜御集」を『大和物語』的な歌物語であると捉えられる先行研究*32もある。しかし「村上御集」の場合は、後宮の様子を伝えることよりも、天皇の歌を伝えることを重視した私家集であったと思う。「村上御集」は、完全には整序されない箇所を残しながら、編者の意図がうかがえる作品として読める。編者の意図とは、后妃との贈答歌を中心に村上天皇の歌をまとめ置くことであり、后妃の歌が必要とされたのは、とりもなおさず、村上天皇の歌の秀逸を示さんとするためである。

宮廷にふさわしい優雅な言説でまとめられる「村上御集」の後半部分には、一部徽子の歌を含み后妃の歌が並ぶ。それらの贈答歌は、調和して軽やかである。一方で、歌集の半数を占める歌集前半部の徽子との贈答歌では、徽子の歌が不協和音を奏でている。徽子との贈答歌に表出する不協和音は、天皇の歌遊びが優先され、徽子の心情が顧みられなかったことに起因する。「村上御集」は、天皇と徽子との打ち解けた「褻」の場での文芸を重視し、冒頭部には述子への哀惜歌を置いた。天皇は作歌に『古今集』の詞遊びを多く採り入れる。「村上御集」は、天皇の作歌の楽しみあるいは慰みを表現した歌遊びの歌集であった。

脚　注

本著引用書目一覧

脚注　第一章

一

1 他出について、万代集2166、玉葉集469ともに、結句を「あひける」とする。詞書は、敬語の用い方にもまったく異同はないが、表記において村上御集は、「給うける」（玉葉集）ではなく、「たまける」（万代集）の形をとる。「給ける」の表記は他にも見え、古態を保つように思われる。

2 をしへおくことたがはずはゆくすゑの道とほくともあとはまどはじ（後撰1379　御返し　今上御製）

年のかずつまんとすなるおもにはいとどこづけをこりもそへなん（同1381　御返し　御製）

3 「御製、風驚織女秋。」（「紀略」天徳三年）、「御製、月扇動涼風。」（同　天徳四年）、「御製、別路動雲衣。」（同　応和元年）、「令侍臣賦詩題云、織女渡天河。」（同　応和二年）、「詩宴、雲衣含夕露。」（同　康保二年）

4 「今月以後、皰瘡多発、人庶多殤。」（「紀略」天暦元年六月）、「去夜、大風猛烈、京中廬舎、或転倒、或破壊。就中宮内省南門、大蔵省後庁、掃部寮西屋、左馬寮造酒司南門、典楽寮東檜皮葺屋等転倒。又河水漲溢。」（同　天暦元年七月四日）

二、三、四

1 入内日は、一説に「天慶九年十一月廿九日」（貞信公記）で、女御になるのは「天慶九年十二月二十五日」（同上）という。「一代要記」は、「天慶八年十一月五日入内。同九年十二月廿七日為女御。」とする。

2 「五日丙戌。女御藤原述子卒東三條第。年十五。依疱瘡之間産生也。号弘徽殿女御。左大臣女也。」（「紀略」天暦元年十月五日）

3 続後撰1249の詞書では、「女御藤原述子かくれ侍りにけるころ、はつゆきを御覧じ」という、史実をふまえた「はつゆき」（初雪）の言葉が入る。

4 『私家集大成』では「みるからに」、『新編国歌大観』では「みながらに」と翻刻している。底本の当箇所は、前行の「かなしかりけり」の「な」に似るので、「な」と読んだ。しかし、「見な・から」と筆が切れているので、「みるからに」とも考えられる。なお、万代集3501では、「見るからに」とする。

5 高橋由紀「一条朝以前の後宮について―史料・歴史物語・和歌―」『国文学研究資料館平成20年度研究成果報告　物語の生成と受容④』

五、六

1　『新日本古典文学大系　新古今和歌集』164歌注釈

2　『新編日本古典文学全集　新古今和歌集』、『新古今和歌集全評釈二』

3　この時期の藤花宴については、特に問題になっていないようである。「延喜二年三月廿」（延暦御記）の記事や、当新古今164の記事が引かれている。（『天皇と文壇―平安前期の公的文学―』）

4　『大日本史料』「拾遺雑抄上　花宴事」

5　注2『新古今和歌集全評釈二』では、芳子かとされる。

6　玉葉集1250が、第四句を「見えずも」とするように、「みえても」は、「みえでも」である。

7　「輿前斎王立車二條路見物」（「吏部王記」天慶九年十月廿八日）

8　高野晴代「斎宮女御徽子女王―再度の伊勢下向をめぐって―」

9　斎宮女御いまだまゐり侍らざりけるとき、さくらにつけてつかはさせ給うける（玉葉1250）／斎宮女御いまだまゐりたまはざりける時、さくらにつけて（万代1863）

七、八

1　河北騰「吏部王記と九暦の考察―その文学的側面について―」

2　「まいり給てまたの日の御」（「斎宮集」書陵部本）、「まいりたまひてまたの日」（同　西本願寺本）、「斎宮女御入内の後のあしたにたまはせける」（玉葉1455）

3　第三句の欠損を「と」とみておく。当歌をもつ「斎宮集」諸本の第二句は「いまともいさや」である。

4　万代集2562（巻十三　恋歌五）は、5を単独の徽子の歌として「入内ののちのあしたに　斎宮女御／おもへどもなほぞあやしきあふことのなかりしむかしなになげけむ」の形で載せる。帝の歌を徽子の歌としているわけであるが、「恋五」に入れ、入内直後からの徽子の嘆きが伝えられている。

九、十

1　万代集145は「題しらず」、続古今集1202は、「……さも侍らざりければ」とする。当歌は137に重出する。

2　「ゆめとも見えず」（続古今1202）という本文の場合は、参内のなかったことが夢とも思われないという意味になり無理がある。「ゆめにも見えず」・「ゆめにもあはず」が歌の趣旨にはかなう。

3　「みちとほみものうしとおもふ春ののもはなみるときぞこころゆきぬる」（好忠集66）では、春の野とはいえ、行く先のはるけさに「ものうし」と思うのであり、「あふことぞやがてものうきあかつきの夜ぶかきをわれ思ひいづれば」(相模集200)では、まだ夜明けには間があるのに独り残された自分を思う時に「ものうき」と思うのである。

4　「あくとはふるゝ」(「斎宮集」西本願寺本)は、『新編国歌大観』でも校訂されているように、誤写の類であって、「あくといふなる」が正しい。

十一、十二

1　字足らずへの不審を示すのであろう「本ノママ」という書入が見える。「斎宮集」(書陵部本、西本願寺本)の本文同様に「も」を補った。「本」は孤本「村上御集」の親本である。

2　「ひさかたのあまとぶかりの帰るさは春のしらべにたつることぢか」(「久安百首」512)以下、室町時代前期、正徹の「草根集」にも、「雁なれや雲にことぢを立つとみてかへりごゑする春のしらべは」(「草根集」1595)と、同様の趣向が継承されている。

十三

1　「斎宮集」(書陵部本、西本願寺本)には「五月五日」とあるが、「けふよりは」が月初めを表し、五月一日とあるのが正しい。月が変わって帝から徽子に消息があった。

2　字足らずに関する「ママ」の書入がある。「さ」を補い、「斎宮集」(書陵部本、西本願寺本)の本文同様「おぼつかなさの」と見る。

3　莵玖波集(広島大学本)では次のように載る。「斎宮女御」の作者名は、4051の詞書と「延喜御製」(句はない)に続けて記されるので、「斎宮女御」という作者名は、4052「五月やみ」の直前に置かれるべきものが誤って当位置に入ったものであろう。また、4053の句は、「なかめやる」が記されるのみである。

4051　とはかり侍に　延喜御製　斎宮女御
しめのうちにうつらぬ花をあはれとやみん／
4052　五月やみおほつかなさのいとゝまさらむ／
4053　と侍に　よみ人しらす　なかめやる
(『連歌大観　第一巻』)

4　「斎宮集」の本文異同は、「ながめやる」(書陵部本)、「ながめくる」(西本願寺本)である。西本願寺本は「ながめくるふくはさのみや」として服喪を言わんとしたか。

5　拾遺集124・178、金葉集(二度本)148、詞花集74、新古今集242等

十四、十五

1　「又　御」(「斎宮集」書陵部本)、「ときこえ給へりけれ

ば、又、女御」（同　西本願寺本）

2 やよやまて山郭公事づてむ我世中にすみわびぬとよ（古今152）

3 「人しれぬねをやなくらん秋萩の色づくまでに鹿の声せぬ」（古今六帖169　みつね）、「こひてぬるはるのねざめにながめつつひとしれぬねをなかぬよぞなき」（陽成院親王二人歌合19）等

4 『和歌初学抄』は山城国の歌枕とするが、紀伊・伊勢・摂津などにもある」『歌枕歌ことば辞典』「いはでのもり」）

十六、十七

1 「斎宮集」（西本願寺本）は、「八月つこもりにたまへる御かへりにつけて」とするが、秋が近いという歌内容からは誤りである。

2 「斎宮集」（書陵部本）では、「あきちかくのはなりにけり人の心の」を、他の歌の高さに揃えて歌のように記す。ただし、「ときこえ」の引用を示す「と」は、影印（定家監督書写本、書陵部本）では、歌の末尾に書かれており、「斎宮集」（書陵部本）の翻刻（『私家集大成』、『桂宮本叢書』）で、「と」を改行して記すのとは異なる。

「斎宮集」（西本願寺本）では「あきちかくのはなりにけりときこえ給へれば人のこころのときこえたまへれば」と、「聞へ給ふ」が重複して書かれている。この点について『注釈』（82歌）は、両句が散らしてでも書いてあって両句の別なことを表すという。『注釈』（同上）は「吹きまよふ野風をさむみ秋はぎのうつりも行くか人の心の」（古今781雲林院のみこ）によって、「うつりもゆくか」と帝の心変りを嘆いたもの」であるとする。

3 露かかるきくのなかなるあしたづはいまいくたびのちよかぞふらん（伊勢集87）

十八、十九

1 村上御集では、他にも次の二例に、主語の明確ではない「ありける」が見える。「としかへりてむ月に雪のふりけるにありける（改行）内の御」（27）・「又ねのひに松にさして有りける　内の御」（29）

2 「斎宮集」（西本願寺本）は、上句を「あまのかはまたみぬほどのはるけさに」とするが、同（書陵部本）は「あまのかはふみみることのはるけきに」とする。

3 「はるけさに」（「斎宮集」西本願寺本）、「はるけきは」新千載1515）

4 「やまびこはこたふるだにもはるけきに」（万代2154）、「あづさ弓まだ行末もはるけきに」（永久百首168）、「山たか

みいしふむ道のはるけきに」（久安百首794）などが、「はるけき」に続く名詞が上に明示されているのに対し、「ながらへむ君がかきはのはるけさに」（散木奇歌集1413）、「おもひやる心づくしのはるけさに」（続後撰770）、「はるけさにいそぎもたたぬ東路を」（和歌一字抄366）の「はるけさに」は、より具体性を欠く。

二〇、二一

1　「斎宮集」では「又、うちの御」（書陵部本）、「又、内御」（西本願寺本）の詞書で、歌にも異同はない。

2　「斎宮集」（書陵部本）は、「かげはなれぬる」という同じ形で、同（西本願寺本）は「かげはなれゆく」という本文になっている。「かげはなれゆく」は、当村上御集103、拾遺集879にも用いられる詞である。「かげはなれゆく」は、恋しい人の姿が離れていくという意味で歌に詠まれ、その辛さを生み出す状況がいかに造型されていくかに着目された判詞も見られる（六百番歌合858九番、水無瀬恋十五首歌合124 六十二番）等。

二二、二三

1　底本である「代々御集」には、「おほつかなし《さもイ》と」と記される。「新古」の集付は見えるが、新古今集を直接対校させたわけではなく、別本にあった本文であろう。

2　現存の二本のみで、本文異同の契機をみれば、「村上御集」よりも「斎宮集」（書陵部本）の連綿であろう。

3　「斎宮集」の詞書は、「女御どの御返」（書陵部本）、「御かへし」（西本願寺本）、「又御かへりに」（正保版本系）である。

4　秋の夜の霧たち渡りおほほしく夢にぞ見つる妹がすがたを（万葉2241）、わぎもこに恋すべながり胸を熱みあさと開くれば見ゆる霧かも（同3034）

5　「秋霧の立ちぬる時はくらぶ山おぼつかなくぞ見え渡りける」（後撰271貫之）、「朝霧のおぼつかなきに秋の田のほに出でて雁ぞ鳴きわたるなる」（貫之集81）の歌が見える。ちなみに、斎宮集（西本願寺本）では、九首に詠まれる「霧」のうち、三首が「隔て」るものを詠む。うち一首が「かはぎりやいせをわたりてへだつらんおぼつかなさのまさるあきかな」（228）と、「おぼつかな」さを詠む。

6　新古今集1412では、第四句が「たつあさぎりに」となる。自らのことを希望的に詠う際の「飽き」に通じる「秋霧」は忌避すべきという判断で、歌が整えられたのではあるまいか。

二四

1　「なひきもはてぬあま舟は」（斎宮集・書陵部本、資経本、定家筆臨模本、小島切）や「なびきもはてぬあま舟の」（玉葉1492）である。「なびきもいでぬ朝舟は」（正保版本）は特異であるが、「いでぬ」である。それに対し、「なひきなはてそあま舟は」（斎宮集・西本願寺本）の本文は、禁止の形で、意味が定まらない。西本願寺本を底本とする『注釈』（134歌）は、この箇所に疑問を呈しながらも、帝のやさしい言葉（こち風）に靡いてはいけない、私も海人舟のように「我が身の拙さを恨みつつ、焦がれ焦がれて日を送っている」と解釈している。

2　玉葉の本文は、「なびきもはてぬ」の「はつ」という詞を入れており、村上御集よりも「斎宮集」に近い。
風をいたみおきつしらなみたかからしあまのつり舟こぎ帰るみゆ」（古今六帖1813つのまろ）／　さしてゆくかたはみなとのなみたかみうらみて帰るあまのつり舟（同1824）

3　「内にて、なにことのをりにかありけむ」（「斎宮集」西本願寺本）、「おもふこと侍りけるころ」（玉葉1492）

二五

1　「へだつる」（村上御集、「斎宮集」書陵部本）と、「へだたる」（「斎宮集」西本願寺本）という本文異同があり、「つ」（つる）の完了した調子に対して、後者の「たり」（たる）では、状態が続いている意味合いとなる。

2　いとどしく物思ふやどの萩の葉に秋とつげつる風のわびしさ（後撰220）等

3　「つれもなき人のためには」（「斎宮集」書陵部本、西本願寺本）

二七、二八

1　としのうちに春はきにけりひとゝせをこぞとやいはむことしとやいはむ（古今1）

2　「しらゆきとみはふりぬれどあたらしきはるにあふこそうれしかりけれ」（素性集63）では、雪が降ることと、身が旧ることを掛けており、白雪が降るように我が身も年をとっていくが、物の改まる春に逢うのはうれしい、と詠う。

3　「かからでも有りにしものをしらゆきのひとひもふればまさるわがこひ」（拾遺728業平）、「白雪とけさは積れる思ひかなあはでふるよの程もへなくに」（兼輔集79）

二九、三〇

1　底本には、「うちはへ《たえ》て」のように傍書がある。「斎宮集」にも他本にも、該当するような異同本文を見つけられない。「うちたえて……ぬ」（少しも……ない）が意図されているのだとすれば、徽子を待つことを少しも期待できない、そういった心情に「いかにせよとか」と、とまどっている意味になる。

2　「殿上人人をんなくら人どもの、まつばらにいでてねのびしけるひ」（忠見集92）、「康保三年、内裏にて子の日せさせ給ひけるに、殿上のをのこども和歌つかうまつりけるに」（拾遺289）等、和歌が詠まれる。

3　色みれば（書陵部本、西本願寺本）

4　「うみにのみひたれるまつのふかみどりいくしほとかは」（伊勢集71）、「浪にのみひたれる松のふか緑いくしほとかはいふべかるらん」（深養父集35）

5　ねの日する小松が原のあさみどり霞に千世の影ぞこもれる（続千載2100）

6　あさ緑けふひきそふる松をこそ千とせの春のはじめとはみめ（元輔集35）

7　小松ひく人にはつけじふかみどりこだかきかげぞよそはまされる（順集276）

8　年をへてたのむかひなしときはなる松のこずゑも色かはりゆく（後撰1121）

9　高砂の松といひつつ年をへてかはらぬ色ときかばたのまむ（後撰864）

三一、三二

1　村上御集の翻刻二種は、「ほどのすぎければ、れいの内の御」（新編国歌大観31詞）、「ほとのすきけれは、れいの、内の御」（私家集大成31詞）と区切っている。底本である「代々御集」は、「ほとのすきけれ（改行）はれいの　内の御」と、「れいの」の直後に空白があるのみで「すきけれはれいの」は続いている。

2　当歌、村上御集の第二句「いへども」の「へ」は、「遍」の字母を残しており、底本に関する限りでは「いつとも」の「つ」（都）と混同されることは少ないと思う。

3　「あかぬ」（飽かぬ）という詞は、村上御集では5歌に、ともに現状の続きをさらに望む、飽き足りない気持ちとして用いられていた。「あかぬ」と「あはぬ」とでは、主体も異なることになる。「あかぬ」では、帝、「あはぬ」では、徽子が主体となる。ともに、逢おうとしない徽子の心に対する帝の怨みの心情、来るかと待っている時に増さる不満足な帝の心情が伝えられる。崩し文字の「か」と「は」の読みに起因する本文異同であった可能性もある。

4　底本「代々御集」の本文「きけけは」（幾気計八）を校訂した。

三三、三四

1　第二句は、他集に「はかなきかずも」（新古今1421）、「しかなきことも」（「斎宮集」書陵部本）、「はかなきことも」（同　西本願寺本）と異同がある。「しかなきことも」の「し」（同　定家監督書写本・書陵部本の字母は「之」）は、「は」（字母「者」）から生じた異同であったかもしれない。

2　斎宮集（書陵部本、西本願寺本）、新古今1421が「ふかき心しそこにとまれば」とする。村上御集の底本「代々御集」では、「そら」は漢字で書かれ、楷書に近い「底」の傍書がある。歌の頭に「新古」の集付があるので、新古今の本文異同が傍書されているのであろう。斎宮集（定家監督書写本27よりも書陵部本27）の「曽己尓」（そこに）の連綿は「そらに」と見誤りやすく、村上御集の本文形成の過程で、何らかの接触があった可能性もある。

3　「空にのみみれどもあかぬ月影のみなそこにさへ又も有るかな」（貫之集311）、「月影のみゆるにつけて水底を天つ空とや思ひまどはむ」（同　465）、「水底にしづむもおなじ光ぞと空にしらるる秋のよの月」（新拾遺1475）

4　「村上御集」において「せ（させ）給」の二重敬語が用いられている歌の詞書（左注含）は十六例ある。そのうち朱雀院に関係する歌（130）を除くと十五例見える。十五例は、帝に用いられる十一例（1・5・81・82・86・101左注・103・109・113・121・138）と、帝と女御に関連する場面で用いられる四例である。この四例のうち93は、二箇所中一箇所は会話文で一箇所は帝の行為に用いられる。

　したがって、地の文でさらに帝と女御に関連する場面で用いられるのは、当歌33と「なとかき給へりけるに内も書ませさせたまひける事とも」（42）、「中宮にわたらせ給て帰り給て藤にさしてたてまつらせ給ける」（86）の二例となる。

　86で、「給」「せ給」が混在するのは煩雑を避けるためであり、すべて帝の行為と見られよう。用例を見るかぎり当場面の女御に二重敬語は用いられていないと考えて良い。ちなみに「斎宮集」においては、86は歌が見えず、33・42には次のように類似の詞書がある。

　まいり給けるにわたり給ていかなる事かありけむ返給て（「斎宮集」書陵部本26、同　西本願寺本96　西本願寺本異同「わすれたまひて」）…村上御集33

　なとかいたまふたりけるに、うへもかきませさせ給へりける（「斎宮集」書陵部本36、同　西本願寺本106　西本願寺本異同「かきたまへりけるに」「か

きつけさせ給ける」）　…村上御集42

、「斎宮集」も「村上御集」も、少なくとも后妃に当該の二重敬語は用いていなかったと考えられる。

5 「わすれかはなかれてあさきみなせ□なれるこころやそこにみゆらん（斎宮集定家監督書写本　同　書陵部本□空白）、「わすれかはなかれてあさきみなせかはなれるこころやそこにみゆらん」（同　西本願寺本）

三五、三六、三七

1 35、36の贈答は、玉葉1622、1623に収録される。1623「郭公」歌に本文異同はないが、1622「里にのみ」歌は、次の形で、収録される。それは、村上御集ではなく斎宮集に近い本文である。

さとにのみなきわたるなる郭公わが待つときはなどかつれなき（玉葉1622）、斎宮集（第二句・第四句）書陵部本（なきわたるなる・わかまつときに）、西本願寺本（なきわたるかな・我待ときに）

2 斎宮集（西本願寺本）だけが「なきてよにふる」とし、男女世界のことを暗示させる。

3 ときこえ給たりしに、うちのきかぬとかありしかはとて（「斎宮集」書陵部本）

ときこえ給たりしに、内の御、きかぬとかありしは（同西本願寺本）

4 当「かくばかり」歌は、続古今集196に「題不知　天暦御歌」として単独で入る。それは、斎宮集（書陵部本、西本願寺本）ならびに村上御集134の歌本文である。また、万代集532の歌本文も同様であるが、詞書なく「斎宮女御」が作者として載る。

三八、三九

1 村上帝の在位中に院号で呼ばれた院には、陽成院と朱雀院とが該当する。陽成院は、天暦三年（949年）九月二十九日に八十二歳で、また、朱雀院は、天暦六年（952年）八月十五日に三十歳で崩御している。（『注釈』102歌）は、二人のうち村上帝と関係が深いのは、朱雀院であろうという推測である。次の史料に拠り、朱雀院崩御の時、村上天皇は、三ヶ月の心喪中をされたという。「小右記　寛弘八年七月八日条、北山抄四」、「左経記　類聚雑例　長元九年五月十三日条」。

2 おぼつかなきみにあひみぬすがのねのながきはるひをわびわたるかも（赤人集198）／　まだしらずまどふ心にいとどしくおぼつかなきはわびしかりけり（信明集125）／ほどへたるおぼつかなさもあるものを一夜ばかりにまさるわびしさ（高光集28）

3 「正式には、帝の二親等以内の服には「錫紵《しゃくちょ》」と呼ばれる、麻製の青鈍色の袍を着るのであるが、この時は、正式の服喪ではなく、心喪中であるから、単なる鈍色の直衣であったかと考えられる」（『注釈』102歌）と言う。

四〇

1 「けふを」の箇所が、斎宮集（西本願寺本）では「今日許を」となる。

2 「わがまたぬ時はきぬれど冬草のかれにし人はおとづれもせず」（古今338）、「物思ふとすぐる月日もしらぬまにことしはけふにはてぬとかきく」（後撰506）、「なき人のともにし帰る年ならばくれゆくけふはうれしからまし」（同1424）、「かぞふれば我が身につもるとしつきをおくりむかふとなにいそぐらむ」（拾遺抄162）、これらは、詞書に「しはすのつごもりのひ（よ）」に詠まれた歌であると記す。

四一、四二、四三、四四、四五

1 底本の代々御集には「人のこころ《本ノママ》そら」に傍書がある。歌本文に[の]を補った。

2 斎宮集（書陵部本、西本願寺本）は「くもゐのかは」とする。「雲井」は、大空であり宮中を暗示するが、「雲井の水」も「雲井のかは」も和歌の用例がほとんどない。『注釈』（105歌）は、「くもゐのかは」が本来の形であった、とする。七夕の天の川の歌ではないことを示すために、村上御集は、「天の川」という表現を採らなかったのかという。

3 おりきつる雲のうへのみこひしくてあまつそらなる心地こそすれ（新勅撰1163）等

4 「涙河」の歌語が古今集以降に見えることは先に述べたが、その用例は、古今（六例）から、後撰（十六例）にかけて増加する。（「涙河」のみで集計し、「涙の河」に類する表現は除外した）

5 流れいづる方だに見えぬ涙河おきひむ時やそこはしられむ」（古今466）

6 かからてもくもゐのほとをなけきしにみえぬやまちを思やるかな（書陵部本134・西本願寺本77）の他に、西本願寺本で109「かくはかり」、137「わひぬれは」が見える。

7 わびぬれば身をうき草のねをたえてさそふ水あらばいなむとぞ思ふ（古今938　小野小町）

四六、四七

1 ふじのねをよそにぞききし今はわが思ひにもゆる煙なりけり（後撰1014）、しるしなき煙を雲にまがへつつよをへてふじの山はもえけり（貫之集659、新古今1008　新古今結句「山ともえなん」）

2　底本には「鳴けれ《本マヽ》」のような傍書がある。「なにをヽしにと」に対する書入であろう。

3　しづむともうかぶともなほみなそこになををし鳥の共にこそおもへ（貫之集690）

四九、五〇

1　村上御集には、「又の日」（11）を除き、「又」ではじまる詞書が、十四例見える。誰の歌に使われるかという決まった法則があるわけではない。いずれもが、「又：とのたまへりける」（54）等、何らかの情報とあわせ用いられており、この歌のように単独で「又」と記すのは、当箇所のみである。

2　作者に関し『注釈』（同上）は、「御かきもる衛士のたく火」を、「宮中で保護する人」であるとし、保護する人がいなくなった物思い、すなわち、徽子の物思いであるとみている。したがって、当50を帝の歌と解釈されている。万代集（2277、2278）でも、「みかきもる」を斎宮女御、「たゆるよも」を天暦御製として載せている。村上御集の本文は、斎宮集（書陵部本）のものである。当50は異同がない。

3　斎宮集（西本願寺本）では、村上御集48歌、49詞書と歌、50詞書を失っているので、48の詞書に直接、当50の歌（西本願寺本112）が続く形となる。

五一

1　「ひさしうまいり給はさりけれは」（「斎宮集」西本願寺本、正保版本系）に対して、「御」（同　書陵部本）は、歌のやりとりが続いているような詞書である。

2　浦廻《ウラワコグ（うらみこぐ）》　榜くま野舟つきめづらしく　懸不思《カケテオモハヌトキ（つき）》　月も日もなし（万葉3172）

3　かけておもふ人もなけれどゆふさればおもかげたえぬ玉かづらかな（新古今1219、古今六帖3877、貫之集543　男なき家）

4　斎宮集（西本願寺本、正保版本系）では、上句と下句の混交した類歌が入る。詳細を[51、52補注]で整理した。村上御集の底本には、51に「続後拾」の集付と「集下句相違也」の書入が、52には「続千」の集付と、同集の本文異同が傍書されている。それぞれの本文は次のとおりである。

女御徽子女王ひさしくまゐらざりければたまはせける　天暦御製

ぬきをあらみまどほなれどもあさ衣いく夜までかは袖のぬるらん（続後拾遺849）

五三

1　森本元子「第五章　斎宮女御集の構成と成立」（『私家集と新古今集』）では、53「ただにもあらでまかで」（「斎宮集」西本願寺本113）は、38の「院の御ぶく」（天暦六年）と、62の「故宮うせ給て」（天暦八年）の間にあることより、「規子内親王の天暦三年（九四九）と、出生の日死亡の皇子の応和二年（九六二）」とは別の、記録には残らない天暦七年の懐妊、流産の時期を推測される。

本著は「歳序」一〜四に分類したが、たしかに、歌の順序は、右「斎宮集」（西本願寺本）だけではなく、村上御集でも「斎宮集」（書陵部本）でも、共通している。月名が詞書に入り、時系列に並んでいるように見える。しかし、それらの時期は、厳密には特定出来ない。徽子の入内は天暦二年十二月三〇日（吏部王記）であるが、詠歌の時期の手がかりは、森本論の根拠とする38「院の御ぶく」、62「故宮うせ給て」の詞書しかない。「院」が朱雀院であれば、その崩御は天暦六年八月（同上）であり、故宮すなわち徽子の父親である重明親王の薨去は、天暦八年九月（一代要記、扶桑略記）であるので、その間に置かれる当歌53は、天暦七年と推定されることになる。時系列で正確に一年ごとの歌が配列されていると見るなら、たしかに、天暦七年ということになる。しかし、一つの可能性でしかないという側面もある。

かりに、「院」が陽成院であれば、崩御は天暦三年九月（日本紀略）のこととなる。また、右の詞書の記述そのものも、次のとおり記憶を辿るような記述である。53「普通ではない状態で里下がりをしていたころ」、38「院の服喪の時期がかなり経ったころ」、62「父親王が亡くなった後、里にひさしく居たころ」等の記述より、詠歌の年代を定めることにも限界はある。

2　たたにもあらてまかてたまひけるころ、いかかと御とふらひありける、十月にほとちかくて（「斎宮集」西本願寺本）

翻刻では、「…ありける、十月…」と読点が付されているが、原典に読点に代わる空白が存在していたか否かは不明である。

なお、後拾遺集901は、次のとおりである。

ただにもあらでさとにまかりいでてはべりけるに十月ばかりほどちかうなりてうちより御とぶらひありけるかへり事にたてまつ

り侍ける　斎宮女御
かれはつるあさぢがうへのしもよりもけぬべき
ほどをいまかとぞまつ

五五、五六

1　55歌の詞書の異同本文を並記してみる。

A　また、しはすのつこもりに、いとあはれなるところになとかくのみはなかめたまふと、きこえたまふ御返に（「斎宮集」西本願寺本）

B　又、しはすのつこもりに、いとあれたる所に、などかかうのみはなかゐし給ときこえ給へりける御返事に、こ宮もおはせで後なるべし（村上御集）
又、しはすのつこもりに、なとかあれたる所にかくのみなかゐし給と、きこえ給ける御返に、こ宮もおはせてのちなるへし（「斎宮集」書陵部本）

C　ちちみこうせたまひてのち御返事に（同　定家筆臨模本）／ちちみこうせたまひ［虫損］御返事に（同　資経本）／ちちみこうせ給て後、御かへりことに（同　正保版本）／ちちみこうせたまて、うちの御返に（同　小島切）

「斎宮集」を含め、当歌の詞書を右のように、西本願寺本系統（A）・書陵部本系統（B）・正保版本系統（C）と分ければ、村上御集の詞書は、Bに入る。ABは、類似するのであるが、Bには「こ宮もおはせて後なるへし」という情報が付加される。一方、Cは「ちちみこうせたまひて後御返事に」（定家筆臨模本）のように短い。

つまり、Aになかった徽子の里居の事情がBCでは述べられ、Bの「故宮」の逝去が、Cでは「父親王」という視点、すなわち徽子からの視点で表され、対象がより明確になる。特にCは「父親王」の死に重点が置かれ他は省略されている。

なお、当歌を採録する後代の撰集でも、次のように重明親王の薨去後のことである旨が記される。

式部卿親王重明かくれてのち、まゐりたまへとありけれは（万代3561）
式部卿重明親王かくれて後、内よりまゐるべきよしのたまはせければ（玉葉2336）

採録撰集では、その「こ宮」を式部卿重明親王と明記し、情報が詳しい。もっとも、万代は細字の書入になっている。

また、「こ宮もおはせでのちなるべし」の「べし」という採録者による推察が加わるのは、Bの特徴である。

2 第四句の異同は次のとおりである。
むぐらのかどの（「斎宮集」書陵部本、正保版本系）、
「むくらのかとは」（西本願寺本）、「むくらのかとよ」（小島切）
玉葉2336と万代3561の採録においては、ともに第四句を「むくらのかどの」とする。
3 むぐらふのまなきあらのとやどはあれてわがせはみえずまてどひさしく（順集59）／をみなへしありへしかたをたづねかねむぐらのやどをさしてこそくれ（能宣集106）／あだ人のかりにとひくるわがやどにいまはむぐらのねこそはふらめ（小大君集105）
4 から衣あたらしく立つとしなれば人はかくこそふりまさりけれ（貫之集90　延喜十七年の冬なかつかさの宮の御屏風の歌　元日）

五七
1 『新日本古典文学大系　後撰和歌集』34歌注釈
2 ことづてもとふべきものを初雁のきこゆる声ははるかなりけり（貫之集387　道行人の初雁をきく）
3 うちよりひさしくまいらせ給はぬ事とある御返に（「斎宮集」書陵部本）
内よりひさしうまいり給はぬこととある御かへりことに（同　西本願寺本）
ひさしうまいりたまはぬこととある御返に、さとより（同　小島切）

五八、五九
1 人のとぶらひにまうできたりけるに、はやくなくなりにきといひ侍りければ、かへでのもみぢにかきつけ侍りける　戒仙法師　／　すぎにける人を秋しも問ふからに袖はもみぢの色にこそなれ（後撰1413）
2 やよひはかりに、あめふる日、かつらのもみち人のもてまいれり　／　春さめとみるはしくれかおほつかなかすみをわけてちれるもみちは（「斎宮集」西本願寺本250）
3 当歌は、新古今集1246に上句を「かすむらんほどをもしらず」として載る。「斎宮集」（書陵部本、西本願寺本）の第二句も「ほどをもしらず」である。久保田淳『新古今和歌集全評釈』では、「霞むらんほどをもしらず」を「世間は春霞に霞んでいる時節であることにも気づかず」と通釈される。
4 「情具久《ココログク》」（万葉735）、「情八十一《ココログク》」（同789）、「情具伎《ココログキ》」（同1450）
5 「秋はてて時雨ふりぬる我なればちることのはをなにかうらみむ」（後撰448　読人不知）では、歳のいった自

ら故にすっかり飽きられたのであって、かけられた言葉が反故になっても怨みはしないという主意が、秋の時雨に散る葉の情景に重ねられる。「ことの葉」（言葉）の移ろいを詠む歌が多い。

6　たとえば、「ほととぎすこゑにたててもとしへぬるわがものおもひをしらぬ人きけ（古今六帖2552）の「としへぬる」は、ホトトギスの鳴いている時間を言うものであり、同時に詠者が物思いをして過ごしている時間をも言う。帝の当歌もこの類である。

7　「わが身世にふる」（古今113）、「かくてもへぬるよにこそ有りけれ」（同　806）、「年へぬる身はおいやしぬると」（同　899）、「年へぬるくもゐはなれて」（新勅撰1164）

8　「秋はてて時雨ふりぬる我なれば」（後撰448）、「ははそ山峰の嵐の風をいたみふることのはを」（同　1289）も、同様の趣向である。

9　唐錦たつたの山も今よりはもみぢながらにときはならなん（後撰385）

10　『新古今和歌集全評釈』（本項注3掲載書）に、八代集抄の「作枝などにや」の傍注が取り上げられているが、贈答をめぐる歌のあり方としては、「作り枝」が、詠歌の場の中心になっていたのかもしれない。

六一

1　長澤規矩也解題「述異記　上」

六二、六三

1　「斎宮集」（書陵部本）では同52の詞書に該当するが、「こ宮うけ」ではなく「こ宮うせ」と見たほうが良い。同定家監督書写本に「勢」を用いて「うせ」とある。「遺」のように見える「うけ」は、書陵部蔵（五〇一・一六二）の本文である。

2　重明親王の薨去は、天暦八年九月十四日（一代要記）であるが、『注釈』（120歌）は、「重明親王の死は天暦八年九月十四日。そのため、十三ヶ月服喪のための里居をしていた」と、「喪葬令」「義解」を参考文献として挙げている。

3　「そてのうらにもなみはたつらん」「斎宮集」（正保版本系　ただし、定家筆臨模本ではさらに、「そてのうちにもあきやたつらん」の異同本文が記される）、「そてのうらにもなみやたつ覧」（同　小島切）。

4　「内の御返し」（「斎宮集」書陵部本）、「御かへし」（同西本願寺本）。なお、結句について、「斎宮集」（書陵部本、西本願寺本）は、「しくれなるらん」として、「べし」よりは弱い表現を採っている。

5　心から花のしづくにそほちつつうくひずとのみ鳥のなくらむ（古今422）

六四、六五

1　底本には、「つけなん」の傍書がある。歌の肩に「続古」の集付が付されるが「新古」の誤りであろう。傍書の「ふ《て歟》　か《ふか》」は、新古今集の本文であり、傍書「て」、すなわち「つてなん」という結句は、「斎宮集」（正保版本系）の本文である。

2　同歌を載せる「斎宮集」（書陵部本以外）には、徽子または編者の嘆息のような短い詞句があるが、村上御集の当箇所にはない。関連内容を［64補注］に記した。

3　「春くれば柳のいともとけにけりむすぼほれたるわが心かな」（拾遺814）という例にも通じるものなのであろう。「あさごとにむすぼほれてぞすぐしくるふりにし里をこふる心は」（千里集97　朝故郷結念）も、心情表現として用いられる。

4　「かせはつけしな」（「斎宮集」書陵部本、西本願寺本）、「かせはつけなむ」（同　小島切）、「風はふかなむ」（新古今348）

5　君待つとあが恋ひをればわがやどのすだれ動かし秋の風ふく（万葉1606）／わがせこがくべきよひなりささがにのくものふるまひかねてしるしも（古今1110墨滅歌）

6　他の贈答例では、徽子の返歌を「御返し」と記すのに対して、帝の歌を「内の御返し」と表記している。ここでは、「返し」が省略されているのであろう。

六六、六七

1　斎宮集では、詞書を「つゆもひさしと」（西本願寺本）、「つゆもひさしき」（正保版本系）とする。これらは共通する前歌（「たちくもる」歌）の左注のようにも見え、その場合は、長い間涙に濡れている、といった意味になる。

2　村上御集には載らないが、斎宮集にのみ見える歌にも「あさぢ」が詠まれている。一は、拾遺にも採られる歌（「斎宮集」書陵部本88、西本願寺本41）であり、一は、西本願寺本の独自歌（同　西本願寺本172）である。ともに、徽子の寂しい心象を形象している点に変わりはない。

3　おもふよりいかにせよとか秋風になびくあさぢの色ことになる（古今725）

4　あさぢふにけさふくかぜはさむくともかれゆく人をいまはたづねじ（重之集282）

5　秋風になびく浅茅の末ごとにおく白露のあはれ世中（新古今1850）／とへかしなあさぢふきこす秋風にひとりく

6 だくるつゆのまくらを（新勅撰919）
初句と第三句に、次のような本文異同があるが、当村上御集は、いずれとも異なる。
　初句　　第三句
風ふくに　われなれや
（「斎宮集」定家監督書写本、書陵部本、後拾遺970）
風ふくに　なになれや（同　定家筆臨模本）
ふくかせに　われなれや（同　西本願寺本）
ふくかせに　なになれや（同　資経本、正保版本系）

7 こういった短い詞句については、補注64で述べたが、村上御集では当箇所と、「あらじわが身を」（71）の二箇所に見える。

8 「ふくかせになひくあさちをみてもしらする」（「斎宮集」書陵部本）、「ふくかせのなひくあさちをみてもしらする」（同　西本願寺本）

9 「打延て思ひし小野は」（万葉3272）、「打　経《ウチハヘ》て思へりしくは」（同1047）

10 「うちはへてかげとぞたのむみねの松いろどるあきのかぜにうつるな」（家持集231、友則集20、古今六帖4108）は、収録状況を見ても、広く知られていた歌のようである。
「松風のふかむ限はうちはへてたゆべくもあらずさけるふぢなみ」（拾遺1067、「貫之集」191、古今六帖2297）も、「延長四年九月廿八日、法皇御六十賀京極のみやす所のつかうまつりける、屏風の歌　つらゆき」（拾遺1067）等、複数に収録され、広く知られた歌のようである。

六八、六九

1 村上御集底本の代々御集の当箇所を、『私家集大成』は「きえにし」、『新編国歌大観』は「きき《ママ》にし」と翻刻している。意味としては「きえにし」が正しいが、繰り返し記号のようにも見える。

2 櫻井満『櫻井満著作集　第5巻　万葉びとの憧憬』

3 折口信夫『古代研究』『折口信夫全集11』

4 「おのがとこよはなつのやどりに」（敏行集19）、「羽風にはらふとこよかなしな」（元輔集124）

5 斎宮集に当68・69の二首は、ほぼ同じ歌の本文で見える。書陵部本68・69、西本願寺本123・124であるが、西本願寺本には、また別に、右に掲げた「しらつゆの」（68）の類歌である西本願寺本35が載り、その西本願寺本35が「きえにしほとのあきまつと」にする。［68、69補注］で示している。
「正保版本系」は、「しらつゆの」（17）のみで、贈答歌にはならないが、「きえにし人の秋まつと」（17）として、「まつ」（待つ）の詞が入る。西本願寺本類歌35同様の発想より生じた本文異同であろうが、歌内容は、閨怨の思いと父親王への思いとの比重の置かれ方の違いになっている。当村上御集は、後者である。

6　露だにも名だたるやどの菊ならば花のあるじやいくよなるらん（後撰395）、たなばたのたえぬちぎりをむすびおきてあひくるあきやいくよなるらん（能宣集398）

7　「いくら成るらん」（「斎宮集」書陵部本）、「いくかなるらん」（同　西本願寺本）

結句は、当村上御集の底本では、「世」の漢字表記であるが、「斎宮集」（書陵部本）系統の定家監督書写本では、仮名表記である。

七〇、七一

1　「丹比真人笠麻呂が筑紫に下る」時の歌では、マウトメ（おみのめ）

「臣女のくしげに乗れる鏡なす三津の浜辺に」（官女の櫛箱の上に乗っている鏡の「見つ」ではないが三津の浜辺に）（万葉509）と詠み、また、「鏡なすみつのはまびに」（朝になれば妹が手に取る鏡を見る。その「みつ」ではないがみつの浜辺に）（同　3627）とも詠まれている。

2　「なにはなるみつともいふな」（古今649）、「うきめをみつのあまとなりにき」（同　973）、「なにはづをけふこそみつの浦ごとに」（後撰1244）、「なにはめにみつとはなしに」（同　887）

3　斎宮集（書陵部本）は「ひさしとあるたにたひたひになれは　女御殿」であるが、同　西本願寺本は、詞書中の「久し」を「ひさしう」とする以外は、村上御集と同じである。

4　「あしざまのことのゆかりは」（散木奇歌集918）、「あしざまのことのみまなき身をすてて」（同　954）、「たづの音を鳴くも又あしざまに」（為家集1250）

5　村上御集で「うらみ」の詞は、24、70、71、77、86にみえるが、帝の歌は当71のみで、他は徽子の歌である。天皇にとって「うらみ」が関わりの薄い詞であるとすれば、当歌の「うらみ」も、帝は自分がうらまれている、徽子に怨まれていると表現しているのではなく、徽子が自らを恨んで自らを悪く言っていると解釈すべきなのかもしれない。

七二、七三

1　雲の上に鳴くなる雁の遠けども君にあはむとたもとほりきつ（万葉1574　右大臣橘家宴歌七首）

2　「思ひいでてこひしき時ははつかりのなきてわたると人しるらめや」（古今735）、「人を思ふ心はかりにあらねども」（同　585）

3　「雁の鳴くねは吾がごとく」（万葉2137）、「はつかりのなきこそわたれ」（古今804）

4　ほととぎすながなくさとのあまたあれば猶うとまれぬ思ふものから（古今147）

5　「斎宮集」では、定家監督書写本の綴じ部分にあったかとされる歌であるが、書陵部本には見えず、西本願寺本の第二句に「とびわたるらむ」（西本願寺本）の本文異同がある。

6　葦辺より雲ゐをさして行く雁のいやとほざかるわが身かなしも（古今819）

7　『万葉集　中』（補注3）「玉梓の」

8　「長月のそのはつ雁の使ひにもおもふ心は聞えこぬかも」（万葉1614）は、遠江桜井王から聖武天皇への歌で、お気持ちが聞えてこないものかと言う。「春草を馬くひ山ゆ越えくなる雁のつかひは宿り過ぐなり」（同1708）も同様に、「かりのつかひ」で、文（手紙）を表している。是貞親王家歌合の歌では「秋風にはつかりがねぞきこゆなるたがたまづさをかけてきつらむ（古今207）と詠まれている。斎宮集では、この二首以外に「なをたまつさはかたくそありける」（西本願寺本150）という斎院の歌が収められる。同様に文の意味である。

9　　第二句　　第四句
村上御集73　つけてける程は　／　とふをたえぬ
斎宮集（書陵部本）
　57　つてけるほとは　／　とふことたえぬ
同（西本願寺本）
　24　つけけるほとは　／　とふことたえぬ

「つけてける程は／とふをたえぬ」（村上御集）と「つけけるほどは／とふことたえぬ」（「斎宮集」西本願寺本）とは、ほぼ同じ意味であるが、後者のほうが、より意味が明確になっている。第四句について、書陵部本を『私家集大成』では「とふとたえぬ」と翻刻されているが、傍線部は、書陵部蔵本（五〇一・一六二）では「こと」であろう。同系統の「定家監督書写本」は「とふことたえぬ」で、「こと」が明瞭である。

七四、七五

1　「斎宮集」（書陵部本、西本願寺本）では、玉藻を用い、第二句を「せぜのたまもを」とする。西本願寺本を底本とする『注釈』（30歌）は、次のように解釈している。

「たまも」は、手習の歌をあちこちの瀬に生えている藻になぞらえたものである。谷川の流れは、次第に大きな流れとなる。ここに書きつけた思いを谷川の掻き集めた藻と卑下し、たくさんの方方のお仕えする大きな川ともいうべき帝のところでは、水中のごみとなることだろうというのである。

『注釈』30歌）

手習の歌とは、先行する18番～28番（共に西本願寺本）の、手習のように書いた歌を指すという。

詞書を対照させれば、次のとおりである。

村上御集74詞書なし　／75　内の御
斎宮集（書陵部本）63又　／64　内の
同（西本願寺本）30　また女御れいのやうにやりて
／31　おほんかへし
同（正保版本系）23見くるしのさまやれいの山ふところ　／―　歌なし

「斎宮集」（西本願寺本）の詞書「また女御れいのやうにやりて」について、『注釈』（30歌）では、「れいのやうに」を、手習の形に対して、「普通の書式の手紙のように」と解釈している。また、「やりて」に「破りて」の可能性も見ながら、本来は「かいて」とあったものとする。さらに、その「れいのやうにかいて」の理解が、なし難かったところから、歌詞「谷川」にひかれて、斎宮集（正保版本系）のみに備わる詞書が付されたものか、とされる。山間を流れる川の、川底に沈む水屑のイメージが、斎宮集（正保版本）系統の本に残ったということであろう。

2 「玉藻なす彼よりかくより靡かひし」（万葉194）、「よせくるたまもかたよりに」（同3993）

3 おきへにもよらぬたまもの浪のうへにみだれてのみやこひ渡りなむ（古今532）等

4 同歌を収録する続詞花集590が、詞書を「をとこのもとへやるふみを人に見すらんなどいひて　女」、同第二句を「かきつめじ」としているのに従う。

5 例外として、「さとのあまのたきすさびたるもしほ草又かきつめてけぶりたてつる」（続後撰1324）、「和歌の浦にちぢのたまもをかきつめて万世までも君がみんため」（玉葉1093）、と詠む歌もある。その「玉藻」は千載集奏覧の際の集歌の比喩であり、また、藻がかき集められると詠まれるのは、もしほ草として焼かれる海の景物である。

6 「そこのみくづもあらはれにけり」（好忠集12）、「そこのみくづもかくれざりけり」（恵慶集76）

7 「もらす心のほどをしらなん」（千載654）、「いはまにもらすしたの心を」（新古今1086）といった和歌表現も見える。

1　前歌と無関係に、「とありければ又これより」とあれば、「これ」は村上御集を主体にして帝の側ということになる。帝の歌と見るには、前述のように、歌内容がそぐわない。また、村上御集に「これより」とする表現はここだけであり、特殊である。なお、斎宮集のほうには、西本願寺本だけでも、「おなし宮に七日許これより」（199詞）「これよりきこえ給ける」（200詞）、「のちの日、これより」（213詞）、「これより、一品宮に」（226詞）と四箇所に見える。麓の草が濡れるという主意は、村上御集も変わらない。

当歌は「斎宮集」では、書陵部本系統にのみ入り、「又いかなるおりにか」の詞書ならびに類する歌本文（結句は、「草葉ぬれしや」）で収録される。

2　「秋くれど色もかはらぬときは山」（古今362）等

3　しぐれつつ人めまれなるわがやどはこのはのちるをたれかとぞおもふ（好忠集280）

4　「しぐれつつもみづるよりも事のはの心の秋にあふぞわびしき」（古今820）、「きりたちてわかれし日よりしぐれつつすぎにしあきぞ」（元真集51）

5　「しぐれつつあけぬ夜ながら」（村上御集54）、「しぐれつつすぎにし秋の」（同　58）

七七

1　「なにはなるみづめに人はみえじとてあしともいへばかりかかるかも」（新撰和歌六帖2030）のほか、「なにはめがこやならなくにいかにこはここもかしこもあしあしといふ」（林葉912　嫌会所恋）、「うらみてはあしといふなるなにはがたなみだぞそではつつみわびぬる」（成尋阿闍梨母集28）が、少ない例である。

2　いそなれぬ心ぞたへぬ旅ねするあしのまろ屋にかかる白なみ（新古今926）

3　当歌は、斎宮集（書陵部本）で重出している。初句と結句に見える本文異同を掲げる。「うらみては・いふにそ有ける」（書陵部本72）、「うらみても・いふにさりける」（同　162）

七八

1　第二句は、斎宮集（書陵部本、西本願寺本）では「たまさか」になっている。斎宮集（定家監督書写本）では、一首が細字で補入されており、書陵部本も同様である。

また『私家集大成』は、斎宮集（書陵部本）の結句を「かりにてもくれ」と翻刻する。たしかに書陵部蔵本（五〇一・一六二）の影印では、「く」に見える。しかし、それは、親本である、定家監督書写本の、「み」の第一画が小さく書かれた形が、同書陵部本の「く」として書写されたものであろうと推測される。したがって、斎宮集（書陵部本）は、「かりにてもみれ」という本文であったと見たい。文脈上も「飛ぶしるしには……かりにてもくれ」では、「しるし」と「かり」の意味するところが重なる。本文は、「かりにてもあれ」（「斎宮集」西本願寺本）または「かりにてもみれ」（村上御集）が適切である。

2 「たま川の玉さかにても」（古今六帖1556）、「たま河のたまさかにだに」（新勅撰1312）、「てじまなる名をたまさかのたまさかに」（万代2551）

3 「いづかたをわがながめましたまさかに」（能宣集57）、「たまさかにゆきあふさかのせきもりは」（道信集14）

4 「おもひおけるはちすのつゆのたまさかにかたみにかよふひかりともみよ」（仲文集82）等に見える。「斎宮集」には、「たまさか」を詠む歌が、当歌以外に（書陵部本103、西本願寺本55）と（西本願寺本164）とがあるが、稀の意味であって、掛詞にはしていない。

七九

1 斎宮集（書陵部本）では重出（65、163）しており、第四句は、ともに「もらせはもるる」である。文法的には異なるが、解釈は変わらない。

　なはしろの水こさせずとうらむるは君かこころやをやまだのせき（大斎院前の御集136）

　をやまだの水をこころにまかせではなにをたのみにつくるなりけむ（同137）

　を山だのせきもりつよきみづなればこころひとつにまかせがたしや（同138）

それらは、苗代の水が枯れることをめぐっての贈答である。山間からの水を自由にする、しないについては、「を山田のせきもり」が水を管理している、と言う。大斎院は村上天皇第十皇女選子内親王である。先に掲げている好忠も、生没年不詳であるが中古六歌仙の一人であり、徽子没後間もない頃に、右のような歌が詠まれていた。

八〇

1 当歌は、「斎宮集」諸本がもっている。詞書は、次のように「いかなるおりにか」に類するものである。

「いかなるおりにかありけむ」書陵部本155

「いかなりけるをりにか」西本願寺本

「いかなるおりにかありけむ」正保版本系

書陵部本では重出（73、155）しており、73の詞書のほうは、「又」（73）である。

2　「朝りすと磯にわが見し莫告藻《ナノリソ》を」（万葉1167）、「しかのあまの磯に刈り干す名　告　藻《ナツキモ（ノリソ）》の」（同3177）、「四時に生ひたる莫　告《ナノリソ》が」（同509）

3　「なのりそれよと」（「斎宮集」書陵部本73・155、西本願寺本、小島切）、「なのりそれかと」（正保版本系）

4　当歌は「斎宮集」（書陵部本）では重出するが、ともに村上御集と同じ「忘れ貝」を用いる「忘れかひとや」であり、他本は「忘れくさとや」（「斎宮集」西本願寺本、定家筆臨模本、資経本、小島切）、「忘れるさとや」（正保版本）という本文である。なお、西本願寺本の翻刻は「草」と漢字表記されているが、仮名表記された「くさとや」（資経本）の連綿に「さと」を見たのが、正保版本の本文であったかもしれない。

八一

1　「かかるをも」（村上御集81・斎宮集（書陵部本、西本願寺本、定家筆臨模本、正保版本）、「かかるをは」（村上御集109・斎宮集（資経本）のように、初句は、村上御集の重出歌109と「斎宮集」資経本との近い関係が思われるが、資経本の結句は、「わすれぬものを」で、同一歌にはならない。

2　当歌は、続古今集と万代集で次のように採られる。次の歌本文は両集に共通し、詞書も完全に同じではないが、ほぼ等しいと言って良い。

　御心ちれいならずおぼしめされけるころ、斎宮女御に　天暦御製
かかるをもしらずやあるらむしらつゆのけぬべきほどもわすれやはする（万代2270）

　御ここちれいならずおはしましけるころ、女御徽子女王のもとにつかはされける　天暦御歌
かかるをもしらずやありけんしらつゆのけぬべきほどもわすれやはする（続古今1475）

これらの結句は、村上御集81の形であって、同集109のものとは異なる。

八三

1　新撰和歌髄脳‥「仁和の聖主」の歌で「承香殿女御」に贈る
俊頼髄脳‥「仁和のみかど」の歌で「広幡の御息所」の逸話
和歌童蒙抄‥「仁和の御門」の歌で「広幡の御息所」の逸話奥義抄・「仁和御製」追補あり
和歌色葉　‥「天暦の帝」の歌で「広幡の御息所」の逸話

2

栄花物語‥（巻第一）村上天皇の歌で「広幡の御息どころ」に関連

十訓抄‥（巻第七ノ八）村上天皇の歌で「広幡の御息どころ」の逸話

歌学書では、仁和帝（光孝天皇）の歌と混同されている。「広幡の御息所」の名前が挙がっても同様に、仁和天皇の歌とされている。

「奥義抄」では、「旋頭歌　六　沓冠折句歌　十字あることを句毎の上下におくなり」として、当「あふさかも」歌が、「喜撰式」から引用されている（「已上出喜撰式」）。「喜撰式」は、「奥義抄」が引用しているので右の「新撰和歌髄脳」であるという（「解題」『日本歌学体系　第一巻』）。しかし、「奥義抄」の追記 ― 流布本系に見えるという（同上）―では、「此歌在村上御集。広幡御息所許也。而載喜撰式。尤不審。若以古歌歟。」と記される。この歌は、村上御集に在るにもかかわらず、「喜撰式」に載るのでは、時代が合わないということであろう。古歌が村上天皇の歌として伝わっているのかと、疑問が呈されている。「広幡御息所許也。」というので、村上御集は、后妃ごとに歌が集められていたようである。

ひろはたのみやす所、ひさしう内にもまゐらざりける、夢になむ、れいのやうにて内にさぶらひたまひつると人のいひ侍りけるをききて　いにしへをいかでかとのみ思ふ身に今夜のゆめを春になさばや（拾遺810）／ひろはたのみやす所、内にまゐりておそくわたらせたまひければ　くらすべしやはいままでにきみとそうし侍りければ　とふやとぞ我もまちつるはるの日を（同1182）／冷泉院御屏風のゑを女房たちうたよみはべりけるに、ほふしのふねにのりけるところ／ひろはたの宮すどころ　わたつみのあまのふねこそありときけのりたがへてもこぎでたるかな（麗花集122）

八四、八五

1　詞書をめぐる問題の第一点は、贈答相手の女御が誰かという点である。「いづれのにか」は、時・場所を言うとともに、「いづれの（女御）にか」として女御を朧化していると見ることができる。村上御集で「女御」と記される歌の多くは徽子の歌であるが、それは一連の歌群において言えることである。また「同女御」とも記されないので「某女御」との贈答と見た。「梅の枝をお（を）りて」とあるが、たとえば梅であることが重要であり、梅のある局を梅壺（凝華舎）であったと仮定した場合に、そこに住む女御が特定されなかったため、村上御集の「いつれのにか」という表現になったのかもしれない。
当歌は次のように斎宮集に載るので、徽子に関連する歌であると見ることはできるが、それでも歌の状況は不明確である。問題の第二点は、「上」「御」と記されていなければ、女御の歌とも解釈出来る場合が出てくることである。

女御殿の御かたに花のありけるを、御覧せさせんとありけれは、むめの枝をゝりて、御（「斎宮集」西本願寺本）

女御御かたにはなのありけるを、御覧せんとありけれは、梅ひとえたおりて、上（同　正保版本系）

女御とのの御かたに花のありけるを御らむせむとおほせられければむめの枝をゝりて（同　書陵部本）

「御覧せさせんとありけれは」（御覧に入れよう）は、女御側の働きかけとなり、直後に「御」とあれば、齟齬する。「御らむぜむとおほせられければ」（御覧になりたいとおっしゃったので）であっても、女御からの働きかけとなるので、直後の「上」とは齟齬する。この点について、『注釈』（138歌）は、天皇の意向があって、女御が梅を献上し、天皇は、女御が献上してきた「梅の一枝を折って再び女御のもとに贈った」のだと解釈する。また、「御覧ぜさせん」を一つの尊敬語として見る解釈も示されている。右の三例では、結果として、書陵部本の作者が女御ということになる、という。

2 「えだならば」（村上御集」、斎宮集（正保版本系）、「えだなれば」（「斎宮集」書陵部本、西本願寺本）のように、「斎宮集」をあわせると、第三句には、「枝ならば」と「枝なれば」の異同があるが、「枝なれば」（枝であるので）の場合、「見て心が慰む花の枝ゆえに」花に心をかけるといった平板な主意になる。「花のついていない枝を見ただけで心が慰むのであれば」の意味となる仮定形の、村上御集の本文が本来の形ではないかと考える。第四句にも「つけてこころや」（「斎宮集」書陵部本）、「こころをつけて」（同　西本願寺本）、「つけて心を」（正保版本系）と本文異同がある。梅の枝とともに心を贈るわけではないので、これも、「つけて」ではなく、村上御集の「かけて」（それを契機に思い遣って）の本文が妥当である。「心に掛ける」ことはまた時間的な長さも伴う。

3 妹がため末《ホツエ》枝の梅を手折るとは下《シヅエ》枝の露にぬれにけるかも（万葉2330）等

八六、八七

1 「しのぶれどぬけつつもくるひとづまはこころあはせのころもなりけり」（為忠家後度百首630）、「たくなはのながき命のかひもなしくるしやこころあはぬためしは」（秋風728）のうち、前者は人妻に執着する恋を詠む歌で後者も恋の歌である。後者は「たくなはのながき命のをしけくはたえても人をみまほしみなり」（古今六帖1778）の上句を用いている。

2 ふぢの花こきむらさきのいろよりも（麗花集37もとすけ、元輔集117）

3 万代集では、「中宮御方にわたらせ給けるが、ひるかへらせたまうて、藤花につけて　天暦御製／かへるともうらみざらなんふぢなみのよるあはんとしちぎりきつれば」（万代2246）として載る。中宮の所へお渡りになり、昼までおられお帰りになってから、藤の花につけて贈られた歌だと言う。初句と第四句が変えられ、歌は「帰るが藤の花はうらんでいないだろう。夜に逢うと約束したので。」という全く異なる内容になっている。

4 「なし棗　きみに粟つぎ　延ふ葛の」（万葉3834）、「たかまどののべはふくずのすゑつひに」（同4508）

5 かりがねの寒く鳴くより水茎の岡の葛葉は色づきにけり（万葉2208）

6 水茎の岡の葛葉を吹変《フキカヘ》し面知る児らが見えぬころかも（万葉3068）

7 『新日本古典文学大系　新古今和歌集』1243歌注釈

八九

1 治世の時期に限られたのであろう本集の編纂方針からは、当詞書の「同」は、「天暦」と考えるのが妥当であるが、歴史的な記録は見つけられない。

村上天皇に関して「七年」は、幼児期を除き、「承平」「天慶」「天暦」の年号にある。承平七年（937年）は、安子との婚儀（天慶三年）の三年前である。天慶七年三月に村上天皇は数え歳十九歳で、四月に立太子を控えている。十七日の記事は見つけられない。天慶九年（946年）に即位する。天暦七年三月では、大日本史料が引く「十四日、癸巳、春宮大進正五位下藤原遠規卒ス。」（西宮記）がある。同年二月では、十二日に、「藍園町有火事延及神祇官、後庁屋焼亡已畢。」（扶桑略記）と、火災があったようで、神祇官後庁屋に及んだのは重大であったのだろう、翌日、大祓のことを指示し、出来事を占わせている（村上天皇御記）。同年四月では、「村上天皇御記」に、次の「西宮記」の記事が補入されている。「一日、依物忌不出。令仰公卿依例可賜侍従等座事。左衛門督源高明令奏見参如例。」（西宮記十旬還宮後儀）。物忌みで、侍臣らが集っている。

2　万代集が採る天暦四年（950年）二月十七日の記事も見つけられない。同年三月では、『大日本史料』に花宴の記事が、「北山抄」等から引かれている。

3　みや人の心をよせてさくら花をしみとどめよほかにちらすな（続後撰116）

九〇、九一

1　後撰集294詞書には、「藤原もろただ」の名が見える。『新日本古典文学大系　後撰和歌集』では、「もろただ」を「中納言兼輔の息の藤原庶正」と同定している。

2　「応和元年八月廿三日。无品昌平親王薨。年六。」（本朝皇胤紹運録）より逆算。

3　「「常夏」と呼ばれるのは「大和撫子」に限られ、石竹の異名である「唐なでしこ」ははいらなかったことがわかる。」（『新日本古典文学大系　後撰和歌集』「色といへば濃きも薄きもたのまれず山となでしこ散る世なしやは」202注釈）という。

4　「ひさかたのあめはふりしく奈弖之故《ナデシコ》がいやはつはなにこひしきわがせ」（万葉4443）」、「うるはしみあがもふきみは奈弖之故《ナデシコ》がはなになぞへてみれどあかぬかも」（同4451）であるが、前者は大原真人今城を、後者は奈良麻呂を「なでしこ」に見立てている。宴席で、男性から男性を喩える素材にもなっているわけである。

5　わがやどに蒔きし瞿麦《ナデシコ》いつしかも花に咲《サカ》（さき）なむ名そへつつ見む（万葉1448）

6　竹岡正夫『古今和歌集全評釈　下』695歌注釈

7　村上御集において、帝と后妃との贈答で「きみ」の詞を用いる歌は六首ある（20、50、56、69、90、124）。うち一首は「君のために衛士が火をたく」とする歌（50）で女御から帝を指すが、他の四首は、帝より女御を指す。故太后や娘の内親王を指す二人称にも用いられている（110、114）。また、編者の言葉のように置かれた歌にも見える（101）。

8　たとえば、「垣穂成《カキホナス》人辞《ヒトゴト》聞きて吾背子《ワガセコ》が情《ココロ》たゆたひあはぬこの頃」（万葉713）は、盛んに立つ人の噂のせいで逢えないという歌である。

九二、九三

1　「神のやどりであるとか、自分の所有であるとかを示すため、あるいは道しるべのための標識。草の葉を引き結んだり、藁・萱などのいわゆるしめ縄を張ったり、印をつけたりした」（「しめ（標）」『時代別国語大辞典　上代編』）が、一般的な意味である。

2　万葉では「山に標結」（万葉154）・「里人の標結と」（同3272）と詠まれた。したがって、しめゆふにふさわしくない箇所への行為は、「朝茅原《アサヂハラ》小野に印《シメ》ゆふ空《ソラ（むな）》言《コト》を」（同2466）などとして、「空言」を起こす序に用いられた。所有することを示す行為が「しめゆふ」であった。

3　「亭子院の御前の花の、いとおもしろくあさつゆのおけるを、めして見せさせ給ひて　法皇御製／白露のかはるもなにかをしからんありてののちもややうきものを」（後撰279）、「御返し　伊勢／うゐたてて君がしめゆふ花なれば玉と見えてやつゆもおくらん」（同280）の、これらは、「宇多上皇が出家して亭子院を離れた頃の作であろうか」（『新日本古典文学体系　後撰和歌集』279注釈）とされているが、伊勢が上皇の威光を白露（「玉」）で表している。

右は、数少ない例の一であるが、同時代の漢詩集『懐風藻』には何首も見え、「梅の香に託しての叙情は中国文学の影響で」古今以後にその香を賛える詠み方がなされるという。（『歌枕歌ことば辞典』うめ[梅]）

4　「うめのはな香をかぐはしみとほけどもこころもしのにきみをしぞおもふ」（万葉4500）は、数少ない例である。

5　梅花にほふ春べはくらぶ山やみにこゆれどしるくぞ有りける（古今39　貫之）／月夜にはそれとも見えず梅花かをたづねてぞしるべかりける（同40　みつね）

6　「やどちかく梅の花うゐじあぢきなくまつ人のかにあやまたれけり」（古今34）と「梅花今はさかりになりぬらんたのめし人のおとづれもせぬ」（後撰38　朱雀院の兵部卿のみこ）の、後者は、知り合いの家に行ったときに梅の木があった。「花が咲いたら必ず消息をしましょう」と言っていたのに便りが無かったので、と詞書にある。単に花見の時期を知らせてくれなかったという意味ではあるまい。満開の梅が恋人を嫌でも思い起こさせたことが詠歌の契機になる。

7　住吉の松の緑もこの春は君が御幸に色ことに見ゆ（栄花物語588）／これぞこのはるの野べよと見ゆるかなおほ宮人のうちむれてゆく（六百番歌合70　五番）

九四

1　底本の代々御集には、「本マ、」という疑問を呈する書入がある。「藤壷女御」であれば、天暦三年には安子を藤壷女御と呼ぶ記事が見える（「紀略」天暦三年三月二十二日）ので安子であろうが、居所は変わりもしており、問題がないわけではない。万代集2372（第二句「ころはしらで」、第四句「へだてつるなにも」）では、後掲のように徽子の歌とする。徽子の歌には、帝との疎遠な関係が、多く主意として詠まれてきたからであろう。村上御集5（82）の藤花宴の歌との関連も思われるが、積極的な根拠がない。

　　としのくれにたてまつらせ給ける　斎宮女御

　むつましきこころはしらでとしつきのへだてつるなにもなりぬべきかな（万代2372）

九五、九六

1　『新日本古典文学大系　新古今和歌集』1256歌注釈

2　「草のはつかに見えしきみはも」（古今478）、「わか草のはつかに見えし人ぞ」（好忠集22）

3　「恋歌あまたよみ侍りける中に／やまのはにまたれていづるつきかげのはつかにみえしよはのこひしさ」（続古今1249）の定家の歌は、「はつか」なる月光を詠む。出会うことを待ち遠しく思っていた月光が僅かな時の間に顔を見せる。恋歌であり、僅かな出会いの時が暗示されている。

4　注1に同じ

5　玉葉では、「更衣源訶子」となるが、この人物は不明である。仮に誤りでなければ、新古今の詞書に反する記載であって、何か確信的な所為のように思える。

　また、当96は、新後拾遺集では帝の歌とする。新古今集に当歌96は採られていないが、前歌「あふことを」（95）は「天暦御製」として載る。同集の作者名と照応させるまでもなく、当歌そのものは非常に女性的な歌である。女性に仮託して帝が詠んだとする可能性もあるが、他の帝の歌とは似ないことから、妥当ではないように思われ、帝の歌であるとするのは不自然であると考える。

6　「鶯に身をあひかへばちるまでもわが物にして花は見てまし」（後撰101）、「おもひしる人もこそあれあぢきなくつれなきこひに身をやかへてむ」（後拾遺655）が、数少ない用例である。

九七、九八

1　「からころも」の使用例は、万葉六例、古今十例に対して、後撰では二十一例と増える（『新編国歌大観』を使用）。「からころも」は「来て帰す、袖ひる、身に慣れる、ふりぬ、衣を返す」等の歌想で詠まれる。

2　「妹　相《イモニアハム（いももあはぬ）》かも玉　緒《タマノヲ》の絶えたる恋の繁き」（万葉2366）、「あはぬ日　数《アマタ（まねみ）》　恋わたるかも」（同2422）、古ゆ言続けらく恋すれば不　安《ヤスカラズ（くるしき）》ものと（同3255）

3 なにかよにくるしき物と人とはばあはぬ恋とぞいふべかりける（深養父集58）

4 斎宮集（西本願寺本、正保版本系）に見られる。「ももその宮にことかりきこえてかへしたてまつるに　ききならすことはへにけることなれとあはぬこひこそかゐなかりけれ」（「斎宮集」西本願寺本68）のとおりである。ただし、同　書陵部本123は、下句を「あはぬこゐこそかひなかりけれ」と、琴に比重を置いた表現を採っている。傍線部ママ

5 「雁《カリガネ》　鳴の来鳴きしなへ《トモニ》にからころも裁《タツ》田の山は　黄《モミヂ》そめたり」（万葉2194）の表記「裁田之山」は、「たつ」が「衣」を「裁」つ意味に由来することを示す。

6 「白《シロタヘ》　細の袖さしかへて靡きねし吾黒髪の」（万葉481）、「白《シロタヘ》　細の袖さしかへてさねし夜や」（同1629）

7 「もみぢばのおつるころしもからころもにしにかくるぞあはれなりける」（高光集38）も同種の取り合わせである。

九九、一〇〇

1 底本では、「ぬ」の第二画が長いので「奴」の崩し字には見えるが、右側が丸く大きく、「ね」と誤ったのかもしれない。

2 99、100の贈答は、次の本文で新勅撰集に入る。当集100歌とは、歌本文の異同がまったくない。

天暦御製

雪ふり侍りける夜、按察更衣につかはしける

冬の夜の雪とつもれるおもひをばいはねどそらにしりやしぬらむ（新勅撰1015）

御返し　更衣正妃

ふゆの夜のねざめにいまはおきて見むつもれるゆきのかずをたのまば（同1016）

3 「庭もほどろに雪そふりてある」の異文が載るが、「はだれ」「ほどろ」ともにまだらな状態である。

4 除目のころ子の日にあたりて侍りけるに、按察更衣のつぼねより松をはしにてたべものをいだして侍りけるに（拾遺1028詞）

5 「念人（中略）右（中略）弁更衣　按察更衣」（内裏歌合天徳四年）、「天徳四年三月卅日、内裏女房に歌合のことありけり、左頭には中将御息所、方人宰相御息所、内侍のすけ、右頭には弁の御息所、方人按察御息所、少納言乳母、やむごとなきばかりなむ、男方女方ひとしくてとりわきてなん、うへにもしろしめしてせさせ

たまふことなり」（同右）」と載る。「念人」と「方人」は、詠者や判者以外の、歌合における左右の組に属す人のことであり、「念人」は「以左藤宰相中将左兵衛督為左方念人、以左源宰相中将右兵衛督為右方念人」（賀陽院水閣歌合）、「次有議　公卿相分為左右念人」（内裏歌合　永承四年）のように、方人の中から特に選出されたようである。また、「右のすずしきのみか、聞きにくしと、念人もことばくはへ侍りて以左為勝」（内裏百番歌合　建保四年　三十三番判）のように、判に対して意見を加えられる立場であったようである。

一〇一

1　中将に侍りける時、をんなにつかはしける　清慎公　よひよひに君をあはれとおもひつつ人にはいはでねをのみぞなく（新古今1234）／　返し　読人しらず　君だにもおもひいでけるよひよひをまつはいかなるここちかはする（同1235）

一〇二、一〇三、一〇四、一〇五、一〇六

1　「民部卿宮女御」に該当する后妃に、藤原元方の娘祐姫は存在する。ただし更衣である（一代要記）。

2　「神風の伊勢の浜荻折伏せて」（万葉500）、「葦辺なる荻の葉さやぎ秋風の吹き来るなへに鴈鳴き渡る」（同2134）

3　いとどしく物思ふやどの荻の葉に秋とつげつる風のわびしさ（後撰220）／秋風の吹くにつけてもとはぬかな荻の葉ならばおとはしてまし（同846）

4　帝ひさしくわたらせたまはざりける秋の夕暮に、琴をいとめでたく弾きたまひければ、急ぎわたらせたまひて、御かたはらにおはしましけれど、人やあるとも思したらで、せめて弾きたまふを、聞し召せば、

　秋の日のあやしきほどの夕暮に荻吹く風のおとぞきこゆる

と弾きたりしほどこそせちなりしか」と御集に侍るこそ、いみじうさぶらへ」といふはあまりかたじけなしやな。（大鏡（道長下　雑々物語　一七一段））

典拠を記す辺りの「このあたりの記事は『天暦御集』（『代々御集』所収　書陵部蔵）・後拾遺秋上 にはよらないで、『斎宮女御集』によっている。したがって、あとの「御集に侍る」とある「御集」は『天暦御集』ではなく『斎宮女御集』に見える村上天皇の「御日記」をさすものである」（日本古典文学全集『大鏡』道長下　雑々物語　一七一　頭注）と、解説されている。

5　君待つと吾が恋をれば我がやどの簾動かし秋の風吹く（万葉488）

6 そとほりひめのうた　わがせこがくべきよひなりささがにのくものふるまひかねてしるしも（古今仮名序注記）

7 「斎宮集」において、定家筆臨模本と資経本とは同じ本文であるが、同系統の正保版本は、「河と見てかけはなれゆく水の音に」となり、誤写であろう。

8 水の上に数かくごとき吾が命妹にあはむとうけひつるかも（万葉2433）／ゆく水にかずかくよりもはかなきはおもはぬ人を思ふなりけり（古今522）

9 花がたみめならぶ人のあまたあればわすられぬらむかずならぬ身は（古今754）

10 「思ひつきせぬ世中のうさ」（古今935）、「世にふればうさこそまされ」（同　951）、「心づからにうつろふがうさ」（後撰88）、「涙のみしる身のうさも」（同　1269）

11 「ほどぞかなしき（はかなき）」、は、係り結びを成立させており、「かなしき」（はかなき）は、「かなしきこと」（はかなきこと）という体言を省略させた形である。「ほどのほどなさ」（「斎宮集」正保版本系）という誤写のような本文もあるが、時間の短さを言うのであろう。その他の斎宮集は「ほどのはかなさ」とする。

12 「斎宮集」の詞書は、みな同様で、「又ことお（を）りに」とする。

13 山上憶良の「俗道の仮に合ひ即ち離れ去り易く留り難きことを悲嘆しぶる歌」（万葉　新番号901）に、「空しく浮雲と太虚を行き」と漢文の移行された言葉が見える。

14 「わびぬればしひてわすれむと思へども」（古今569）、「わびぬれば今はたおなじ」（後撰960）

15 規子内親王出生の季節は明らかではなく、男皇子の出生や父重明ら親王の薨去はともに九月で秋であった。徽子が女御になったのは天暦三年（949年）四月七日のことであり（日本紀略）。前年に規子内親王が　誕生している（「一代要記」の記事より逆算）。

16 斎宮女御、はるころまかりいでて、ひさしうまゐり侍らざりければ　天暦御歌／春ゆきて秋までとやはおもひけんかりにはあらずちぎりしものを（新古今1417）

一〇七

1 和歌童蒙抄で、村上御集108の初句が「秋契る」として引用される以外は、歌本文に異同はない。万代集と玉葉集とでも、詞書「宣耀殿女御につかはしける」（万代2193）、「宣耀殿女御にたまはせける」（玉葉1555）といった、詞書のわずかな異同が見られるのみである。

2 「比翼鳥」は、『爾雅』釈地篇に典拠がある伝説上の鳥で、雌雄がそれぞれ片方の翼しか持たず、一対が並んではじめて飛べるという。」また、「連理枝」は、「幹は別々なのに枝が合体して一つになっている木」で「男女の仲がむつまじい喩え」に用いられるという。

（岡村繁『新釈漢文体系177』「長恨歌」）

3　「和歌童蒙抄　第四」『日本歌学大系　別巻一』を通釈した。

一一〇

1　太皇太后藤原穏子於昭陽舎崩。年七十焉。（扶桑略記天暦八年正月四日）

2　殿上人持御捧物、立王卿前、蔵人荷薪若菜籠、有御製倭歌、六位不進捧物。（西宮記（大日本史料　天暦九年正月四日））

3　他出の本文異同を、初句／第三句／第四句／結句の順に、列挙してみる。
いつしかと／わかなをば／のりの道にぞ／つみつる（拾遺1338）
いつしかと／わかなをは／のりのためにそ／つみつる（金玉集52、和漢朗詠集600）
いつしかも／わかなをば／のりのためにぞ／つみつる（深窓秘抄81）

一一一

1　日付に関し、当歌を収録する新千載集86は、詞書はほぼ同じ、歌本文はまったく同じであるが、万代集200では、「天暦九年三月」とする。なお、万代集でも当村上御集とに歌本文の異同はない。

2　「御製。庭花暁欲開。（二月三日）、「御製。風来花自舞。」（三月八日）、「御製。風雲夏景新。」（四月二十六日）、「御製。採菖蒲詩。」（五月五日）、「御製。菊花色浅深、無風葉自飛。」（十月四日）（以上「紀略」応和三年）

3　「御燈」でも、応和元年三月三日の「紀略」記事には、「御燈。廃務。御遊。」とあり、宴のようなことが行われていたのかもしれない。

4　「久しかれあだにちるなと桜花かめにさせれどうつろひにけり」（貫之集880）は、後撰集82、拾遺集1054にも入る、周知の歌であったようである。花瓶の「瓶」（かめ）に「亀」を掛け、長寿の象徴を取り上げる。

5　にほふより心あだなる花故にのどけき春の風もうらめし（古今六帖390）

6　あだにこそちるとみるらめ君にみなうつろひにたる花の心を（後撰541）

一一二

1 「承保」は村上天皇の御代ではなく白河天皇の御代であり、また八年まで存在しないので誤りであろう。仮に、康保（964年－968年）であるとしても、康保五年で改元されている。八と五の崩し字をさらに読み誤り、「康保五年」の記事であったとしても、村上天皇崩御後のこととなり問題は残る。

2 底本には、「女蔵人《ママ》」「きりきり《ママ》」と、「ママ」の傍書がある。「きりきり」は「きりぎり[す]」であることを意識するものであるが、「女蔵人の」は、それが主格を示すことになることを訝るものであろう。

3 村上御集における「女蔵人」の役割は大きい。新古今1800の歌をめぐっては、帝の歌を「歌どもの面白さに触発された態の言葉」（『新日本古典文学大系　新古今和歌集』）、「人々の作がよかった、という批評に代えた作」（『新編日本古典文学全集　新古今和歌集』）という注解がある。一方、「歌会の席に居合せなかったことを残念に思っている帝の詠」（『新潮日本古典集成　新古今和歌集下』）とする注解がある。後者は、

『村上御集』によると、女蔵人が介在しているようだが、作歌した「人々」はやはり殿上人であったかもしれない。が、天皇はそれらの人々の歌が「きりぎりす」の声を「詠み生かせなかった」としてこう詠んだのではなく、むしろそれらの歌からその声の美しさを想像して、直接聞けばよかったと後悔したのではないか。多くの注もそのように見ている。

（久保田淳『新古今和歌集全注釈　六』）

と詳解される。

村上御集の詞書に入る「女蔵人」の記述は、女性という表社会の人物ではなかったこと、暁に聞いた歌の中のキリギリスが、女蔵人の一首という単数の窓口から聞こえてきた声であったことによって、より私的な、明け方の歌の場を作る。女蔵人は帝の仰せにすぐには答えられなかった。それらは、帝の歌の機知を引き立てる役割を果たしている。

4 蟋蟀《キリギリス（こほろぎ）》の待ち歓《ベル》ぶる秋の夜を（万葉2264）、「蟋蟀《キリギリス》いたくななきそ」（古今196）

5 秋風の吹きくるよひは蛬草のねごとにこゑみだれけり（後撰257）、わがごとく物やかなしききりぎりす草のやどりにこゑたえずなく（同258）

一一三、一一四、一一五、一一六

1 後撰集1137に作者名として挙がり、天徳歌合14にも歌が残

される。師輔が歌を贈ったとされる、「少弐命婦に遣はしける」（九条右大臣集98）とした同じ歌が、天福本系統の大和物語（百十五段）では、「少弐のめのと」に贈ったことになっている。

2 「橘為仲朝臣みちのくにのかみにてくだりけるに、太皇太后宮の大盤所よりたれとはなくて」（詞花184）、「久しくつかさたまはらで、式部卿のみやより大盤所にたてまつらするながうた」（順集163）、「大后の宮の人人、子日しにのべにまかりたるに、大盤所よりとて歌よみてたまはせたりし」（能宣集283）

3 蝉の羽のひとへにうすき夏衣なればよりなむ物にやはあらぬ（古今1035）、夏衣うすきながらぞたのまるるひとへなるしも身にちかければ（拾遺823）

4 拾遺抄198の詞書のほうは、「天暦御時命婦小弐がぶぜんに夏ごろくだり侍りけるに」の箇所が異なっている。

5 天暦三年九月二十三日群行（天暦元年二月二十五日卜定）の悦子（旅子）内親王と、天徳元年九年五日群行（天暦九年七月十七日卜定）の楽子内親王である。悦子内親王は、重明親王の娘であり、楽子内親王は、村上天皇の娘であるので、娘を送り出す父天皇の歌という視点からは、楽子内親王と見るのが妥当であろう。先掲、斎宮群行の歌を詠んだ朝忠の官職すなわち、朝忠の参議は天暦六年である（『新日本古典文学大系　拾遺和歌集』263注釈）という点からも、楽子内親王の斎宮群行に関する歌だということになる。

6 天暦十一年九月十五日に斎宮のくだり侍りけるに　御製（拾遺抄201）

7 伊勢斎宮楽子内親王禊西河参向伊勢。天皇幸八省院発遣之。（紀略　天徳元年九月五日）

8 「天暦御時九月十五日、斎宮くだり侍りけるに」（拾遺309）は、村上御集と同一である。

9 『新日本古典文学体系　拾遺和歌集』494注釈

10 注9に同じ

11 拾遺集と拾遺抄とに同じ歌本文で載るが、詞書は次のとおりである。「天暦十一年九月十五日」（拾遺494）、「天暦十一年九月五日」（拾遺抄443）。

一一七

1 「かずしらぬはまのまさごの年をへて」（赤染衛門集605）、「紅葉葉の浜のまさごの苔ふりて」（元輔集64）

2 むらかみのみかどふえをかけて、御ごつかまつらせたまて、いたうまけたまければ、ふえをかへしたまふとて、うへの御（一条摂政御集56）

3　『新日本古典文学大系　古事談　続古事談』

一一八

1　あなこひし今も見てしか山がつのかきほにさける山となでしこ（古今695）

2　思ひいでてこひしき時ははつかりのなきてわたると人しるらめや（古今735）／かりこもの思ひみだれて我こふといもしるらめや人しつげずは／（同485）／わがこひを人しるらめや敷妙の枕のみこそしらばしるらめ（同504）

一一九

1　ふじの山のかたをつくらせ給ひて、ふぢつぼの御方へつかはす（拾遺891）

2　「高貴《タカクタフトキ》き」（万葉317）、「不尽《フジ》の高嶺《タカネ》に」（同318）等

3　「ふじの高嶺のもえつつわたれ」（万葉2697）、「ふじのたかねのなるさはのごと」（同3358）

4　「ふじのねのめづらしげなくもゆるわがこひ」（古今680）、「ふじのねのならぬおもひにもえばもえ」（同1028）

5　ふじのねを高みかしこみ雨雲もいゆきはばかりたなびくものを（万葉321）

6　類歌は、「宗于集」にも、「よの人のおよびがたきはふじのねのふもとにたかき思ひなりけり」（宗于集32）として伝わる。しかし、「宗于集」の当歌は、「拾遺集出典の、それも宗于ではない他人の歌である」（『新編国歌大観』解題）とされている。

7　『新日本文学大系　拾遺和歌集』891歌注釈

8　萩谷朴『平安朝歌合大成　増補新訂　第一巻』

一二〇

1　入内については、2歌注記1に、没年は同注記2に記載。

2　むすめにまかりおくれて又のとしの春、さくらの花ざかりに、家の花を見ていささかにおもひをのぶといふ題をよみ侍りける　小野宮太政大臣／さくら花のどけかりけりなき人をこふる涙ぞまづはおちける（拾遺1274、拾遺抄548、清慎公集94）

一二一

1　当歌を収録する、拾遺には、「たなばたまつりかける御あふぎに、かかせ給ひける　天暦御製／織女のうらやましきに天の河こよひばかりはおりやたたまし」（拾遺1086）として、詞書に状況が記される。

2　万葉では、多くは棚機姫の意味で「棚機・棚幡・織女・棚橋渡」と表記されるが、また、「七夕」を七日の夜（なぬかよ）の意味で用いている。（「一年に七夕《ナヌカノヨ》の

み」(2032)他、「今《コノ》し七夕《ナヌカノヨ（ななよ）》を続こせぬかも」(2057)。拾遺集では、天福二年書写の定家本系統では「たなばたの」は、「織女の」と表記されているようである(注3の底本に拠る)。

3 『新日本古典文学大系　拾遺和歌集』1086注釈

4 令侍臣賦詩。題云。織女渡天河。(紀略　応和二年七月七日)

5 注3に同じ

一二二、一二三

1 当歌を所収する歌集の詞書は、次のとおりである。

天暦御時伊勢が家の集めしたりければ、まゐらすとて
中務(拾遺1141)

天暦御時に伊勢が家の集めしければたてまつるとて
中務(拾遺抄423)

おやのいせが歌めしありて、うら《ママ》にたてまつりしおくに
(中務集　二類本172)

また、「中務」の記名は、他とは異なる体裁である。書き入れが本文化したというよりも、追補元の資料の書式が残ると考える

また、「中務」の記名が、他とは異なる書式である。書入が本文化したというよりも、追補の際にもとの資料の書式が残ったと見るべきではないかと思う。

2 しぐれつつふりにしやどの事の葉はかきあつむれどとまらざりけり(拾遺1141)

しぐれつつふりにしやどのことのははかきあつむれどたまらざりけり(拾遺抄423)

しぐれつつふりにしあとのことのははかきあつむれどとまらざりけり(中務集　二類本172)

3 『新日本古典文学体系　拾遺和歌集』1142注釈

4 昔より名たかきやどの事のははこの本にこそおちつもるてへ(拾遺1142)

むかしよりなたかきやどのことのははこのもとにこそおちつもるといへ(拾遺抄424)

むかしよりなたかきやどのことのははこのもとにこそおちつもるらめ(中務集　二類本173)

5 のちに、現在の「伊勢集」にまとめられるような私家集の原型であろう。

一二四

1 「君をのみ思ひねにねし夢なれば」(古今608)、「君をのみ思ひこしぢのしら山は(同979)

2 回《タチドマリ（タチワカレ）たもとほり》徘ゆきみのさとに妹を置きて心空《ソラナリ（そらにあり）》在土はふめども（万葉2541）、「わぎもこが夜戸出のすがた見てしより情　空　有地《ココロソラナリツチ》はふめども」（同2950）

3 秋風のうちふきそむるゆふぐれはそらに心ぞわびしかりける（後撰221）、別れゆく道のくもゐになりゆけばとまる心もそらにこそなれ（同1324）

4 『新日本古典文学体系　拾遺和歌集』1241注釈

一二五

1 天暦七年十月廿八日、殿上侍臣左右相分、各献残菊三本、昨日欲献此花、而依有中宮御悩之気停止。（九暦逸文）

2 身をわけて霜やおくらむあだ人の事のはさへにかれもゆくかな（後撰462）

3 菊の花うつる心をおくしもにかへりぬべくもおもほゆるかな（後撰852）

4 「はちすばのにごりにしまぬこころもて」（古今165）、「わがひとしれぬ心もて」（後撰1017）等、

5 「心もてをるかはあやな」（後撰29）、「心もておふる山田のひつちほは」（同269）

6 又仰云、去延喜十三年侍臣献菊。（九暦逸文　殿上菊合）

7 おくしものかひもあるべききくのはないろをましてもかれずもあるかな（醍醐御時菊合23）

一二六

1 「唐衣なれば身にこそまつはれめかけてのみやはこひむと思ひし」（古今786　かげのりのおほきみ）も見える。業平の歌は、着慣れた衣を例に別れて来た妻を思い、景式王の歌は、恋人との仲が着慣れた衣のように親しいものであれば良かったと詠う。

2 もろともにをしむ別もから衣かたみばかりぞ先そほちけり（兼輔集94）

から衣ほせどたもとのつゆけきはわが身の秋になればなりけり（新勅撰298）

3 「左近少将伊陟、右近少将助信等、把脂燭照之。」（内裏歌合天徳四年　御記）、「念人　右」（同　殿上日記　女房和歌合）

4 清涼殿、後涼殿との中にある渡殿の、北に庭、ただ少しあるをば、「壺」となむ、昔より言ふ。ここには、同じき草どもと言へども、心異なるをぞ、ただなる時にも植ゑさせ給ひける。今日は、世の中に風流ある人人、この所に候ひて、おもしろきを例よりも殊に選び植ゑ

させ給ふ。そのことは、蔵人少将助信おしなびて、クヌギの籬《ませ》に、青葛《あおつづら》して杉原のやうに組みかけて、石たてつつ、拾はせたまふ。（「内裏歌合天徳四年　殿上日記」を適宜漢字に直し、句読点、振り仮名を付した。）

5　また、こと人に／から衣なれにし人のわかれにはそでこそぬるれかたみともみよ／返し　かたみにはなぐさむやとてから衣きるにしもこそぬれまさりけれ（清正集52、53）

一二八、一二九

1　盛子内親王始笄。（紀略　康保二年八月二十日）

2　やましなの石田《イハタ》の小野の母蘇原《ハハソハラ》見つつかきみが山道《ヤマヂ》越ゆらむ（万葉1730）

3　「ちちのみの父のみこと波播蘇葉《ハハソバ》の母のみこと」（同4164）、「大王のまけのまにまに　嶋《サキ（しま）》もりにわがたちくれば波波蘇婆のははのみことは」（同4408）

4　「是貞のみこの家の歌合のうた　よみ人しらず／秋ぎりはけさはなたちそさほ山のははそのもみぢよそにても見む」（古今266）、「秋のうたとてよめる　坂上是則／佐保山のははその色はうすけれど秋は深くもなりにけるかな」（同267）、「題しらず　よみ人しらず／佐保山のははそのもみぢちりぬべみよるさへ見よとてらす月影」（同281）

5　「左大臣のかかせ侍りけるさうしのおくにかきつけ侍りける　つらゆき／ははそ山峰の嵐の風をいたみふることのはをかきぞあつむる（後撰1289）」、この「ははそ山」について、『新日本古典文学体系　後撰和歌集』1289注釈では、「佐保山のははそ」と詠まれることは古今集にもあったが「ははそ山」の例はこの時代にはない」とされる。古歌を編纂した、草子の奥書に書き付けた歌だという。

6　底本は、「え」（衣）とも、繰り返し記号の「ゝ」とも見えるが、「え」と読んだ。拾遺1286の詞書・歌本文とも、当歌に等しい。

7　吾屋戸のを花推靡《オシナミ（おしなべ）》置く露に手触れ吾妹児落《チラ》まくもみむ（万葉2172）

8　「ぬきみだる人こそあるらし白玉のまなくもちるか」（古

今923）／「霜のたてつゆのぬきこそよわからし」（同291）

9 「白露の消ぬがにもとな」（万葉594）、「白露の消かも死なまし」（同2254）、「旦《ツトニ（あした）》は消《キユ（けぬ）》る白露の」（同3039）、「置く露の消《キエ（けな）》ばともにと」（同3041）

10 「秋風の日にけに吹けば」（万葉2204）、「秋風に靡ける上に秋の露置けり（同1597）、「このころの秋風寒し芽子《ハギ》の花散らす白露置きにけらしも」（同2175）、立霧の失《ウセユク（うせぬる）》去ごとく置く露の消《キエユク（けぬる）》去がごとく（同4214）等

11 わびわたるわが身はつゆをおなじくは君がかきねの草にきえなん（後撰649）／はかなくてきゆるものから露の身の草葉におくと見えにけるかな（古今六帖546）

一三〇

1 『新日本古典文学大系　拾遺和歌集』（1323歌注釈）では、「小右記」の享年が採られており、五〇歳であれば、朱雀院崩御の頃、昌子内親王は三歳となる。

2 「延喜御集（醍醐天皇）解題」『新編国歌大観　第三巻』

3 康保四（967年）五月二十五日、村上天皇の崩御。皇后昌子内親王が、皇太后になるのは天延元年（973年）七月一日のことであり、太皇太后になるのは、寛和二年（986年）七月五日のことである（日本紀略）。

4 注1に同じ

5 「たけのはやし」（万葉824）、「わがやどのいささむらたけ」（同4291）

6 「竹は、そのきわめて強靭な萌芽力、成長力、そして常緑のすがすがしく力強い姿、そのうえ豊かな地下茎のひろがりがある、何をあげても、竹に神霊が宿るという信仰を確かなものにするし、無限の繁栄を象徴する目出たい植物とみられて不思議はない。古くから「竹の根の　根だる宮　木の根の　根ばふ宮（雄略記）と宮殿が讃美され、また「さす竹の」という枕詞が、「君」や「皇子」や「大宮」などを修飾している。」（『櫻井満著作集　第七巻　万葉の花』

7 天暦御時、清慎公御ふえたてまつるとて、よませ侍りければ　よしのぶ／おひそむるねよりぞしるきふえ竹のすゑの世ながくならん物とは（拾遺297）同時代の能宣の歌も、献上した笛が末永く鳴るようにと、「竹」と「ね」の縁語を用い、「根」に笛の「音」を掛けて詠ん

でいる。

8　もみぢする草木にもにぬ竹のはぞかはらぬ物のためしなりける（古今六帖4119）

9　東宮の御前にくれ竹を植えさせた時の歌として、清正の「君がためうつしてううるくれ竹にちよもこもれる心地こそすれ」（後撰1382）がある。

10　「ねになけば人わらへなりくれ竹の世にへぬをだにかちぬとおもはん」（後撰907）という、竹にまつわる歌はあるが、「根」が「音」の掛詞になっているようには読めない。それは、「くれ竹の世にへぬ」の「へぬ」が、強い生命力で時代を経る、といった意味ではなく、主として男女の関係を過ごすという意味で用いられているからである。

一三一

1　「村上・円融御集と新古今集」（『私家集と新古今集』）に次の「千穎集」と類似することが指摘されている。

　おほつかなのにもやまにもなにごとを思ひおくらむ秋のしらつゆ（千穎集24　秋十五首）

「千穎集」が古歌を利用し、体言止めの歌にしたのではないかと思う。

2　「夢にだにみずありしものを鬱悒《オホツカナ（おほほしく）》」（万葉175）／「あさひてる嶋の御門に鬱悒《オホツカナ（おほほしく）》」（同189）

3　「春日山朝居る雲の鬱《オホツカナ（おほほしく）》」（万葉677）、「春霞山にたなびき鬱《オホツカナ（おほほしく）》」（同1909）

4　「ぬばたまの夜わたる雁は鬱《オホツカナ（おほほしく）》」（万葉2139）

5　「斎宮集」（西本願寺本）には、一首の返歌を入れて十例見えるが、村上御集の用例七例は、すべてこの十例に入っている。「斎宮集」では、人の行為の理由がわからないときの心情が、この詞で示されている。深い嘆きの詞というより、いずれも、見えないものに臨んで致し方なく嘆息するときの詞である。原因を探求しようとする姿勢ではない。

6　『新日本古典文学大系　新古今和歌集』465歌注釈

7　「露のみのおもひおくべきことのはもがな」（伊勢集441）
「つゆばかり思ひおくべき心あらば」（朝忠集18）

8　五月五日、菖蒲よもぎいへにふきたり／よはにのみなくほととぎすおぼつかなあやめみるべきけふはいつぞも（忠見集43）

9　おとなしの山よりいづる水なれやおぼつかなくもながれ行くかな（信明集128）

10　山里のなつのかきねはおぼつかな雲のゆかりにみゆる卯のはな（順集92）

一三二

1　伝聞。右近少将高光昨日到横山寺出家之由。（「大鏡異本裏書」村上天皇御記　応和元年十二月六日）

2　新古今**1718**・六華1606・歌枕名寄6044・定家八代抄1503すべて同じ本文である。しかし、大鏡（同上）・古本説話64には、「みやこよりくものうへまでやまの井のよかはの水はすみよかるらん」として、第二句と第三句が異なる。「くものうへまでやまの井の」を「この都よりは、雲の上までそびえる高い山の井から流れる」（『日本古典文学全集　大鏡』師輔八〇）と通釈されるが、それでは、「より」「まで」の比較の対象と歌の主意が判然としない。

3　『大鏡』（師輔八〇）所載歌の初句は、「ここのへの」である。

一三三

1　万葉306に、沖の波が花であれば手土産にする、と言う仮定の歌は見える。

2　風翻白浪花千片／興つより吹きくる風はしらなみの花とのみこそみえわたりけれ（千里集69）

一三六

1　『歌枕歌ことば辞典』「飛鳥川」

2　村上御集87安子、同97芳子、同118計子

3　まゐり給はむとありけるほどのすぎければ、れいの、内の御（村上御集31）
又まかでたまひて五月までまゐり給はざりければ、内の御（同　35）
はるに成て、まゐり給はむ、と申けるがさもあらざりければ（同　58）
女御徽子女王まいらむとてまいり侍らざりければ（同136）

4　古今で三十七例中、思うようにならない恋の歌に多いが、花が散る（108）など、自然の推移への思いや、世の中での生きにくさ（152）といった、いずれも、力の及ばぬことが素材になる。

5　「御返し　延喜御製／おほかたも秋はわびしき時なれどつゆけかるらん袖をしぞ思ふ」（後撰278）。これは、「はのぶくにてさとに侍りけるに、せんだいの御ふみたまへりける御返ごとに」とする近江更衣への返歌で「わ

びし」が用いられている。服喪に関わる内容であり、一般に秋はわびしいものだがと詠まれ、帝の直接的な感情表現ではない。

脚注　第二章

1　杉谷寿郎「村上御集」『和歌大辞典』
2　伊地知鉄男・橋本不美男「御集解題」『桂宮本叢書　第二〇巻』他
3　橋本不美男「代々御集」『和歌大辞典』
4　橋本不美男「光孝天皇　解題」『私家集大成　第一巻』
5　酒井茂幸「霊元院仙洞における歌書の書写活動について」
6　小川剛生「『西面御文庫　宸翰古筆並和漢書籍総目録』解題と翻刻」
7　中村幸彦編『大東急記念文庫　善本叢刊　第十二巻　書目集二』
8　酒井茂幸『禁裏本歌書の蔵書史的研究』
9　田島公「中世天皇家の文庫・宝蔵の変遷―蔵書目録の紹介と収蔵品の行方―」
10　注9に同じ
11　注8に同じ
12　『群書類従・第二十八輯』
13　久曾神昇「奥義抄　解題」『日本歌学大系　第一巻』
14　権赫仁「現存本『村上御集』に見る二部構成」
今野厚子「平安時代における天皇の家集の諸相―研究史と『村上御集』の論点を中心に―」
15　今野厚子『天皇と和歌―三代集の時代の研究―』
16　注14今野論に同じ
17　久曾神昇「八代御集解題」『八代列聖御集』
18　加藤静子「村上御集」『和歌文学大辞典』
19　注14権論に同じ
20　堀恵子「村上御集の研究」
21　今野厚子「村上御集成立考（2）―勅撰集との関連より―」
22　鬼塚厚子「『村上御集』の構造―斎宮女御との贈答歌配列を視座として―」
23　注15に同じ
24　注14権論に同じ
25　注18に同じ

26　注22に同じ
27　注20に同じ
28　増田繁夫「斎宮女御集と斎宮女御について」
29　注15に同じ
30　片桐洋一「延喜御集」解題
31　森本元子『私家集と新古今集』
32　平野由紀子「物語的家集―延喜御集を中心に―」

略称

【古今】古今集、【後撰】後撰集、【後拾遺】後拾遺集、
【金葉】金葉集（二度本）、【詞花】詞花集、【千載】千載集、
【新古】新古今集、【続古今】続古今集、【玉葉】玉葉集、
【続千載】続千載集、【続後拾遺】続後拾遺集、
【新千載】新千載集、【新拾遺】新拾遺集、
【新後拾遺】新後拾遺集、【万葉】万葉集、
【古今六帖】古今和歌六帖、【新撰六帖】新撰和歌六帖、
【万代】万代集、【続詞花】続詞花集、【林葉】林葉集、
【紀略】日本紀略

本著引用書目一覧

第一章

宮内庁書陵部蔵「代々御集」（五〇一・八四五）
宮内庁書陵部蔵「斎宮女御集」（五〇一・一六二）、同「斎宮集」（五一〇・一二）
「村上御集」『私家集大成 中古Ⅰ』所収　明治書院　一九八二年再版
「さいくうの女御」（西本願寺蔵「三十六人集」）、「斎宮集」（正保版本「歌仙家集」）、「斎宮女御集」（小島切）『私家集大成 中古Ⅰ』所収　明治書院　一九八二年再版
『古今集』『後撰集』『拾遺集』『拾遺抄』『後拾遺集』『金葉集　二度本』『詞花集』『千載集』『新古今集』『新勅撰集』『続古今集』『続後撰集』『玉葉集』『続千載集』『新千載集』『続後拾遺集』『新後拾遺集』『新続古今集』『新編国歌大観　第一巻　勅撰集』角川書店　一九八三年
『万葉集』『新撰和歌』『古今和歌六帖』『和漢朗詠集』『続詞花集』『新撰和歌六帖』『万代集』『夫木和歌抄』『新編国歌大観　第二巻　私撰集』角川書店　一九八四年
「赤人集」「赤染衛門集」「顕綱集」「一条摂政御集」「伊勢集」「殷富門院大輔集」「清正集」「恵慶集」「兼輔集」「公忠集」「小大君集」「小町集」「江帥集」「相模集」「信明集」「散木奇歌集」「清慎公集」「重之集」「順集」「成尋阿闍梨母集」「千里集」「素性集」「大斎院前の御集」「高光集」「為家集」「千穎集」「貫之集」「友則集」「躬恒集」「宗于集」「家持集」「好忠集」「深養父集」「元輔集」「好忠集」「能宣集」「林葉集」『新編国歌大観　第三巻　私家集一』角川書店　一九八五年
「久安百首」「堀河百首」『新編国歌大観　第四巻　私家集編Ⅱ・定数歌編』角川書店　一九八六年
「醍醐御時菊合」「陽成院二人歌合」「六百番歌合」「水無瀬恋十五首歌合」「百人秀歌」『深窓秘抄』「金玉集」「六百番陳状」「和歌一字抄」「多武峰少将物語」『栄花物語』『新編国歌大観　第五巻　歌合編・歌学書・物語・日記等収録歌編』角川書店　一九八七年

「麗花集」「御裳濯和歌集」「秋風集」「和漢兼作集」「六華集」『新編国歌大観　第六巻　私撰集編Ⅱ』角川書店　一九八八年
「延喜御集」「村上御集」「中務集」「朱雀院御集」「円明寺関白集」『新編国歌大観　第七巻　私家集編Ⅲ』角川書店　一九八九年
「草根集」『新編国歌大観　第八巻　私家集編Ⅳ』角川書店　一九九〇年
「定家八代抄」「五代集歌枕」「歌枕名寄」『新編国歌大観　第十巻　定数歌編Ⅱ、歌合編Ⅱ、補遺編』角川書店　一九九二年
「斎宮女御集」『冷泉家時雨亭叢書　第十七巻　平安私家集　四』朝日新聞社　一九九六年
「斎宮女御集　定家筆臨模本」『同　第十九巻　平安私家集　六』同　一九九九年
「斎宮女御集」『同　第六十八巻　資経本私家集　四』同　二〇〇五年
平安文学輪読会『斎宮女御集注釈』塙書房　一九八一年
竹岡正夫『古今和歌集全評釈　下』右文書院　一九八七年補訂版
片桐洋一校注『新　日本古典文学大系6　後撰和歌集』岩波書店　一九九〇年
小町谷照彦校注『新　日本古典文学大系7　拾遺和歌集』、岩波書店　一九九〇年
田中裕　赤瀬信吾校注『新　日本古典文学大系11　新古今和歌集』岩波書店　一九九二年
久保田淳『新潮日本古典集成　新古今和歌集下』新潮社　一九七九年
峯村文人校注・訳『新編日本古典文学全集　新古今和歌集』小学館　一九九五年
久保田淳『新古今和歌集全評釈　二』『同　三』角川学芸出版　二〇一一年
佐佐木信綱編『日本歌学大系　第一巻』所収「新撰和歌髄脳」「俊頼髄脳」「奥義抄」風間書房　一九九一年第三版
久曾神昇編『日本歌学大系　別巻一』所収「和歌童蒙抄」風間書房　一九八四年第五版
松村博司　山中裕校注『栄花物語　上』岩波書店　一九九三年新装版
橘健二校注・訳『日本古典文学全集20　大鏡』小学館　一九八五年

片桐洋一　福井貞助　高橋正治　清水好子校注・訳『日本古典文学全集8　竹取物語　伊勢物語　大和物語　平中物語』所収『伊勢物語』『大和物語』小学館　一九八三年第十四版
川端善明　荒木浩校注『新日本古典文学大系　古事談　続古事談』岩波書店　二〇〇五年
京都大学文学部国語学国文学研究室『諸本集成　倭名類聚抄［本文篇］』臨川書店　一九八一年再版
増補「史料大成」刊行会編『史料大成第一巻　歴代宸記』所収「村上天皇御記」臨川書店　一九七五年
黒坂勝美編『新訂増補国史大系　第十二巻　扶桑略記　帝王編年記』所収「帝王編年記」吉川弘文館　一九九九年新装版
塙保己一編『群書類従・第五輯』所収「本朝皇胤紹運録」続群書類従完成会　一九八〇年訂正三版
塙保己一編『群書類従・第二十八輯』所収「通憲入道蔵書目録」続群書類従完成会　一九七九年訂正三版
近藤瓶城編『改訂　史籍集覧　第一冊（通記類一、二）』所収「一代要記」　臨川書店　一九九七年
黒坂勝美　国史大系編修会編『日本紀略　第三（後編）』吉川弘文館　一九八八年
米田雄介・吉岡真之校訂『史料編集　吏部王記』続群書類従完成会　一九七四年
東京大学史料編纂所編『大日本古記録　貞信公記』岩波書店　一九八四年
東京大学史料編纂所編『大日本古記録　九暦』岩波書店　一九八四年
故実叢書編集部編『新訂増補　故実叢書33』所収「北山抄」明治図書出版　一九五四年
東京帝国大学編『大日本史料　第一編之九』東京帝国大学文学部史料編纂所　一九三五年
萩谷朴『平安朝歌合大成　増補新訂　第一巻』同朋社出版　一九九五年
上代語辞典編集委員会編『時代別国語大辞典　上代編』三省堂　一九六七年
片桐洋一『歌枕歌ことば辞典　増訂版』笠間書院　一九九九年
廣木一人　松本麻子『連歌大観　第一巻』古典ライブラリー　二〇一六年
櫻井満『櫻井満著作集　第5巻　万葉びとの憧憬』おうふう　二〇〇〇年
折口信夫『古代研究』『折口信夫全集11』中央公論社　一九九六年

岡村繁『新釈漢文体系177』所収「長恨歌」明治書院　二〇〇七年
高橋由紀「一条朝以前の後宮について―史料・歴史物語・和歌―」『国文学研究資料館平成20年度研究成果　報告物語の生成と受容④』、人間文化研究機構国文学研究資料館、二〇〇九年
高野晴代「斎宮女御徽子女王―再度の伊勢下向をめぐって―」『平安文学と隣接諸学6　王朝文学と斎宮・斎院』竹林舎　二〇〇九年
河北騰「吏部王記と九暦の考察―その文学的側面について―」『講座　平安文学論究11』風間書房　一九九六年
滝川幸司『天皇と文壇―平安前期の公的文学―』和泉書院　二〇〇七年
長澤規矩也解題「述異記　上」『和刻本漢籍随筆集　第十三集』汲古書院　一九七四年
浅井虎夫　所京子校訂『新訂　女官通解』講談社　一九八五年
和田英松　所功校訂『官職要解』講談社　一九八三年
『櫻井満著作集　第7巻　万葉の花』おうふう　二〇〇〇年

第二章、脚注

和田英松『皇室御撰之研究』明治書院　一九三三年
久曾神昇、「八代御集解題」『八代列聖御集』文明社　一九四〇年
伊地知鉄男　橋本不美男「御集解題」『桂宮本叢書　第二十巻』養徳社　一九六〇年
橋本不美男「御書本三十六人集解説」『宮内庁書陵部蔵　御所本　三十六人集』新典社　一九七一年
杉谷寿郎「村上御集」『和歌大辞典』明治書院　一九九二年三版
橋本不美男「代々御集」『和歌大辞典』明治書院　一九九二年三版
森本元子『私家集と新古今集』明治書院　一九七四年
堀恵子「村上御集の研究」『平安文学研究60』平安文学研究会　一九七八年
今野厚子「村上御集成立考（2）―勅撰集との関連より―」『古代中世国文学2』広島平安文学研究会　一九七九年

増田繁夫「斎宮女御集と斎宮女御について」『斎宮女御集注釈』塙書房　一九八一年
橋本不美男「村上天皇（村上御集）解題」『私家集大成　第一巻　中古Ⅰ』明治書院　一九八二年再販
鬼塚厚子「『村上御集』の構造―斎宮女御との贈答歌配列を視座として―」『日本文芸思潮論』桜楓社　一九九一年
橋本ゆり「村上天皇御集　解題」『新編国歌大観　第七巻　私家集編Ⅲ』角川書店　一九八九年
片桐洋一「延喜御集」解題『新編国歌大観　第七巻　私家集編Ⅲ』角川書店　一九八九年
平野由紀子「物語的家集―延喜御集を中心に―」『王朝私家集の成立と展開』風間書房　一九九二年
権赫仁「現存本『村上御集』に見る二部構成」『和歌文学研究81』和歌文学会　二〇〇〇年
今野厚子「平安時代における天皇の家集の諸相―研究史と『村上御集』の論点を中心に―」『佐賀大国文32』二〇〇三年
今野厚子『天皇と和歌―三代集の時代の研究―』新典社　二〇〇四年
加藤静子「村上御集」『和歌文学大辞典』角川書店　二〇一四年
田島公「中世天皇家の文庫・宝蔵の変遷―蔵書目録の紹介と収蔵品の行方―」『禁裏・公家文庫研究　第二輯』思文閣出版　二〇〇六年
中村幸彦編『大東急記念文庫善本叢刊　第十二巻　書目集二』汲古書院　一九七七年
酒井茂幸「霊元院仙洞における歌書の書写活動について」『国立歴史民俗博物館研究報告　第121集』二〇〇五年
酒井茂幸『禁裏本歌書の蔵書史的研究』思文閣出版　二〇〇九年
小川剛生「『西面御文庫　宸翰古筆並和漢書籍総目録』解題と翻刻」『人間文化研究機構連携研究「文化資源の高度活用」中世近世の禁裏の蔵書と古典学の研究―高松宮家伝来禁裏本を中心として―研究調査報告1（平成18年度）』二〇〇七年
拙稿「「村上天皇御集」の性格―斎宮女御徽子女王との関わり」『芸術工学２０１４』神戸芸術工科大学　二〇一四年

あとがき

本著で取り上げた『代々御集』は、天皇個別の歌集としては最古のものである。天皇の御製を編纂する際に、天皇の内々の姿を残そうとしていたのは驚きであった。天皇の歌集に求められる威厳を漠然とイメージし、また、「村上御集」の先行研究でも、後宮の詠歌であることは踏まえつつも冒頭や巻末部分に公的な性格を指摘されていたからである。それが、宮中における私的な贈答歌、とくに相聞とも言える男女の贈答歌を中心に編纂されていた点は意外であった。

もっとも、文芸が作者の生きた時代を映し出すことを鑑みれば、当然のことであったのかもしれない。村上天皇の勅命で編纂された『後撰和歌集』と村上天皇の私家集「村上御集」とは、齟齬せずに褻の性格を持っていたということである。漢詩の影響によって洗練された和歌は、『古今和歌集』に集大成された。先代の事業によって広がりつつあった清新な詞への関心は、村上天皇にとっても例外ではなかったのであろう。宮中における詩歌管弦の、なかでも和歌の遊びは、天皇個人の楽しみではありながら同時に治世の平和を象徴するものでもあった。和歌の新しさは贈答歌によって引き出され、贈答歌には、後宮の后妃たちという歌の上手な相手が必要であったので、「村上御集」の原型は自ずとその形になったのであろう。

毎年、皇室の新年のお歌、つづく歌会始のお歌を楽しみにしている。平成の歌会始は、天皇御一家を中心に、一般からの公募作品を交えた現代的なスタイルに変化している。天皇のお歌は時代を映し出している。戦後の新しい皇室のあり方を模索されてきた平成天皇の思いが反映している。平成天皇のお歌には、民衆に向けた言葉を直接的に詠われているものが多い。皇后のお歌は、強い思いを深く沈め、あるときは叙景で覆われ、あるときは天皇に向けられた詞で、天皇のお歌に添わせていらっしゃる。平成の相聞だと思い拝見している。

折しも平成という時代が終わる。宮中で詠まれたお歌が、新春の朝刊の紙面を飾る平和な世の中が末永く続くことを祈る。

本著をなすにあたり、宮内庁書陵部の図書を利用させて頂いた。

本著の出版は、奈良県立畝傍高校同窓の、金壽堂出版吉村始様のお蔭で可能となった。厚く御礼申し上げたい。

Summary

MURAKAMIGYOSYU
MURAKAMI EMPEROR'S PLEASURE OF COMPOSING A 31-SYLLABLE JAPANESE POEM（TANKA）

The 62th Emperor, Murakami is the Emperor of the mid Heian era. *Murakami Gyosyu*（村上御集） is an anthology of his private life. A Court official composed a Chinese poem at the public event. Tanka which was composed by women, began to be thought precious in the Court. In the early years of the 10th century, The 60th Emperor, Daigo commanded to compile *Kokinwakasyu*（古今和歌集）. By the method of the rhetoric, The Court has been able to express their various sentiments. The Emperor Murakami found out a pleasure in the method of *Kokinwakasyu* rhetoric .

Contents

「村上御集」「斎宮女御集」歌番号対照表－2

村上御集	斎宮女御集				
	定家監督書写本・書陵部(501.162)本	西本願寺本	定家筆臨模本・書陵部(510.12)本・正保版本	資経本	小島切
72		23	18	18	
73	57	24			
74	63	30	23	23	
75	64	31			
76	161				
77	72 (162)				
78	58	25			
79	65 (163)				
80	73 (155)	142	102	101	46
81 (109)	154	141	101	100	
82 (5)					
83					
84	150	138	98	97	
85	151	139	99	98	
86					
87					
88					
89					
90 (118)					
91					
92					
93					
94					
95					
96					
97					
98					
99					
100					
101					
102	87	15	9	9	5
103		146	11	11	
104	148	147	92	91	

村上御集	斎宮女御集				
	定家監督書写本・書陵部(501.162)本	西本願寺本	定家筆臨模本・書陵部(510.12)本・正保版本	資経本	小島切
105	149	137	93	92	
106	152	140	100	99	
107					
108					
109 (81)					
110					
111					
112					
113					
114					
115					
116					
117					
118 (90)					
119					
120					
121					
122					
123					
124					
125					
126					
127 (18)					
128					
129					
130					
131					
132					
133					
134 (37)					
135					
136					
137 (9)					
138					

「村上御集」「斎宮女御集」歌番号対照表－1

村上御集	斎宮女御集				
	定家監督書写本・書陵部(501.162)本	西本願寺本	定家筆臨模本・書陵部(510.12)本・正保版本	資経本	小島切
1					
2					
3					
4					
5 (82)					
6					
7	1	5			
8	2	6			
9 (137)	4	7			
10	5	8			
11	6	9			
12	7	10			
13 a	8 a	78 a			
13 b	8 b	78 b			
14	9	79			
15	10	80			
16	12	82			
17	13	83			
18 (127)	14	84			
19	15	85			
20	16	86			
21	17	87			
22	85				
23	86	14	8	8	
24	147	134	88	87	42
25	18	88			
26	19	89			
27	20	90			
28	21	91			
29	22	92			
30	23	93			
31	24	94			
32	25	95			
33	26	96			
34	27	97			
35	28	98			

村上御集	斎宮女御集				
	定家監督書写本・書陵部(501.162)本	西本願寺本	定家筆臨模本・書陵部(510.12)本・正保版本	資経本	小島切
36	29	99			
37 (134)	30	100			
38	32	102			
39	33	103			
40	34	104			
41	35	105			
42	36	106			
43	37	107			
44	38	108			
45	39	109			
46	40	110			
47	41	111			
48	42				
49	43				
50	44	112			
51	83	135	90	89	44
52	84	13 (136)	91 (7)	90 (7)	45
53	45	113			
54	46	114			
55	47	115	89	88	43
56	48	116			
57	80	11			1
58	49	117			
59	50	118			
60	51	119			
61					
62	66	121	20	20	8
63	67	122			
64	59	26	21	21	9
65	60	27			
66	54	19	15	15	
67	55	20			
68	68	123 (35)	17	17	
69	69	124			
70	70	125	19	19	7
71	71	126			

詞書索引ー6 ・ 補注索引

補注

詞書索引－5

詞書索引－4

詞書索引－3

詞書索引ー2

詞書索引－1

年号・日付関連

初句索引―2

初句索引―1

初句索引

詞書索引

補注索引

「村上御集」「斎宮女御集」歌番号対照表

著　者
角田 宏子（すみだ　ひろこ）
関西学院大学大学院文学部日本文学科博士課程後期課程修了
博士（文学）
日本文芸学会、和歌文学会会員

著　書
角田宏子著『「小町集の」研究』和泉書院　2009年

村上《むらかみ》御集《ぎょしゅう》の歌遊び

発行日　2019年2月4日
著　者　角 田 宏 子
発行者　吉 村　　始
発行所　金壽堂出版有限会社
〒639-2101 奈良県葛城市疋田379
電話：0745-69-7590　FAX：0745-69-7590
E-mail：book@kinjudo.com
Homepage：http://www.kinjudo.com/
印　刷　株式会社 北斗プリント社

ISBN 978-4-903762-19-7 C0092

カバーデザイン：金壽堂出版　　カバー模様素材：© 2013 IJ, Design by SIFCA